BEATE MAXIAN

Die Tote vom Naschmarkt

GOLDMANN
Lesen erleben

Buch

Die Journalistin Sarah Pauli betreut seit einiger Zeit eine eigene Kolumne zum Thema Aberglauben beim *Wiener Boten*. Eines Morgens findet sie in der Redaktionspost eine Postkarte mit einer schwarzen Katze und einem Spruch darauf: »Ob eine schwarze Katze Unglück bringt oder nicht, hängt davon ab, ob man ein Mensch ist oder eine Maus.« Es stellt sich heraus, dass dies der Auftakt zu einem mysteriösen und grausamen Rätsel ist. Denn schon bald erhält Sarah wieder Post, diesmal drei abgetrennte Finger, die zur Schwurhand einer Frauenleiche gehören, die am Wiener Naschmarkt gefunden wurde. Die Tote war Entlastungszeugin in einem Vergewaltigungsprozess, den der prominente Anwalt Karlheinz Koban gewonnen hat. Was Sarah nicht ahnen kann: In der Nacht nach dem Prozess hatte Koban eine Katze überfahren ...

Weitere Informationen zu Beate Maxian sowie zu lieferbaren Titeln der Autorin finden Sie am Ende des Buches

Beate Maxian

Die Tote vom Naschmarkt

Der zweite Fall für Sarah Pauli

Ein Wien-Krimi

GOLDMANN

Dieses Buch ist auch als E-Book erhältlich

MIX
Papier aus verantwortungsvollen Quellen
FSC® C014496

Penguin Random House Verlagsgruppe FSC® N001967

7. Auflage
Originalausgabe Januar 2012

Umschlaggestaltung: UNO Werbeagentur, München
Umschlagfoto: Getty Images/Taylor S. Kennedy; FinePic
Redaktion: Karin Ballauff
KS · Herstellung: Str.
Satz: Buch-Werkstatt GmbH, Bad Aibling
Druck und Bindung: GGP Media GmbH, Pößneck
Printed in Germany
ISBN 978-3-442-47584-1
www.goldmann-verlag.de

Der falsche Freund ist wie ein Schatten,
der uns folgt, so lange die Sonne scheint.

Italienisches Sprichwort

Prolog

Das Handy ertönte.

Summer of '69

Nummer unterdrückt.

Das musste er sein. Ihr Herz pochte wild.

Endlich. Ihre Chance. Jetzt bloß nichts versauen.

Sie hob ab.

»Naschmarkt.«

Das Kennwort.

»Hat man Ihnen gesagt, worum es geht?«

Die Stimme klang seriös.

»Nicht genau, nur ungefähr, und dass ich viel Geld dafür bekomme, wenn ich die Sache gut mache und anschließend den Mund halte.«

Die Bezahlung war wichtig.

»Und machen Sie's?«

»Was?«

»Den Mund halten?«

»Ja … ich muss doch nicht …« Sie lachte nervös auf. »… also, niemanden umbringen oder so?«

Er blieb ernst.

»Würden Sie so etwas tun?«

»Nein. Auf keinen Fall.«

Schweigen am anderen Ende der Leitung.

Sollte sie das hier beenden, bevor es begonnen hatte?

Schließlich: »Sie müssen niemanden umbringen.«

Sie atmete erleichtert auf. »Das hab ich auch nicht ernst

gemeint. Ich rede zu viel, wenn ich nervös bin. Ist es gefährlich?«

»Kommt drauf an, wie Sie Gefahr definieren.«

»Ich meine … es erfährt sicher niemand?« Pause. »Niemals. Sie wissen …«

»Wenn Sie den Mund halten, nicht.«

»Treffen wir uns? Ich meine, weil ich ja wissen muss, worum es genau geht.«

Wieder Schweigen am anderen Ende. Überlegte er es sich anders? Hatte sie es verbockt? Verdammt! Warum musste sie auch so viele Fragen stellen?

Erste Regel: Diskretion.

»Morgen. Halten Sie sich den ganzen Tag frei. Ich rufe Sie an und nenne Treffpunkt und Uhrzeit. Wenn Sie nicht pünktlich sind, ist die Sache gestorben.«

»Ich bin pünktlich. Wie viel bekomme ich eigentlich?«

»5000 Euro.«

Sie schluckte trocken. Mehr als sie erwartet hatte.

»Muss ich etwas unterschreiben?«

»Nein.«

»Gibt's Vorschuss?«

»Nein.«

»Was muss ich tun?«

»Erzählen Sie mir von einer besonderen Liebesnacht.«

Telefonsex? »Wie bitte?«

»Erzählen Sie mir von einer besonderen Liebesnacht.«

»Warum?«

»Wollen Sie die 5000 oder nicht?«

»Details?«

»Alles. Ich hab nicht den ganzen Tag Zeit.«

Versau es dir nicht.

»Ich will schon.«

»Dann erzählen Sie!«

Freitag, 21. Mai

1

Arschloch«, formten die Lippen der jungen Frau lautlos.

Strafverteidiger Karlheinz Koban lächelte mild. Verlierer beschimpften Gegner gerne einmal. Ein Zeichen von Schwäche. Darüber konnte er getrost hinwegsehen. Seine Leidenschaft für Auseinandersetzungen, Durchhaltevermögen und Konsequenz waren die Schlüssel seines Erfolgs, Gleichgültigkeit anderen gegenüber seine absolute Stärke.

»Im Namen der Republik Österreich ... ergeht folgendes ...«

Karlheinz Koban hörte den Ausführungen des Richters konzentriert zu.

»... keine ausreichenden Beweise für die Schuld des Angeklagten ...«

Einen Mandanten aus einer ausweglosen Situation zu boxen, stellte für Karlheinz Koban kein Problem dar.

»Die schriftliche Ausfertigung des Urteils ergeht in den nächsten Tagen an Frau Doktor Jurit und Herrn Doktor Koban.«

Die Verhandlung wurde geschlossen. Die Anklage wegen Vergewaltigung gegen Norbert Weninger war damit vom Tisch gefegt. Koban schüttelte seinem Klienten die Hand: »Gratuliere!«

»Danke.«

Ihre Gegner hatten sich hartnäckig gegen eine Niederlage gewehrt, alle Register gezogen, dennoch verloren.

Wenn es nur eine einzige Wahrheit gäbe, könnte man nicht 100 Bilder über dasselbe Thema malen, zitierte Koban in Gedanken Pablo Picasso. Der Anwalt malte Bilder der Realität im Gerichtssaal.

»Vielen Frauen macht es Spaß, wenn sie von einem Mann richtig hergenommen werden.« Das versuchte jedenfalls sein junger Mandant ihm weiszumachen, aus Unsicherheit oder Dummheit, das vermochte Koban nicht zu sagen. Dieser Scheißkerl hatte wohl nie davon gehört, dass man, wenn man verwerfliche Dinge tat, niemals offen darüber sprach. »Weder teile ich diese Meinung, noch ist es eine gute Verteidigungsstrategie«, hatte Koban entgegnet. Er baute die Apologie auf der Unbescholtenheit des Mandanten, seiner Herkunft aus gutem Hause und schlussendlich auf der entlastenden Aussage einer Studentin auf. Diese konnte glaubhaft vermitteln, der Angeklagte sei ein romantischer Typ und zärtlicher Liebhaber. Außerdem habe sie zum fraglichen Tatzeitpunkt im Schlafzimmer des Gastgebers mit dem Angeklagten Geschlechtsverkehr gehabt.

Recht und Gerechtigkeit waren auf dem Schlachtfeld der Urteilsbegründung Gegenspieler.

Beim Hinausgehen nickte Karlheinz Koban mit ernster Miene Richtung Dagmar Jurit, der gegnerischen Anwältin und ihrer Mandantin Jutta Baumann. Baumann, diesen Namen würde er nicht so schnell vergessen wie den anderer Klägerinnen. Die junge Frau aus angesehener Familie litt laut medizinischem Gutachten an schleichenden Depressionen.

Koban ersparte es sich, seinen beiden Kontrahentinnen die Hand zu reichen. Sie würden diese Höflichkeitsgeste nicht erwidern und ihn damit um einen – wenngleich winzigen – Triumph bringen. Er vermied den Augenkontakt mit dem Vater der Klägerin. Er schaute auf die Armbanduhr. Halb zwölf Uhr mittags. Die Schlussverhandlung hatte fast vier Stunden gedauert.

»Das werden Sie bereuen.«

Die Stimme ließ ihn aufschauen. Viktor Baumanns Augen fixierten ihn voller Verachtung. Ein weiterer Feind im Leben.

That's life. Seine Klienten liebten und seine Gegner hassten ihn, wünschten ihn zum Teufel. Den Gefallen, dorthin zu gehen, tat er niemandem. Dafür investierte er zu viel Zeit und Energie in seinen Ruf und die Kanzlei. Müsste er seinen Erfolg einem Gott zuordnen, würde er Zelos wählen, den Gott des Eifers.

Inzwischen sah man ihm deutlich an, dass er zur so genannten Oberschicht gehörte: maßgeschneiderte Anzüge, weiße Businesshemden, die Schuhe handgefertigt, die Finger immer perfekt manikürt und die kurzen dunkelblonden Haare perfekt geschnitten. An ihm strahlte alles Erfolg aus. Sogar im Joggingdress von Adidas sah man in Karlheinz Koban den Gewinner.

Seine Kanzlei befand sich in einem Penthouse in der Wiener Innenstadt, seine Villa in Neustift am Walde im Nobelbezirk Döbling, seine geheime Absteige im sechsten Wiener Gemeindebezirk mit Blick auf den Naschmarkt, in der Garage der Döblinger Villa stand ein Porsche. Koban pflegte das Klischee des betuchten Anwalts. Schon als Kind träumte er davon, so zu leben. Er, Sohn eines Arbeiters und einer Hausfrau aus der Schönbrunner Straße, legte schon als Kind den Südwiener Dialekt, das Meidlinger »L«, ab und damit seine Herkunft aus dem Arbeiterviertel.

Die Hochzeit mit Silvia, der Tochter eines einflussreichen Politikers, war ein genialer Schachzug. Sie verkörperte, was man von einer Tochter aus gehobenen Verhältnissen erwartete. Adrett, wohlerzogen und angepasst hatte sie Politikwissenschaft studiert und in der Zentrale der Partei ihres Vaters gearbeitet. Seit der Geburt von Fabian widmete sie sich ausschließlich Wohltätigkeitsveranstaltungen. Alles andere war nicht wert, erwähnt zu werden. Das Wort langweilig im Zusammenhang mit Silvia zu verwenden verbat er sich dennoch.

Am Anfang ihrer Beziehung spielte sogar ein bisschen Verliebtheit eine Rolle, um Liebe ging es ihm jedoch nie. Ihre Herkunft faszinierte ihn. Außerdem ignorierte sie die Warnungen, sich mit ihm, dem Habenichts einzulassen. Silvia begehrte den hübschen Studenten aus der Arbeiterklasse – und er begehrte sie, wenngleich die Motive ihres jeweiligen Begehrens unterschiedlicher Natur waren. Er genoss den Status, Schwiegersohn eines ehemaligen Politikers zu sein, dessen Einfluss ihm die eine oder andere Tür öffnete, um an jene Fälle zu kommen, die ihm Ansehen, Macht und Geld brachten.

Natürlich machte er seine Arbeit gut. Verdammt gut sogar.

Gerichtsgebäude wurden zu seinem Zuhause. Das Landesgericht für Strafsachen liebte er ganz besonders. Für Koban bildete der Gebäudekomplex im achten Bezirk das Zentrum der Macht. Hier existierten gleich mehrere Institutionen unter einem Dach: das Landesgericht für Strafsachen, die Staatsanwaltschaft, der Juristenverein und Österreichs größtes Gefangenenhaus. Hier konnte er seine Netzwerke optimal einsetzen, die Fäden des Erfolgs spinnen und Widersacher zertreten wie lästige Wanzen.

Auf dem Weg zum Ausgang schüttelte er etliche Hände, nickte hierhin und dorthin, in eine bestimmte Richtung lächelnd.

Kaum trat er durch das Tor ins Freie, rief er seine Sekretärin im Büro an und informierte sie darüber, dass er nicht mehr in die Kanzlei kommen würde. Nachdem er ohnehin davon ausgegangen war, den Fall Weninger zu gewinnen, hatte er keine weiteren Termine für diesen Tag vereinbaren lassen. Er wollte seinen Erfolg feiern, oder besser, sich feiern lassen. Eine oder mehrere Nummern mit seiner derzeitigen Geliebten würden dem Tag die Krone aufsetzen. Das kommende Pfingstwochenende wollte er seiner Familie widmen. Ein längst überfälliges Essen mit den Schwiegereltern stand an.

Sein Wagen parkte in der Otto-Wagnerplatz-Tiefgarage bei der Votivkirche. Er bezahlte die Parkgebühr, ließ sich zufrieden in den Fahrersitz fallen und fuhr mit dröhnendem Motor davon.

Die Wohnung lag im obersten Stockwerk eines Hauses, wenige Meter vom Theater an der Wien entfernt auf der Linken Wienzeile. Koban stellte seinen Wagen in der Millöckergasse ab und kaufte zur Feier des Tages im Piccini eine Flasche Asti Spumante und bei der Rosenkönigin am Naschmarkt einen Bund gelber Rosen um sieben Euro. Rote Rosen verschenkte er nie.

Das scheußliche Wetter ließ die alltäglichen Menschenmassen auf dem bekanntesten Markt Wiens auf ein erträgliches Maß schrumpfen und verlangte Koban keine Wartezeit ab. Auf dem Rückweg blieb er vor dem einen oder anderen Stand stehen, nahm die Kostproben in Form von Oliven, Käse und exotischen Früchten an, die die Händler – über ihre Glasvitrinen hinweg auf Zahnstocher gespießt – anboten, und kaufte zwei Handvoll Pistazien.

Dagmar Jurit wartete bereits auf ihn vor der Wohnungstür. Sie lächelte.

»Na, Herr Doktor, da hast du deine Gegner heute mal wieder alt aussehen lassen! Hättest mich ruhig vorwarnen können und sagen, dass deine Entlastungszeugin gute Reden schwingt.« Sie trug noch immer die Kleidung aus dem Gerichtssaal: dunkelblaues Kostüm, weiße Bluse, hohe Pumps. Nur ihre am Morgen hochgesteckten dunkelblonden Haare fielen in großen Locken über die Schulter.

Er gab keine Antwort, sondern überreichte ihr stattdessen die Rosen und küsste sie.

»Champagner?«, fragte er, nachdem er sie wieder freigab, und hielt die Flasche hoch.

»Du weißt, dass er schuldig ist. Diese Zeugin wird sich in der Uhrzeit oder im Tag vertan haben.«

»Das hat sie nicht.«

»Ich kann das nicht akzeptieren, Karlheinz. Wir werden in Berufung gehen.«

Er öffnete die Tür. »Tu, was du nicht lassen kannst. Aber wenn du meine Meinung hören willst ... spar deiner Mandantin das Geld.«

»Geld spielt keine Rolle.« Sie folgte ihm und schloss die Tür. »Diesmal hast du dir die falschen Gegner ausgesucht. Die stehen das bis zur letzten Instanz durch.«

»Mit einer depressiven Klägerin?«

Die Wohnung war hell und freundlich, der Wohnbereich nach allen Seiten hin offen, von der geräumigen Küche lediglich durch eine Bar getrennt. Koban öffnete den Champagner, füllte zwei Gläser, stellte die Flasche in den Sektkühler, der auf dem Barbereich stand. Er reichte Dagmar Jurit ein Glas.

»Weißt du, was ich mich allmählich frage?«, begann sie.

»Hm?«

»Hast du vielleicht den einen oder anderen Richter auf deiner Gehaltsliste? Oder hast du sonst irgendein Ass im Ärmel, das du ziehst, wenn's eng wird?«

»Wofür hältst du mich? Ich bin gut in meinem Job.« Er hob das Glas. »Auf dich, meine Liebe. Du hast tapfer gekämpft und ebenso tapfer verloren.« Er nippte am Glas, lächelte. »Deine Mandantin hat mich Arschloch genannt. Ich konnte es von ihren Lippen ablesen.«

Dagmar Jurit nahm einen Schluck und stellte das Glas auf der Bar ab. »Und bist du das nicht?«

»Was ist deine Meinung?«

»Du bist ein Teufel in Engelsgestalt.« Sie streifte ihre Kostümjacke ab, warf sie auf den Boden und lächelte ihn herausfordernd an.

Koban strich seine Schuhe von den Füßen, ging in Socken zur Anlage und legte eine CD ein. Black Sabbath. Dagmar hasste diese Musik. Ihn turnte sie an. »So etwas Ähnliches hat man mir schon öfter gesagt. Ist es nicht genau das, was dich reizt? Wenn du einen Heiligen willst, bist du bei mir falsch.« Er wandte sich um, fixierte seine Geliebte. Sie wandte den Blick nicht ab.

»Ich mag Teufel. Sie sind aufregender als Engel.« Ihr Handy läutete. Sie warf einen Blick darauf. »Entschuldige. Meine Sekretärin.« Mit einem Handgriff stellte sie die Musik ab und meldete sich.

Koban ging auf sie zu, drehte sie herum, stand jetzt dicht hinter ihr und öffnete den Reißverschluss des Rockes, ließ ihn zu Boden gleiten. Zum Vorschein kam ein weißes Spitzenhöschen. Er strich mit beiden Händen über ihre Hüften, presste sie fest an seinen Unterleib, dann tasteten sich seine Finger weiter vor in ihren Schritt. Sie neigte den Kopf leicht nach hinten, stand breitbeinig da, schloss die Augen. »Selbstverständlich gehen wir in Berufung. Dieser Fall ist äußerst wichtig, als Motivation für andere Frauen, sich endlich an die Öffentlichkeit zu wagen. Herr Doktor Koban kann nicht immer gewinnen.«

Koban schob ihre Haare beiseite, berührte mit den Lippen ihren Nacken. Dann drückte er ihren Oberkörper nach vorne. Er würde sie von hinten nehmen. So hatte er es am liebsten.

»Ich bin in einem Meeting. Wenn Frau Baumann anruft, geben Sie ihr bitte gleich einen Termin. Am besten morgen, und wenn sie nicht kann, dann spätestens Anfang nächster Woche. Ja? … Danke.«

Dagmar Jurit beendete das Gespräch, ließ das Handy auf den Boden fallen, entzog sich seinem Griff, schubste ihn sanft zur Seite und stellte sich mit leicht gespreizten Beinen vor ihn hin. Die hochhackigen Schuhe hatte sie anbehalten. Sie legte den Kopf ein wenig zur Seite und begann langsam, ihre Bluse aufzuknöpfen, während sie ihn mit den Augen fixierte. Koban lehnte sich gegen die Bar, nahm einen Schluck Spumante nach dem anderen und genoss mit steigender Erregung das Schauspiel. Diese Frau war die Sünde in Person. Ihre Bluse fiel zu Boden. Dagmars schlanker Körper wurde nur von Dessous aus Spitze verhüllt.

»Du könntest mir in dem Fall etwas entgegenkommen, mein Lieber.«

Sie trat nahe an ihn heran, öffnete langsam den Gürtel und Reißverschluss seiner Hose. Hektik beim Sex konnte Dagmar nicht ertragen. Er stieg aus den Hosenbeinen.

»Warum sollte ich das tun?«

Sie lockerte die Krawatte, warf sie in hohem Bogen hinter sich und begann das Hemd aufzuknöpfen, ohne ihm zu antworten.

»Du weißt, dass ich dich für die Beste halte. Leider wirst du niemals so gut sein wie ich«, behauptete er.

Dagmar Jurit lächelte, nahm das Glas von der Bar, trank es aus, stellte es zurück und streifte ihm mit energischem Handgriff das Hemd von den Schultern.

»Unterschätze niemals eine Frau, mein Lieber.«

»Was hast du vor?«

»Hast du über eine mögliche Fusion unserer beiden Kanzleien nachgedacht, wie ich es dir vorgeschlagen habe?«, lenkte sie ab.

Er schüttelte den Kopf. »Keine Chance.«

»Wir wären dann keine Gegner mehr.«

Er grinste süffisant. »Ich weiß, dass deine Kanzlei nicht gut läuft. Wenn ich dich bei mir einsteigen lasse, würdest in erster Linie du deine Lage verbessern, denn meine ist sensationell gut.«

Dagmar Jurit zuckte mit den Schultern. »Wenn du meinst. Bedenke nur eines: Hochmut kommt immer vor dem Fall.«

Er fickte sie an diesem Nachmittag härter als gewöhnlich.

2

Durch die Straßen fegte ein kalter Wind. Für den Osten Österreichs galt Unwetterwarnung. Der Sturm mit Spitzen bis zu 80 km/h hatte in der vergangenen Nacht bereits begonnen, hatte morsche Äste von den Bäumen gerissen und diese überallhin verstreut. Seit den frühen Morgenstunden versuchten Männer der MA 48 das Chaos zu beseitigen. In den Nachrichten folgte eine Hiobsbotschaft der nächsten. Straßenbahnen und Busse konnten Haltestellen nicht erreichen. Teile Wiens standen unter Wasser. Menschen wateten mit Gummistiefeln oder barfuß im kniehohen Wasser durch die Straßen. Manche Haushalte harrten stundenlang ohne Strom aus.

Das Chaos passte perfekt zu Sarah Paulis Grundstimmung.

Sie war durcheinander. Nachdenklich stand sie am Fenster ihres Büros und starrte auf die nahezu menschenleere Mariahilfer Straße.

Vor zwei Tagen hatte David überraschend eine außerterminliche große Redaktionssitzung einberufen, mit allen Ressortchefs und Redakteuren. Normalerweise fand diese montags statt.

David wollte der gesamten Mannschaft eine Neuerung verkünden, und diese drehte sich um Sarahs Kolumne. Seit acht Monaten veröffentlichte sie regelmäßig donnerstags eine Rubrik, die sich mit Aberglauben beschäftigte. Die Reaktion der Leser darauf übertraf sämtliche Erwartungen. Niemals zuvor bekamen sie im *Wiener Boten* derartig viele Leserbriefe zu einem Thema. Liebhaber der Kolumne überschütteten Sarah mit Materialien und Informationen. Wenn das so weiterging, konnte sie in absehbarer Zeit ein kleines Museum eröffnen. Ihr Büro glich schon jetzt einem solchen. Jede Menge Frösche, Katzen, Steine und esoterischer Firlefanz standen überall im Raum verteilt. Doch egal, wie viel sie zugeschickt bekam, die wichtigsten Plätze neben ihrem Computer nahmen nach wie vor ein Amethyst zur Beruhigung von Nerven und Herz und ein kleines rosa Schweinchen ein, ein Silvestergeschenk von Chris, ihrem jüngeren Bruder.

An diesem Morgen schafften es die meisten ihrer Kollegen trotz der widrigen Wetterverhältnisse pünktlich ins Büro. Ausgerechnet David Gruber fehlte beim Meeting. Niemand wusste, wo der Herausgeber steckte. Sarah machte sich Sorgen. Die Gruppe löste sich nach einiger Zeit des Wartens schließlich wieder auf.

Kurz danach erhielt Herbert Kunz, der Chef vom Dienst, einen Anruf, David habe einen Termin vergessen, Herbert solle die Sitzung abblasen. Diese Tatsache verstimmte Sarah gewaltig. Ihre Sorge verwandelte sich schlagartig in Zorn. Sie machte aus ihrer Enttäuschung kein Geheimnis, deshalb verriet ihr Herbert Kunz unter dem Deckmantel der Verschwiegenheit, dass David beabsichtigte, ihr anstelle der bisher eher kleinen Rubrik eine ganze Seite in der Wochenendbeilage zu geben. Sarah sollte damit überrascht werden, ebenso wie alle anderen Mitarbeiter. Vielleicht, um etwaige Diskussionen im Vorfeld abzuwiegeln. Seit Wochen nämlich lag Sarah dem Chef vom Dienst damit in den Ohren, mehr Platz für die Kolumne zu brauchen. Ihr Anliegen direkt vor David auszubreiten, hatte sie vermieden. Denn Herbert Kunz, ihren unmittelbaren Vorgesetzten, zu umgehen, machte keine gute Stimmung. Eine weise Entscheidung, wie sich herausstellte. Herbert hatte sich schließlich für sie eingesetzt und David überzeugt, dem Aberglauben mehr Raum zu geben.

Endlich konnte sie intensiver auf Inhalte eingehen. Außerdem erschienen dann ihre Kolumnen nicht mehr donnerstags, sondern samstags. Am Wochenende wurden mehr Zeitungen verkauft als wochentags. Die Leute hatten mehr Zeit zum Lesen. Die Wochenendbeilage *Lesezeit* wurde vierfarbig im Hochglanzformat produziert, sie ähnelte einem Modemagazin. Darin eine eigene Seite zu haben, kam einem Privileg gleich. Ein Vorrecht, das das Getuschel unter den Kollegen, was David und ihre angebliche Liebesbeziehung betraf, sicherlich anheizen würde.

Enttäuschend war für sie, dass sie nun auf die Seite in der Samstagsausgabe noch warten musste. Obwohl ihr der Artikel zum Thema Eid in der Kürze sehr gut gelungen war. Sie hatte die zentralen Aspekte in 1800 Zeichen zusammengefasst: Ursprung des Eides, Schwurfinger und Eidzeremonien.

Dennoch, eine ganze Seite in der Wochenendbeilage, es sollte eine große Sitzung mit allen Ressortchefs und Redakteuren werden, schwirrte Sarah ununterbrochen durch den Kopf.

Die Unzufriedenheit lag schwer auf ihrer Brust. Außerdem fror sie, was ihre Laune zusätzlich trübte. Sie wandte sich vom Fenster ab, schaltete die Elektroheizung an, die sie im Winter unter dem Schreibtisch platzierte und die aufgrund des trotz Mai unbeständigen Wetters noch immer dort stand. Sie stellte ihre Füße knapp davor. Die warme Luft tat gut. Dann griff sie zum Telefon auf dem

Tisch und wählte die Durchwahl zu Gabis Büro. Die Sekretärin hob nach dem ersten Läuten ab.

»Sarah?«, meldete sich Gabi.

»Sag, ist David im Haus? Er war nicht bei der Sitzung.«

»Ich sag nur Anzug und Krawatte«, erwiderte Gabi. Die ganze Redaktion wusste, dass David Gruber legere Kleidung bevorzugte und Anzüge nur dann trug, wenn ein wichtiger Termin anstand.

»Du weißt nicht zufällig, wo er ist?«

»Nein. Wieso?«

»Ach. Nur so«, log Sarah.

»Was ist denn los? Du klingst so ...« Sie brach ab. »Sag, sollte ich da vielleicht was wissen?«, fragte die Sekretärin misstrauisch.

»Was denn wissen?«, tat Sarah ahnungslos. Gabi etwas über die geplante Seite in der Wochenendbeilage zu erzählen, wäre falsch. Freundschaft hin oder her. Es bringt Unglück, über ungelegte Eier zu sprechen, dachte Sarah.

»Du weißt schon, dass die Quote inzwischen eins zu sechs steht.«

»Ich kenne mich mit Quoten nicht aus.«

»Das heißt, dass inzwischen mehr Leute im Haus glauben, dass du was mit David hast ...« Gabi machte eine künstliche Pause und wartete auf Sarahs Reaktion. Sarah dachte nicht daran, etwas zu erwidern, weil sie sich sonst maßlos darüber aufregen musste, mit welchen Dingen sich ihre Kollegen beschäftigten. Dennoch schätzte sie es, von Gabi auf dem Laufenden gehalten zu werden. Zu wissen, was die anderen über einen sprachen oder dachten, brachte gewisse Vorteile.

»Und wenn's dich jetzt nervös macht, dass er bei der Sitzung nicht aufgetaucht ist«, fuhr Gabi fort.

»Blödsinn.«

»Ich will's nur nicht nach den anderen erfahren, Sarah. Versprochen?«

»Da gibt's nichts zu erfahren.«

»Hallo! Ich bin's! Deine Freundin. Versprich es einfach, dann geb ich Ruhe.«

»Also gut. Versprochen.«

»Gut. Soll ich dir Bescheid geben, wenn er kommt?«

»Nein. Ist nicht so dringend. Ciao, meine Liebe.«

»Sarah?«

»Ja?«

»Ich habe heute eine ganz eigenartige Wetterstimmung vor meinem Fenster bemerkt. Was hat das deiner Meinung nach zu bedeuten?«

»Ein Sturm zog über Wien«, antwortete Sarah mit verstellter Stimme.

»Mach dich nicht lustig. Das meine ich nicht. Du weißt schon, so ein ... ein ...« Gabi suchte nach den richtigen Worten. »Ich kann dir gar nicht genau sagen, wie's aussah. Ganz eigen.«

»Eigen«, wiederholte Sarah.

Es verblüffte sie immer wieder, welche Auskünfte ihr Kollegen und Freunde abverlangten. Früher war ihr Aberglaube ein offenes Geheimnis gewesen, man zog sie damit auf und ließ sie wieder in Ruhe. Seit sie sich beruflich damit auseinandersetzte, mutierte sie zu einem lebenden Orakel. Die Hexe vom *Wiener Boten*.

»Waren die Wolken hell oder dunkel?«

»Dunkel.«

»Oje, dunkle Wolken am Horizont weisen auf Schwierigkeiten hin«, erklärte sie mit der Stimme einer Magierin, die über eine Kristallkugel gebeugt die Zukunft voraussagt.

»Dachte ich mir's doch«, murmelte Gabi.

»Ich glaube nicht, dass das etwas zu bedeuten hat«, lenkte Sarah in normalem Tonfall ein.

»Warum? Du hast doch eben …«

»Ich hab dich auf den Arm genommen, Gabi. Ich bin weder eine Wetterprophetin noch eine Hellseherin.«

»Ich glaub nicht, dass es nichts zu bedeuten hat. Niemand weiß das besser als du«, gab Gabi etwas beleidigt zurück. »Und mir ist es egal, was du sagst. Ich werde trotzdem drüber nachdenken.«

»Mach das!«

Sarah legte auf, drehte am Lautstärkenregler ihres Radios und hörte den Schluss des Wetterberichtes. »Eine Kaltfront, die über Österreich zieht, bringt schwere Unwetter mit sich. Die Tageshöchsttemperaturen erreichen nur um die zehn Grad. Es werden ab dem späten Nachmittag weitere Stürme mit Windspitzen zwischen 70 und 100 Kilometern pro Stunde in Kombination mit Gewittern erwartet«, meldete der Meteorologe.

Dann fragte der Moderator seinen Kollegen vom Wetter, ob dies nicht die Schafskälte sein könne. Dieser legte sich nicht fest, weil die Schafskälte normalerweise erst Anfang Juni hereinbreche.

Auch das noch!

In solchen Momenten sehnte sie sich in die Geburtsstadt ihrer Großmutter. Wenn sie noch lebte, dachte Sarah, dann würde sie die Ereignisse der letzten Stunden sofort als Zeichen deuten. Die gute Frau hatte die halbe Familie mit Naturgeistern, Dämonen und Mystizismus verrückt gemacht. Betrachtete man die Hintergründe, leuchtete ein, warum. Sie blieb, obwohl sie in Österreich lebte, immer Neapolitanerin, und nirgendwo sonst in Italien trieb der Aberglaube fantasievollere Blüten als in Neapel.

Sarah legte eine CD ein: Pino Daniele, Napule è.

Auch wenn sie noch nie in Neapel gewesen war und nichts über das Leben dort wusste, war sie sich sicher, dass es um einige Grade wärmer war als in Wien. Das allein zählte im Moment.

Die große Zuneigung zum Heimatland ihrer Großmutter verspürte sie erst seit dem Tod ihrer Eltern. Sarah wertete es als Suche nach den Wurzeln mütterlicherseits. Die Wurzeln ihres Vaters kannte sie: Sie lagen in Wien. In den Adern ihrer Mutter floss italienisches Blut, obwohl sie in Wien geboren worden war. Die Kultur und Tradition Neapels hatte sie Sarah und Chris niemals aufgedrängt, genauso wenig die Sprache. Was Sarah bedauerte.

Jedoch lebten in Sarah die Traditionen, die Volksweisheiten weiter.

Nachdem sie ein Jahr zuvor bei Recherchen um den Tod einer Kollegin von einem Wahnsinnigen fast umgebracht worden war, hatte sie David Gruber vorübergehend um einen ruhigen Schreibtischjob gebeten. Die Nachfolge der bekannten Enthüllungsjournalistin Hilde Jahn wollte sie auf keinen Fall antreten. Investigativer Journalismus war nichts für Sarah, das wusste sie schon, bevor sie damals Hilde Jahn als Assistentin zugeteilt worden war. Vielleicht war sie zu empfindsam, vielleicht zu ängstlich für diese Form der Berichterstattung.

»Napule è ...« Sie stoppte die CD. Genug der sentimentalen Klänge. Wien war lebenswert, Neapels Müllberge auf den Straßen hingegen stanken laut Berichterstattung inzwischen zum Himmel.

Die Tür öffnete sich, und vor ihr stand eine junge Frau mit einem Stapel Briefe in der Hand. Die neue Praktikantin. Sarah glaubte sich zu erinnern, dass sie Publizistik und Kommunikationswissenschaften studierte. Die Studentin arbeitete seit drei Monaten stundenweise beim *Wiener Boten*. Sie rief Sarah ihre eigenen Anfänge ins Gedächtnis.

»Entschuldige, dass ich so spät komme. Es sind wieder jede Menge Briefe für dich dabei«, erklärte sie und legte Sarah den Stapel auf den Tisch.

Sarah lächelte sie an und bedankte sich freundlich. In ihrer Zeit als Praktikantin hatten sich selten Kollegen bedankt.

Die junge Frau nickte ebenfalls lächelnd und verschwand wieder. Freundlichkeit hebt die Stimmung, dachte Sarah und machte sich wieder an die Arbeit. Das Lächeln war noch nicht aus ihrem Gesicht verschwunden, als Conny Soe im Türrahmen auftauchte. Die Society-Reporterin, die aufgrund ihrer kupferroten Lockenmähne die Löwin genannt wurde, stakste wie immer in High Heels durchs Zimmer. Nicht nur Sarah fragte sich, wie man es den ganzen Tag in derartigen Folterinstrumenten aushalten konnte. Da Conny bereits ohne Schuhe 1,78 groß war, überragte sie mit hochhackigen Pumps viele ihrer männlichen Kollegen.

Conny wirkte heute anders, irgendetwas kam Sarah außergewöhnlich an ihr vor, noch mehr als sonst. Sie trug ein eng anliegendes lila Kleid, dazu einen passenden Hut und glitzernde Swarovski-Ohrringe. Dicht hinter der Löwin tippelte Sissi, ihr kleiner Mops, in den Raum, begrüßte Sarah aufgeregt, legte sich auf den Rücken: eine Aufforderung, ihr den Bauch zu kraulen.

»Stell dir vor, wen ich heute gesehen habe!«

Warum gehört Conny nicht zur regelmäßig abgelichteten Promispezies, fragte sich Sarah stumm. Ihre Auftritte verdienten Applaus.

»Wen?«

»Sekt und Rosen hat er gekauft.«

»Wer?«

»Der ist dann aber nicht in sein Auto gestiegen. Der ist damit in einem Haus auf der Wienzeile verschwunden. Ich vermut ja schon lange, dass der wieder ein Gspusi hat. Ist ja viel zu lange gut gegangen. Also ich möchte nicht mit dem liiert sein. Fragt sich nur, mit wem er was hat.«

»Darf ich endlich wissen, wen du meinst, oder wird das hier ein Frage-Antwort-Spiel?« Sarah hoffte, jetzt nicht David Grubers Namen zu hören.

»Karlheinz Koban«, sprach Conny betont langsam. So, als müsste Sarah längst ahnen, von wem sie sprach.

»Karlheinz Koban?«, wiederholte Sarah den Namen ebenfalls betont langsam. »Wer ist das?«

Conny fuchtelte wild mit den Armen herum, als müsste sie sich nach dieser ungeheuerlichen Frage Luft zufächeln. »Du weißt nicht, wer Doktor Karlheinz Koban ist?«

Sarah schüttelte den Kopf.

»Ich mein, dass du keine Societyseiten liest, hab ich gewusst. Aber lässt du auch den Chronikteil aus? Karlheinz Koban ist der ... ich wiederhole ... DER Promi-Anwalt schlechthin. Wenn du ein Problem und genug Kohle hast, dann lässt du dich von ihm vertreten. Der hat bis jetzt jeden aus der Scheiße gezogen, egal wie tief er drinsteckte. Verstehst du? Jetzt erst wieder diesen Weninger. Das hast du sicher gelesen. Der Promi-Sohn«, sie verdrehte die Augen, »des ach so bekannten Architekten Klaus Weninger. Der Junior hatte eine Anklage wegen Vergewaltigung am Hals. Und die Klägerin war keine Geringere als Jutta Baumann, die Tochter des Großunternehmers

Viktor Baumann.« Sie machte eine dramaturgische Pause, um die Worte auf Sarah wirken zu lassen, bevor sie weitersprach. »War dann wohl falscher Alarm. Die reiche Tochter hat leider übersehen, dass der Gute zum angeblichen Tatzeitpunkt eine andere gevögelt hat. Blöd gelaufen. Sicher eine typische Eifersuchtsnummer.«

»Reden wir hier von DEM Baumann?«

Conny nickte. »Genau der! Seine Tochter ist regelmäßig in Behandlung, leidet an Depressionen oder so.« Sie sprach das Wort Depressionen aus, als handle es sich dabei um eine Kinderkrankheit, die man mit ein paar Tabletten heilen konnte.

»Jetzt, wo du's sagst. Ich erinnere mich, am Samstag etwas im *Wiener Boten* über den Ausgang des Prozesses gelesen zu haben, habe es allerdings gleich wieder vergessen. Den Chronikteil hab ich nur überflogen.«

»Den Chronikteil überflogen«, schnaubte Conny empört. »Was interessiert dich eigentlich?«

Sarah zuckte die Achseln. »Genug. Kultur, Sachberichte, Politik ... Sport ... hab mir kürzlich die French Open mit Jürgen Melzer angesehen ...«

Conny unterbrach Sarah mit einer abfälligen Handbewegung. »Ach, was red ich eigentlich mit dir über Promis?«

Darüber wunderte sich Sarah auch. Sie war die letzte Anlaufstelle, wenn's um Klatsch und Tratsch ging.

»Ich dachte, du kennst den Koban.«

»Warum sollte ich ihn kennen?«

»Weil den jeder kennt, Sarah. Der Typ ist der absolute Wahnsinn ... sieht gut aus, gewinnt eine Verhandlung nach der anderen, ist auf fast allen wichtigen Veranstaltungen zu sehen. Seine Frau ist die Tochter eines ehemaligen Außenministers ... ist schon eine halbe Ewigkeit her, dass der das war … mir fällt sein Name gar nicht mehr ein. Da sieht man wieder, wie schnell einer vergessen wird. Weißt eh, wie das ist. Wenn man einmal an der Macht war, hat man seine Haberer überall und bringt gegebenenfalls die eigenen Leute ganz nach oben. Auch den Herrn Schwiegersohn.« Wieder machte sie eine Kunstpause, diesmal, um die Behauptung der Vetternwirtschaft auf Sarah wirken zu lassen. »Nur wenn du aus welchem Grund auch immer in Ungnade fällst, liefern sie dich ans Messer«, zitierte Conny schließlich allgemeines Stammtischgeschwafel.

Sarah fragte sich, wie lange sie sich das Gerede anhören musste. Sie machte gute Miene zum bösen Spiel, denn eigentlich mochte sie Conny Soe. »Dann kommen deine Politikerhände-auf-fremdem-Arsch-Fotos ins Spiel? Hab ich recht?«

Connys böses Lächeln war Antwort genug. Die Löwin hatte Sarah die Fotos gezeigt. Sie lagen ausgedruckt und in Form einer CD in ihrer Schreibtischlade. Conny witterte Affären wie ein Jagdhund die Fährte von Wild. Manchmal wurden ihr pikante Details zugetragen. Informanten waren im Laufe der Jahre zu Freunden geworden, und Politik war ein dreckiges Geschäft.

»Trotzdem kenn ich diesen Koban nicht. Tut mir leid«, offenbarte Sarah noch einmal. »Sag, wo warst du eigentlich heute? Bei der Sitzung jedenfalls nicht, und wenn ich mir dein Outfit anseh …« Sarah deutete mit der Hand von Connys Kopf bis zu den Schuhen. »Eine Gala am Vormittag?«

»Ich war mit David im Rathaus. Erwin Steinhauer hat das Goldene Verdienstzeichen Wiens bekommen. Simon hat Fotos geschossen und lädt die gleich für die Online-Redaktion hoch. Wenn du schauen willst?«

Sarah fragte sich, warum Gabi nicht gewusst hatte, dass David mit Conny im Rathaus gewesen war. Sie würde sie später danach fragen. »Erzähl Gabi die Geschichte, dass du Karlheinz Koban am Naschmarkt gesehen hast. Die kennt den bestimmt.« Gabi kannte alle A-, B- und C-Promis, die regelmäßig in den Klatschspalten auftauchten. »Und du weißt, sie liebt solche Storys.«

Conny zog ein A5-Kuvert aus der Handtasche. »Eigentlich wollte ich dir das hier geben.«

Sarah griff danach. »Was ist das?«

»Eine Einladung zur Benefizveranstaltung im Rathaus. Ich brauche nämlich keine, bin ja als Presse akkreditiert. Vielleicht hast Lust, dann lernst ein bisschen die Szene kennen. Wird sicher nett.«

Sarah hätte gern geantwortet, dass ihr die Szene herzlich gestohlen bleiben konnte. »Danke.«

»Und zieh dir was Fesches an!« Conny machte keinen Hehl daraus, dass sie Sarahs Outfits unmöglich fand. Jeans, T-Shirt oder Pulli, je nach Jahreszeit, und flache Schuhe, meistens Sportschuhe; für die Society-Löwin eine modische Katastrophennummer, zumal Sarah nur 1,67 groß war.

Conny verließ mit wehenden Fahnen das Büro.

Sarah sah beiläufig über die Post auf ihrem Schreibtisch. Ihr Blick heftete sich auf eine weinrote Postkarte mit der Silhouette einer schwarzen Katze darauf. Auf dem Katzenkörper stand geschrieben:

»Ob eine schwarze Katze Unglück bringt oder nicht, hängt davon ab, ob man ein Mensch ist oder eine Maus.« *Max O' Rell*

Sarah lächelte. Diese Karte würde sie rahmen lassen und über Maries Fressnapf hängen. Auf der Rückseite war ein Stempel mit dem Datum: Freitag, 21. Mai. Sollte sie die Karte als Zeichen verstehen? Oh Gott, jetzt fing sie auch damit an, Alltäglichkeiten zu deuten. Doch dann hatte sie eine Idee: Sie würde in der nächsten Kolumne über Katzen und deren Bedeutung im Volksglauben schreiben, darüber, dass diese edlen Wesen, denen in einigen Kulturen Dämonisches und Unheimliches nachgesagt wird, woanders Glück bringen.

Sarah holte eines ihrer Nachschlagewerke über Aberglauben aus dem Regal. Inzwischen besaß sie eine ganz beachtliche Reihe Lexika zu diesem Thema, und auch das Internet war voll davon. Bereits Bastet, die in der ägyptischen Mythologie als Katzengöttin dargestellte Tochter des Sonnengottes Ra, wurde als Göttin der Fruchtbarkeit verehrt. Wollten Gläubige der Göttin besonders gefallen, kauften sie gleich mehrere Katzen auf einmal. Diese Zeit war längst vorbei, lediglich in dem kleinen Südseestaat Osttimor in Südostasien galten Katzen heute noch als heilig. Wer eine Katze tötete, war selbst sowie seine Nachfahren bis in die siebte Generation verflucht.

Sarah klappte das Lexikon wieder zu, kehrte an ihren Schreibtisch zurück, öffnete ein neues Dokument und gab den Kolumnentitel ein: »Wer eine Katze tötet, hat Unglück.«

3

In dieser Nacht überfuhr Koban auf dem Heimweg zum ersten Mal in seinem Leben eine Katze.

Das Biest tauchte plötzlich aus der Dunkelheit vor seinem Wagen auf wie ein schwarzer Dämon mit gelb leuchtenden Augen. Nur den Bruchteil einer Sekunde nahm er das Tier wahr.

Bremste mit quietschenden Reifen.

Zu spät.

Es rumpelte. Dann war absolute Stille.

Der Tod war lautlos gekommen.

»Scheißviecher!«

Er fuhr rechts an den Straßenrand und sah in den Rückspiegel. Das Tier bewegte sich nicht. Es war tot. Da gab es nichts mehr zu tun. Insgeheim gratulierte er sich, seinem Sohn kein Haustier erlaubt zu haben. So ein Viech hieß nur Arbeit, Dreck und Kosten. Wenn es starb, weinte die ganze Familie und schrie nach Ersatz. Das ganze Theater konnte ihm gestohlen bleiben.

Schließlich fuhr er weiter und ließ das Tier hinter sich liegen. Juristisch gesehen sein gutes Recht. Eine Katze war kein Wild, sondern ein Haustier. Streng genommen konnte er den Besitzer ausfindig machen und ihn den Schaden am Auto zahlen lassen. Aber er wollte kein Unmensch sein.

Als er den Wagen durchs Gartentor zur Villa lenkte und in seine Garage vorfuhr, hatte er den Vorfall mit der Katze schon vergessen. Vor der Haustür blieb er kurz stehen, atmete drei Mal tief ein und aus. Sein Sohn schlief sicher schon. Er musste morgen früh zur Schule. Fabian war acht Jahre alt und ging auf die American International School in der Salmansdorfer Straße. Seine Frau Silvia saß entweder vor dem Fernseher oder plante die nächste Benefizparty. Sie würden einige Belanglosigkeiten austauschen, ein Glas Rotwein trinken und dann, hoffte er, würde sie für alles andere viel zu müde sein wie meistens, denn er verspürte absolut kein Verlangen nach mehr. Dagmar leistete ganze Arbeit.

Er steckte den Schlüssel ins Schloss und betrat das Haus. Es duftete verführerisch nach gutem Essen.

»Ich hab etwas Feines vorbereitet«, begrüßte ihn Silvia.

Er küsste sie auf die Wange. »Das hättest du nicht tun müssen. Ich hab mit einem Klienten in der Stadt gegessen.«

Sie schien nicht enttäuscht zu sein. »Hab ich mir schon gedacht, weil ich dich nicht erreichen konnte, und deine Sekretärin meinte, dass du gleich nach dem Gericht zu einem anderen Klienten müsstest und nicht mehr in die Kanzlei kommen würdest.«

Die gute Frau Schmid. Sie hatte wieder einmal für ihn gelogen. Ob sie wusste, mit wem er sich traf?

»Ist eh nur eine Kleinigkeit. Zum Feiern«, redete Silvia munter weiter. So aufgekratzt und feierlich hatte er sie lange nicht mehr erlebt. Ihre dunklen Augen blitzten förmlich. Erst jetzt fiel ihm auf, dass Silvia sich richtig schön gemacht hatte. Ein rot-schwarzes Kleid, dazu schwarze Pumps. Sie sah gut aus, hielt eine Flasche Champagner in der Hand. Ein Bild, das man sonst nur aus Liebesfilmen kannte, kurz bevor eine zumeist sehr attraktive Frau einem ebenso attraktiven Mann in die Arme flog.

Wenn Silvia das tat, wurde ihm schlagartig bewusst, dass er sie nicht mehr begehrte. Seit einem halben Jahr übernachteten sie in getrennten Schlafzimmern. Seither hatten sie zwei Mal miteinander geschlafen. Nicht aus einem Gefühl der Zuneigung oder des Begehrens heraus. Vielmehr aus Pflichterfüllung. Dieser Pflichterfüllung musste er demnächst wieder nachkommen. Irgendwann. Nicht heute.

»Was feiern wir denn?«, fragte er, weil sie das sicher erwartete.

»Stell dir vor, wer heute zugesagt hat, zu meiner Benefizveranstaltung zu kommen!«

Fast hätte er die Veranstaltung im Rathaus vergessen, obwohl ihn Silvia und seine Sekretärin regelmäßig daran erinnerten. Irgendwas mit Kindern, so weit konnte er sich erinnern. Seit Fabians Geburt drehten sich all ihre Aktivitäten um Kinder. In Wahrheit interessierten ihn die Partys schon lange nicht mehr. Dennoch versuchte er neugierig dreinzublicken.

»Das errätst du nie!«

»Mach's nicht so spannend.«

»Viktor Baumann«, posaunte Silvia den Namen stolz heraus.

»Viktor Baumann«, wiederholte Koban ungläubig. Die Nachricht entlockte ihm ein Stirnrunzeln. »Wie das? Es ist warm hier herinnen.« Er zog sein Sakko aus und hängte es über die Stuhllehne. »Du hast in unseren Gesprächen nie erwähnt, dass du Viktor Baumann kennst. Oder hast du ihm ins Blaue hinein eine Einladung geschickt?«

»Ich kenne ihn nicht. Er ist ein Bekannter meines Vaters.«

»Aha.« Warum hatte dann nicht er, Koban, Baumanns Tochter vertreten? Dann hätte das heute im Gerichtssaal anders ausgesehen, schoss es ihm durch den Kopf. »Und dein Vater hat ihn eingeladen? Wann?« Er war sicher, dass Silvia von der Zusage seit Tagen wusste und es ihm nur aus Zeitmangel nicht hatte erzählen können. Denn einer der erfolgreichsten Unternehmer Österreichs nahm nach einer Niederlage vor Gericht garantiert keine Einladung zu einer Benefizparty an, die die Ehefrau des Anwalts der Gegenpartei organisierte. »Wann hat er zugesagt?«

»Wann mein Vater mit ihm telefoniert hat, kann ich dir nicht sagen. Es zählt doch nur, dass Baumann mich heute Nachmittag angerufen und zugesagt hat. Ich habe länger mit ihm geplaudert. Ein sympathischer Mann. Glaubt man nicht, dass ein so erfolgreicher Unternehmer sich die Zeit nimmt, persönlich anzurufen«, zeigte sich Silvia restlos begeistert von Baumann.

Koban verzog das Gesicht zu einem gekünstelten Lächeln. »Freut mich.«

Das werden Sie bereuen. »Woher hat er deine Telefonnummer?«

»Hat mein Vater ihm gegeben.«

»Aha«, versuchte Koban gleichgültig zu klingen. Er schaute über ihre Schulter hinweg. »Und was gibt's jetzt zu essen?« Er hatte es sich anders überlegt, wollte sich stärken und etwas Zeit gewinnen, bevor er mit Silvia ins Bett steigen würde, um seinen Besitz zu markieren.

»Ach ja, mein Vater lässt dir ausrichten, er würde es sehr begrüßen, wenn du in nächster Zeit keine derart gelagerten Fälle mehr annehmen würdest.«

»Derart gelagert? Was meint er damit?«

»Na, du weißt schon. Die Sache mit Jutta Baumann.«

»Und aus welchem Grund?«

»Er meint, das schade unserem Ansehen, wenn du Leute wie diesen Weninger vertrittst.«

»Er ist unschuldig.«

Silvia hob die Augenbrauen. »Vater wünscht es. Vorübergehend.«

»Wie lange ist vorübergehend?«

»Bis sich die Wogen geglättet haben. Baumann ist halt ein alter Freund, das musst du verstehen. Es war nicht schön und gar nicht im Sinne der Familie, gegen seine Tochter vorzugehen.«

»Ich bin Anwalt, Silvia. Ich verbringe meine Zeit mit derart gelagerten Fällen vor Gericht und nicht bei einem Kaffeekränzchen.« Sollte er sie an den Schultern packen und schütteln, damit sie zur Besinnung kam? »Muss ich jetzt jedes Mal deinen Vater fragen, ob ich einen Fall annehmen darf oder nicht?«

»Sei nicht albern. Komm jetzt! Das Essen ist fertig.«

Koban seufzte. Es war wieder einmal so weit. Sein Schwiegervater mischte sich in ihr Leben ein, und Silvia unterstützte ihn dabei.

*

Birgit Pohn starrte auf die Uhr in der Küche. Viertel nach acht.

Wo blieb Monika? Nervös und ein wenig verstimmt arrangierte sie das Gedeck neu, drehte die Sektgläser hin und her, richtete zum wiederholten Mal die Servietten. Alles war fertig. Nur Monika fehlte. Sie las zum werweiß-wievielten Mal die SMS ihrer Freundin, die gegen Mittag gekommen war: »Stell Prosecco kalt, ich bring was vom Japaner mit, bin um sieben bei dir, dann feiern wir. Wenn's dir recht ist, schlaf ich bei dir. Muss dir viel erzählen!«

Natürlich war Birgit das recht. Ihre Freundin schlief oft bei ihr, meistens dann, wenn sie zusammen kochten, es sich in Jogginghose und Schlabbershirt bequem machten und die halbe Nacht über alles Mögliche quatschten. Vor ein paar Tagen hatte Monika etwas von einem lukrativen Job erzählt, den sie heute erledigen wollte. »Damit bin ich meinem Traum um drei Schritte näher.« Monikas Worte. Ihr Traum: eine Reise nach Australien.

Seit einer Stunde versuchte Birgit ihre Freundin zu erreichen, doch sie kam nur auf die Sprachbox. Ungewöhnlich. Sogar für Monikas Verhältnisse. Eine halbe Stunde Verspätung war im Bereich der Normalität. Eine Stunde beunruhigend.

Birgit schenkte sich ein Glas Wein ein, nur zur Beruhigung. Sie begann, mit dem Glas in der Hand in der Wohnung umherzugehen. Ihre Wohnung war nicht besonders groß. Es gab ein Schlafzimmer, ein Wohnzimmer, eine Küche, ein Bad und ein WC auf 60 Quadratmetern. Die Wände waren weiß gestrichen und mit unzähligen Fotos hinter Glas verziert. Auf den meisten Fotos waren die gleichen Motive zu sehen: Monika und Birgit in allen möglichen Posen und Situationen. Hatte Birgit eine Beziehung mit jemandem, kamen diese Bilder dazu und wurden wieder weggenommen, sobald die Beziehung beendet war.

Halb neun.

Ihr Magen knurrte.

Ihr Körper signalisierte leise Panik.

Ihre Kehle war trocken.

Sie holte sich ein zweites Glas Wein aus der Küche, drückte zum x-ten Mal die Wahlwiederholung. »Hallo, hier ist Monika ...«

Scheiße. Wieder die Sprachbox.

»Monika! Ruf endlich an!«

Der Uhrzeiger der Küchenuhr rückte erbarmungslos Minute für Minute weiter. Die fortschreitende Zeit kannte kein Erbarmen, nahm keine Rücksicht darauf, dass jetzt nackte Angst Birgits Rücken hinaufkroch.

Fünf vor neun.

Ihr Handy läutete. Ein Gefühl der Erleichterung stieg in ihr auf, gleichzeitig schoss ein heftiger Adrenalinstoß durch ihren Körper. Auf dem Display leuchtete Monikas Nummer. Sie drückte den grünen Knopf. »Na endlich! Wo steckst du, Monika? Ich warte hier auf dich!«

Niemand meldete sich. Sie hielt das Handy vor die Augen, kontrollierte die Signalstriche auf dem Display. War die Leitung tot?

»Monika?«

Sie glaubte, ein Stöhnen zu hören.

»Alles in Ordnung?«

Ihre Hand zitterte. Verdammte Scheiße. Was war da los?

»Ist dir was passiert? Red mit mir! Monika!« Birgits Stimme überschlug sich. Sie war mit den Nerven am Ende. Erst die Warterei, ohne Monika erreichen zu können, und jetzt das. Irgendetwas war passiert, sonst wäre Monika nicht so eigenartig. Birgit begann zu weinen. Sie wollten doch feiern. Anstoßen auf die 5000 Euro. Doch jetzt sah sie vor ihrem inneren Auge ihre Freundin verletzt auf einer einsamen Straße liegen, angefahren von einem Autofahrer, der die Flucht ergriffen hatte. »Wo bist du, um Himmels willen?«

»Hilf mir, Birgit!«

Die Verbindung wurde unterbrochen. Das war das Letzte, was sie von ihrer Freundin hören sollte.

Dienstag, 25. Mai

4

Verdammt!

Sekundenlang starrte Sarah Pauli auf das Ziffernblatt ihres Weckers. Die Uhrzeit ließ sich nicht ändern. Sie hatte vergessen, die Weckfunktion einzuschalten, und prompt verschlafen. Hastig sprang sie aus dem Bett und spürte auf der Stelle einen stechenden Schmerz. »Scheiße!« Sie fiel zurück aufs Bett, richtete sich wieder auf und betrachtete das Chaos auf dem Boden: achtlos hingeworfene Kleidung, T-Shirt, Jeans. Sie war mit nackten Füßen auf die Schnalle des Gürtels gestiegen. Der kleine Stahlstift hatte sich in ihren rechten Fußballen gebohrt. Sie presste kurz die Hand auf die schmerzende Stelle, dann schwang sie sich erneut aus dem Bett und humpelte in die Küche. Marie, ihre nach einer Aristocat benannte schwarze Halbangorakatze, folgte mit hoch erhobenem Schwanz. Als Sarah lediglich Trockenfutter in die Futterschüssel schüttete, bedachte Marie sie mit einem Blick, der Sarah augenblicklich eine Dose Katzenfutter öffnen ließ. Die Katze war zufrieden und widmete sich schnurrend dem Frühstück. Sarah zog den Deckel komplett von der Dose ab und verschloss sie mit einem Plastikdeckel. Dabei schnitt sie sich am Dosenrand. Blut tropfte auf die Ablage. Sie nahm den Finger in den Mund und saugte an der Wunde. Wo waren die Pflaster? Im Medizinschränkchen im Badezimmer. Es gab Tage, da ging alles von Beginn an schief. Sie wickelte ein Küchenkrepp um ihren blutenden Finger und schaltete die Kaffeemaschine ein.

Auf dem Weg ins Bad warf sie einen Blick auf die Garderobe. Keine Jacke oder sonstige Kleidung, die einer Frau gehören könnten. Nur Chris' Schuhe standen neben der Haustür.

Ihr Bruder arbeitete neben dem Medizinstudium im *Panorama,* einer In-Bar im ersten Bezirk. Von dort schleppte er gerne die eine oder andere junge Frau nach Hause ab. Sarah konnte es ihm nicht verdenken. Die Mädels saßen stundenlang herum und warteten die halbe Nacht darauf, von ihrem zugegebenermaßen hübschen Bruder »flachgelegt« zu werden. Anders konnte Sarah das nicht bezeichnen. Etliche Male hatte sie beobachtet, wie die Schönheiten um seine Gunst buhlten. Sich die Namen der Frauen zu merken, hatte sie längst aufgegeben. Kaum eine sah sie öfter als zwei Mal in der Wohnung. Sarah verzieh ihrem acht Jahre jüngeren Bruder seine Umtriebigkeit. Letztendlich freute sie sich, dass er nach dem Tod ihrer Eltern zu einer Art Leichtfertigkeit zurückgefunden hatte. Sarah hatte damals, obwohl sie ihren Eltern nahestand, schon ihr eigenes Leben gelebt. Chris hingegen stand ein Jahr vor der Matura, und von einer Sekunde auf die andere fühlte Sarah sich für ihn verantwortlich. Das Unglück ließ sie zusammenwachsen.

Das Pfingstwochenende war für Chris damenfrei geblieben, weil er vor einer wichtigen Prüfung an der Uni stand und jede freie Minute lernte, die er nicht im *Panorama* arbeitete.

Am Samstagvormittag fuhren sie gemeinsam zum Hütteldorfer Friedhof und setzten frische Blumen auf das Grab der Eltern.

Den Rest des Wochenendes verbrachte Sarah auf der Couch, las und schlief. Das Wetter war zu miserabel, um vor die Tür zu gehen. Zwischendurch rahmte sie die Postkarte für Marie und hängte sie am Futterplatz über dem Warnschild »Attenti al gatto« auf.

Sonntagabend ging sie gemeinsam mit Gabi zu Chris ins *Panorama*. Dort trafen sie Conny und Herbert Kunz. Das Lokal war zu einer Art zweitem Wohnzimmer für die Mitarbeiter des *Wiener Boten* geworden.

Pfingstmontag gab sie sich wieder dem Müßiggang hin.

Vielleicht war das der Grund dafür, dass sie an diesem Morgen so gar nicht in die Gänge kam.

Nach der Dusche erwartete sie in der Küche das nächste Chaos. Sie hatte Kaffee in den Filter gegeben, die Maschine eingeschaltet und dann vergessen, den Deckel zu schließen. Jetzt bedeckte eine braune Brühe die Küchenablage. Fieberhaft begann sie, Küchenkrepp aufzulegen, verbrannte sich die Finger an dem heißen Gebräu und beim Versuch, den Filter aus der Maschine zu nehmen. Dabei streifte sie mit dem Ellbogen eine Kaffeetasse, die auf dem Fußboden zerschellte.

Marie beobachtete das Treiben sichtlich gelangweilt vom Küchenfensterbrett aus.

»Bleib ja, wo du bist«, befahl Sarah und hielt der Katze drohend den Finger vors Gesicht. Marie gähnte teilnahmslos. »Sonst schneidest du dir womöglich die Pfoten auf, und ich hab keine Zeit, zum Tierarzt zu fahren.«

Früher, als freie Redakteurin, war sie auf derartige Zeichen hin sofort zurück ins Bett gegangen. Als fest angestellte Journalistin beim *Wiener Boten* ging das nicht mehr. Fixe Redaktionszeiten bestimmten ihren Alltag ebenso wie ein festes Gehalt, unabhängig von der Anzahl der Artikel, die sie schrieb. Statt ihren Aberglauben auszuleben, schrieb sie heute Kolumnen darüber.

Zehn Minuten später war alles einigermaßen sauber.

Die Neun-Uhr-Nachrichten brachten eine Meldung über eine tote junge Frau am Naschmarkt. Die Meldung an sich war kurz und knapp, dennoch reißerisch aufgemotzt, damit sie in den Köpfen der Hörer hängenblieb. Kunz mobilisierte wahrscheinlich im Moment einen Kollegen mit Fingerspitzengefühl und einer Antenne fürs Wesentliche. Es gab zu viele Elefanten, die vor Ort Porzellan zerschlugen, weil sie sich nicht zu benehmen wussten. Kunz musste sich anschließend mit dem Aufsammeln der Scherben in Form von Beschwerden befassen. Sarah konnte sich lebhaft vorstellen, wie hektisch es in diesem Moment in der Chronikredaktion zuging, weil die gesamte Arbeitseinteilung und Tagesplanung innerhalb kürzester Zeit überarbeitet werden musste. Zumeist übertrug sich diese Hast auf alle anderen Abteilungen. »Bienenschwarm-Syndrom« nannte Sarah diese Geschäftigkeit.

Warum musste sie ausgerechnet heute verschlafen?

Sie schaltete das Radio aus und blickte aus dem Fenster. Es regnete.

Augenblicke später schnappte sie sich ihre Jacke und einen Regenschirm und verließ die Wohnung.

Der Brunnenmarkt, der sich von der Thaliastraße bis zur Ottakringer Straße hin ausdehnte, war einer der letzten Straßenmärkte Wiens. Sarahs Wohnhaus lag direkt an dem am Markt angeschlossenen Yppenplatz. In einem der Nebenhäuser in der Payergasse hatte 15 Jahre früher der österreichische Schriftsteller und Künstler Werner Schwab gewohnt. Ein Schild mit einem Zitat von ihm über dem Haustor erinnerte an ihn: »Wir sind in die Welt gevögelt und können nicht fliegen.« Dieser Satz entlockte Sarah jedes Mal ein Grinsen, wenn sie an dem Haus vorbeiging. Er sagte alles Notwendige aus, fand sie.

Als sie die U-Bahn-Station Thaliastraße betrat, läutete ihr Handy. Sie kramte es aus der Handtasche hervor. Ohne einen Blick aufs Display hob sie ab. Sie wusste, wer dran war.

»Wo bist du?«, hörte sie Herbert Kunz' Stimme. Vor ihrem inneren Auge tauchte der Chef vom Dienst auf: ein hagerer Mittvierziger, der großen Wert auf geschmackvolle Kleidung legte: Anzug, Hemd und Krawatte. Seine dunkelblonden Haare sahen aus, als gehe er täglich zum Friseur. Er sah sich durchaus als Respektsperson, kehrte jedoch selten den Chef hervor. Er erreichte auch so, was er wollte.

»Bin schon unterwegs. Hab verschlafen. Entschuldige.«

»Hast du Radio gehört?«

»Die Tote am Naschmarkt?«

»Du musst hinfahren.«

»Muss ich?«, fragte Sarah. Nachdem sie die Leichen ihrer Eltern und ihrer ehemaligen Kollegin gesehen hatte, war ihr Bedarf, toten Menschen ins Gesicht blicken zu müssen, für alle Zeiten gedeckt.

»Tut mir leid. Die Chronikabteilung ist ausgeflogen, und eine Freie möchte ich nicht losschicken. Simon ist bereits dort und macht Fotos. Ich halte dir die Titelseite und die halbe Seite drei frei.«

Natürlich musste es die Titelseite sein, wenn am Naschmarkt, dem Aushängeschild und Tourismusmagnet Wiens nach Stephansdom und Riesenrad eine Leiche gefunden wurde. Kunz interpretierte ihr Zögern richtig. »Trägst sicher deine Chilis. Damit kann dir nichts passieren«, spielte er auf ihre Ohrringe an. Sarah trug fast immer rote Korallen in Form eines Horns.

»Corni«, verbesserte sie ihn, weil sie das immer tat und es zu einem Ritual zwischen ihnen geworden war.

»Die Tote ist schon in der Gerichtsmedizin. Du musst sie nicht ansehen«, sagte er schließlich.

»Kann nicht jemand anderes?«, versuchte es Sarah trotzdem noch einmal. »Vielleicht jemand von der Kultur?«

»Haha. Der war gut. Nein. Du fährst!«

Sarah seufzte. »Wissen wir, wer sie ist?«

»Nein, keine Ahnung. Die Polizei hat bis jetzt keine Meldung rausgegeben. Die Nachrichtenagenturen haben keine detaillierten Informationen. Die Leiche wurde vor einer Stunde gefunden. Du musst versuchen, so viel wie möglich vor Ort herauszufinden, und schau, dass du bis um elf in der Redaktion bist.« Damit war das Telefongespräch beendet. Frühstück im Büro fiel auch aus. Sarah notierte in Gedanken: Dienstag, 25. Mai. Nicht mein Tag.

*

Birgit starrte fassungslos ihr Radio in der Küche an. Es dauerte nur Sekunden, bis die Botschaft des Moderators ihr Gehirn erreichte. Instinktiv griff sie sich ans Herz, schnappte nach Luft und sank langsam zu Boden wie ein Stein, den jemand in die Donau warf. Wie in Trance schlug sie die Hände vors Gesicht, begann laut zu weinen, brüllte ihren Schmerz gegen die Wand. Am Boden presste sie die Knie an den Oberkörper, machte sich ganz klein und blieb liegen.

Obwohl weder ein Name erwähnt noch eine genauere Beschreibung durchgegeben wurde, wusste Birgit, dass es sich bei der Leiche am Naschmarkt um Monika handelte. Um wen sonst?

Ihr völlig übermüdeter Körper hüllte sie in einen Zustand der Besinnungslosigkeit. So lange, bis der Weinkrampf nachließ und sie in dieser embryonalen Stellung allmählich wieder zu sich kam.

Wenngleich sie die Wahrheit nach ihrem Besuch auf dem Polizeikommissariat in der Stumpergasse längst geahnt hatte, hatte sie das ganze Wochenende nach Monika gesucht. Ahnung und Gewissheit waren keine Geschwister, und der menschliche Verstand hing an der Hoffnung wie ein kleines Kind an der Mutter. Adrenalin und Angst hatten sie angetrieben. »Hilf mir, Birgit!« Dieser Satz hatte sich in ihrem Kopf festgekrallt, würde dort bleiben bis zu ihrem letzten Tag und hatte Birgit in den letzten drei Tagen am Schlafen gehindert. Ab und zu war sie in einen Dämmerzustand verfallen, aus dem sie genauso müde wieder erwacht war.

Wen sie auch anrief, Freunde, Bekannte, Studienkollegen – niemand hatte Monika seit Freitag gesehen oder von ihr gehört. Birgit klapperte sämtliche Lokale ab, die Monika und sie in letzter Zeit gemeinsam besucht hatten, in der Hoffnung, sie irgendwo zu finden. Angetrunken, weil sie bereits vorgefeiert und sich einen Scherz erlaubt hatte. »Die meisten tauchen unversehrt wieder auf«, versuchte ihr eine Polizistin am Kommissariat einzureden, nachdem die Spitalsabfragung seitens der Polizei negativ verlaufen war.

Monika tauchte nicht wieder auf.

Jetzt, nach der Radiomeldung, die ihr die Gewissheit schonungslos ins Gesicht schleuderte, wünschte sich Birgit, in Ohnmacht zu fallen und erst nach Wochen, wenn der Alptraum vorbei wäre, wieder wach zu werden. Aber so gnädig war das Leben nicht. Es riss ihr brutal den Boden unter den Füßen weg, ließ sie in ein endlos tiefes dunkles Loch fallen, aus dem sie sich befreien musste, um nicht darin umzukommen.

Irgendwann im Laufe des Tages würde es an der Tür läuten, und jemand mit ernstem Gesicht würde die traurige Nachricht überbringen. Dessen war Birgit sich sicher. Einen Augenblick dachte sie daran, noch einmal die Polizei anzurufen.

Sie verwarf den Gedanken. Im Augenblick fehlte ihr die Kraft, sich Ausreden dafür anzuhören, warum niemand imstande gewesen war, ihre Freundin zu retten.

5

Der Naschmarkt war eine kunterbunte Insel mitten in Wien. Eine Oase. Vom Getreidemarkt bis zur Kettenbrücke. Ein Stand neben dem anderen. Ein Handeln und Feilschen. Riechen und Schmecken. Hier war das Leben lebendiger als im restlichen Wien.

In der Höhe der Palatschinkenkuchl, einem der beliebtesten Naschmarktstände, sah Sarah eine Menschentraube vor einer Polizeiabsperrung stehen. Einige der Passanten pressten sich gegen die Wand, suchten Schutz unter dem schmalen Dachvorsprung. Andere hatten Schirme aufgespannt.

Simon war unter ihnen. Der 22-jährige Fotograf und Computerspezialist des *Wiener Boten* schoss eifrig Fotos. Er war nicht zu übersehen in seinen Skaterklamotten, mit schwarzem Kapperl und halblangem gewelltem Haar.

Bevor Sarah ihn begrüßen konnte, tauchte er in der Menge unter und wenige Augenblicke später neben dem Käsestand wieder auf. Aber er wusste, was zu tun war, und die Fotos für den Artikel würde er an ihren Rechner schicken.

Sie sah sich den abgesperrten Bereich genauer an. Die Stühle, die normalerweise auf dem Platz vor dem Pavillon und der Palatschinkenkuchl standen, waren wegen der schlechten Wetterlage übereinandergestapelt und angekettet worden. Die Polizei hatte Absperrbänder rund um den Platz gespannt. Der ORF interviewte am Rand der

Absperrung die Passanten. Sarah entnahm dem, dass die Polizei keine offiziellen Statements abgab. Es strömten immer mehr Journalisten aus allen Richtungen herbei, zeigten Ausweise, befragten Passanten und schüttelten einander in kollegialer Freundschaft die Hände.

Sarah hingegen hielt sich vornehm zurück. Die Leute plauderten ungezwungener, wenn sie eine Schaulustige in ihr wähnten, eine von ihnen. Diese Erfahrung hatte sie gemacht.

»Was ist denn hier passiert?«, fragte sie niemand Bestimmten.

»A Leich' haben s' gfunden«, antwortete eine ältere Frau, die in der ersten Reihe stand.

»Nein!«, mimte Sarah die Erstaunte.

»Jo, wann ich's Ihnen sog'. Dort ist sie glegen … in an schwoazn Müllsack wars versteckt. Den haben s' aber scho wegbracht.« Sie klang ein wenig enttäuscht.

»In einem Müllsack? Wie groß war der denn?«

Ein Achselzucken war die Antwort.

»Und wer hat die Leiche gefunden?«

Eine weitere Passantin mischte sich in das Gespräch ein. Sie war jünger als die Dame in der grauen Jacke. »Na von uns niemand.« Sie räusperte sich. »Sonst würden wir nicht da stehen, sondern dort drüben bei der Polizei«, belehrte sie Sarah. »Die Männer von der MA 48 haben s' entdeckt.« Sie deutete in eine bestimmte Richtung. Sarah sah einen Polizisten mit zwei Männern der Müllabfuhr in orangefarbenen Overalls und Schutzjacke stehen. »Ich war grad zufällig hier, wie's passiert ist. Dort drüben beim Blumenhändler bin ich g'standen.«

»Na wenn man's genau nimmt, gnä' Frau, dann hat's die Kellnerin vom Pavillion entdeckt.« Die ältere Dame in der grauen Jacke klopfte Sarah auf den Oberarm und zeigte, als diese ihr die volle Aufmerksamkeit schenkte, in Richtung ORF. »Die war's … die da interviewt wird … angeblich hat sich im Lokal wer beschwert, dass zwischen den Standeln ein Müllsack herumliegt. Kennen's eh die Leut', die sich immer und über alles aufregen«, schweifte sie kurz ab. »Jedenfalls die Kellnerin hat die MA 48 angerufen. Das wird sie denen vom Fernsehen grad erzählen.«

Die ORF-Kamera war auf eine Frau mit dunklem Pagenkopf mittleren Alters gerichtet.

»Genau«, ereiferte sich die Jüngere. »Die Blumenhändlerin hat's mir genauso erzählt. Die hat sich nämlich grad einen Kaffee im Pavillion geholt, als die Kellnerin das Telefon aufgelegt hat«, untermauerte sie ihre Behauptung. »Obwohl das kein Müllsack von ihrem Lokal war. Sie hätt das also nicht machen müssen. Aber die Kellnerin hat sich dacht, dass das grauslich ausschaut, wenn der Mist so rumliegt, und dann hat s' eben die MA 48 gerufen.«

»Und wie die zwei Männer von der Müllabfuhr kommen sind und versucht haben, das Ding zu entfernen, ist der Sack aufg'rissen, und der Kopf einer Leich' hat rausg'schaut.« Die ältere Dame schüttelte sich. »Grauslich muss das g'wesen sein, sag ich Ihnen.«

Die Umstehenden nickten beipflichtend.

»Das können s' Ihnen denken, wie die erschrocken sind. Die haben ihn sofort wieder fallen gelassen«, sagte die Jüngere.

Der ORF hatte das Interview beendet und packte zusammen. Sarah hatte genug gehört. Sie wollte unbedingt mit der Kellnerin und den Müllmännern reden.

Sie verabschiedete sich eilig von den beiden Damen und ging direkt auf die Kellnerin zu, die inzwischen mit einer großen Tasse Tee in der Hand auf einem Stuhl saß und einigermaßen erschöpft wirkte. Sarah zeigte ihr den Presseausweis. Die Frau presste die Lippen aufeinander und hob die Augenbrauen.

»Darf ich?« Sarah deutete auf den freien Platz neben der Frau.

Ein vages Nicken war die Antwort. »Wenn der Sack nicht so groß gewesen wäre, hätt ich ihn ja selbst entsorgt.« Sie schüttelte den Kopf. »Stellen Sie sich das vor. Dann hätte ich …« Sie ließ den Satz unvollendet. »Oder ich hätt reingeschaut, bevor ich die MA 48 angerufen hab. Der Sack lag nämlich da, als hätt ihn jemand vergessen. Hätt ja etwas Wertvolles drin sein können … Geld, nach einem Banküberfall. An a Leich' denkt man nicht …«, schwafelte sie unentwegt weiter.

»Und was passierte, als der Sack aufriss?«, stoppte Sarah den Redeschwall der Frau.

Die Kellnerin starrte sie einige Sekunden an. »Die Augen hat's offen g'habt und die Haut war ganz weiß.« Ein Anblick, der sie im Schlaf verfolgen würde. »Ich hab mich zu Tode erschrocken und laut geschrien. Die Arbeiter haben den Müllsack gleich wieder fallen lassen. Ist ja auch ein Schock, wenn einen eine Leiche anstarrt. Jedenfalls waren dann sofort jede Menge Leut' um uns herum. Ich begreif noch immer nicht, was da passiert ist«, schloss sie ihre Ausführungen. »Mein Chef hat g'sagt, ich soll gleich nach Hause gehen.« Sie nahm einen Schluck. »Mein Mann holt mich dann ab. Ich kann doch nicht allein … bei dem Schock, den ich hab.«

»Natürlich nicht.« Sarah bedankte sich, wünschte der Frau alles Gute und ging hinüber zu den Müllmännern. Die bestätigten die Geschichte der Kellnerin und schmückten sie noch ein wenig aus. »Zuerst hab ich nicht begriffen, was mich da anschaut«, sagte der eine. »Ich hab dacht', dass ich da a Puppen in der Hand halt. So eine, wie man's in Schaufenstern sieht. Dann hat die Kellnerin zum Schreien ang'fangen, und mein Kollege hat gebrüllt: A Tote!«

Sarah hatte genug gehört. Die Polizisten vor Ort winkten ab und verwiesen auf die Pressemeldung. Die Menge der Schaulustigen löste sich allmählich auf. Es gab nichts mehr zu sehen, und Sarah machte sich auf den Weg in die Redaktion.

Den Artikel formulierte Sarah bereits im Kopf, während sie mit der U3 zur Station Neubaugasse fuhr. Zum Glück traf sie auf dem kurzen Fußweg von der Station in die Redaktion niemanden, der sie in ihrer Konzentration störte. Im Büro kritzelte sie die Gedankenfetzen rasch auf ein Blatt Papier, notierte stichwortartig die grausigen Details, bevor sie zu Kunz ins Büro wechselte, um ihn über den Stand der Dinge zu informieren.

Während sie erzählte, fixierte der Chef vom Dienst sie schweigend durch seine Brille. Simon hatte inzwischen die Fotos vom Naschmarkt auf ihren Rechner geschickt. Sie wählte eines für die Titelseite und drei für den Bericht auf Seite drei aus und gab den Text ein. Jetzt musste sie den Artikel samt Bildmaterial nur in das dafür vorgesehene Programm einpassen. Den Namen der Toten hoffte sie in der Pressemeldung der Polizei zu finden, dann ein kurzes Telefonat mit den Hinterbliebenen. Diesen Teil der Arbeit hasste sie wie die Pest.

Sarah klickte sich durch die Pressemeldungen der Polizei. Diese hatte vorerst nur eine kurze Bekanntmachung rausgegeben, erwähnte, dass es sich um eine weibliche Tote handle, die, nach derzeitigem Stand der Dinge, erschossen worden sei. Den Namen der Toten fand Sarah in dem Bericht nicht. Sie wählte die Nummer der Pressestelle der Bundespolizei. Sofort meldete sich eine Abteilungsinspektorin. Sie konnte Sarah jedoch nicht weiterhelfen. »Die Leiche ist erst gefunden worden«, erklärte sie.

Erst gefunden worden, dachte Sarah verächtlich. Das war vor über drei Stunden, da durfte sie ja wohl davon ausgehen, dass die Polizei inzwischen den Ausweis der Toten gelesen hatte, sofern sie einen bei sich trug. Auch habe man bisher keine Anhaltspunkte dafür, dass jemand beobachtet hatte, wann und von wem die Leiche am Naschmarkt deponiert worden war. »Und das in einer Stadt mit 1,7 Millionen Einwohnern«, beendete die Abteilungsinspektorin die Aufzählung. »Warten S' bitte bis nach Mittag, dann wissen wir sicher mehr.«

Redaktionsschluss war um 16 Uhr, Zeitdruck gab es also noch nicht. Sarah konnte es sich leisten, auf die fehlenden Informationen zu warten. »Gibt's Fotos vom Müllsack?«

»Ja, die gibt's. Ohne Leiche.«

»Klar.«

»Geben Sie mir Ihre Mailadresse, dann schick ich sie Ihnen«, bot die Abteilungsinspektorin an. Sarah gab ihre Adresse durch, bedankte sich und legte auf.

Hunger verspürte sie nicht, obwohl schon Mittagszeit war. Stattdessen sah sie in Ruhe ihre Post durch. Ein Paket fiel ihr auf. Sie entfernte das Packpapier, darunter war es nochmals eingewickelt in weinrotes Geschenkpapier, auf dem schwarze Katzen abgebildet waren. Die Postkarte vom vergangenen Freitag fiel ihr wieder ein. Mit raschen Handbewegungen riss sie das weinrote Papier ab. Etwas in Zeitungspapier Eingepacktes fiel ihr entgegen. Sie fasste an das Ende des Zeitungspapiers und ließ den Inhalt auf den Tisch rollen. Ein weiteres, kleineres Paket kam zum Vorschein. Der längliche Inhalt steckte wiederum in einer dicken gelben Plastikfolie. Während Sarah versuchte, das braune Paketklebeband von der Folie zu lösen, nahm sie aus den Augenwinkeln wahr, dass ein Artikel auf dem Zeitungspapier mit einem Textmarker rot angestrichen worden war. Sie legte das gelbe Päckchen auf den Schreibtisch und nahm den Zeitungsfetzen zur Hand. Bei dem rot umrandeten Artikel handelte es sich um ihre eigene Kolumne. Einige Sätze daraus waren mit einem gelben Leuchtstift markiert worden:

»Im Mittelalter existierte die Meinung, der Prozess sei ein Kampf zwischen Mensch und Teufel, der Eid eine Handlung, die den Schwörenden in unmittelbare Verbindung mit Gott bringe. Deshalb mussten die Fenster der Gerichtsstube beim Ablegen eines Eides geöffnet bleiben. Man glaubte, Gott habe dann freien Zutritt zum Schwörenden, oder der Teufel sei dann leichter imstande, die Seele des falsch Schwörenden sofort abzuholen. Aus diesen und einigen anderen Überzeugungen leitet sich die Deutung der Schwurfinger ab.

Der Eid ist im Gerichtsverfahren erhalten geblieben.«

Irritiert legte Sarah den Artikel auf ihren Schreibtisch zurück. Was sollte das? Sie sah sich das Paket von allen Seiten an. Kein Absender. Kein Brief, in dem jemand vermeintliche Fehler in dem Artikel aufgelistet hatte. Manchmal bekam sie Post von Leuten, die meinten, sie habe etwas falsch wiedergegeben. Sie fand nichts.

Sarah widmete sich wieder dem gelben Plastikbeutel. Sie riss den Rest des Paketbandes ab und ließ den Gegenstand auf den Schreibtisch rollen.

Ihr Gehirn brauchte den Bruchteil einer Sekunde, um zu erkennen, was da lag. Sie erstarrte – und gleichzeitig wurde ihr kotzübel. Vor ihr lagen drei abgetrennte Finger: Zeige-, Mittelfinger und Daumen. Die drei Schwurfinger. Die Nägel waren blau lackiert.

6

»Sie haben eine tote Frau am Naschmarkt gefunden.«

Koban saß am Schreibtisch in seinem Büro, als seine Sekretärin mit dieser, wie sie meinte, wichtigen Meldung den Arbeitstag eröffnete und ihm die Post auf den Tisch legte. Regina Schmid war rundlich, Mitte 40, geschwätzig und neugierig. Das störte ihn nicht, denn sie war eine echte Perle und eine verdammt gute Sekretärin. Sie hörte während der Arbeit Radio Wien wegen der Oldies, wie sie immer wieder betonte. Koban wusste Bescheid. Sie tat es wegen der aktuellen Wien-Meldungen, denn sie berichtete umgehend, wenn ihr etwas bedeutend erschien. Regina Schmid war süchtig nach Sensationen, las sämtliche Klatschseiten, erzählte Dinge aus dem Leben von Promis, deren Namen er nicht kannte. Im Sekretariat verwaltete sie einen Ordner, in dem sie sämtliche Zeitungsberichte über Karlheinz Koban, die Kanzlei und seinen Teilhaber Horst Behrens sammelte. Vermutlich sogar Aufzeichnungen über Kobans Privatleben.

Und die Meldung über einen Leichenfund auf dem berühmtesten Markt Wiens hatte Frau Schmids Meinung nach einen Anwalt zu interessieren. Manchmal befürchtete Koban, dass Schmid die Anwaltskanzlei mit einem Kommissariat verwechselte. Das kam vom vielen Fernsehen, war er sich sicher. Ihn interessierte Derartiges nur, wenn er für viel Geld die Verteidigung des vermeintlichen Täters oder die Anklage übernehmen sollte.

»Und?«, fragte er beiläufig, ohne von den Akten aufzusehen.

»Erschossen ist s' worden. Wer die Tote ist, haben s' im Radio nicht gesagt, wahrscheinlich wissen s' das noch nicht.«

»Wahrscheinlich«, pflichtete er ihr bei.

Regina Schmids grober Zusammenfassung der Radiomeldung hörte er nur mit einem Ohr zu, während er den Stapel Briefe durchging. Ein Kuvert stach ihm sofort ins Auge. Es lag obenauf und war den Aufklebern nach von einem Botendienst zugestellt worden. In roten Großbuchstaben prangte das Wort »persönlich« unterhalb seines Namens. Es kam häufig vor, dass Briefe mit diesem Vermerk auf seinem Tisch landeten, was eigentlich nicht notwendig gewesen wäre, denn die Schmid öffnete keine Post. »Ich mach das«, hatte als Erklärung reichen müssen. Seit jeher wählte Koban aus, welche Korrespondenz seine Sekretärin sehen sollte und welche nicht. Denn in Wahrheit schützte er sich damit selbst. Es kam immer wieder vor, dass eine seiner Affären ihm erotische Nachrichten zukommen ließ. Nicht alle waren so diskret wie Dagmar. Auch wenn seine Sekretärin und er wussten, dass Schmid seine vielen Affären längst durchschaut hatte, hielt sie sich kommentarlos an diese Vereinbarung. Koban nahm an, dass sie heimlich seinen Schreibtisch nach den Briefen durchsuchte. Gefunden hatte sie freilich keine. Koban entsorgte sie höchstpersönlich.

Er lehnte sich wieder in dem Sessel zurück. Der Redefluss der Sekretärin war versiegt. »Schlimm ist so was. Und das hier in Wien«, bemerkte sie abschließend, als glaube sie, dass Wien eine Insel der Seligen sei. Koban ersparte sich eine Bemerkung, und seine Sekretärin zog sich ins Vorzimmer zurück. Wobei »Vorzimmer« nicht der richtige Ausdruck war. Immerhin besaß der 40 Quadratmeter große Raum einen Zugang zur Dachterrasse der Kanzlei mit Blick auf den Stephansdom. Wer konnte das schon von seinem Arbeitsplatz behaupten?

Koban riss den Umschlag auf und zog ein Foto heraus, prüfte, ob er alles herausgenommen hatte, schüttelte den Kopf und murmelte: »Kein Brief?« Was sollte er mit einem Foto? Bis dahin hatte er die Abbildung nicht richtig wahrgenommen. Er betrachtete das Bild und fühlte plötzlich einen fürchterlich bitteren Geschmack im Mund. Jetzt bloß nicht kotzen, dachte er. Scheiße. Welcher verdammte Idiot verschickte Abzüge von Leichen?

Er starrte abwechselnd auf das Bild und das Kuvert. Kein Absender. Einem inneren Impuls nachgebend drehte er das Foto um. Vielleicht war es eine Ahnung, vielleicht nur Zufall, dass er dies tat, jedenfalls überraschte es ihn nicht, dass auf die Rückseite eine Botschaft geschrieben oder vielmehr auf ein Blatt Papier getippt, ausgeschnitten und aufgeklebt worden war: »Das Mysterium hat ein Recht, an die Öffentlichkeit zu kommen. Du hast eine Woche Zeit für eine Selbstanzeige, sonst wird das Geheimnis einen anderen Weg finden.«

Was für ein Geheimnis?

Was für ein Recht?

Koban wartete darauf, dass sich die Erde unter ihm auftun und ihn mitsamt Stuhl und Schreibtisch verschlingen würde. Es tat sich nichts. Lediglich seine Gedanken drehten sich im Kreis; sie fanden keinen Halt.

Die Tür ging auf, und die Schmid steckte den Kopf herein. »Wenn's Ihnen recht ist, Herr Doktor, dann geh ich schnell Kopierpapier kaufen. Ist nämlich aus.«

»Selbstverständlich ist mir das recht.« Er war überrascht, wie ruhig seine Stimme klang.

»Bin in einer halben Stunde wieder da.«

»Haben Sie Geld in der Kassa?«

Sie nickte. »Soll ich die Anrufe inzwischen auf Ihren Apparat umleiten oder den Anrufbeantworter einschalten? Der Herr Doktor Behrens ist auch nicht im Büro.«

»Anrufbeantworter.« Er brauchte Ruhe zum Nachdenken. »Noch etwas, Frau Schmid. Wann wurde dieses Kuvert gebracht?«

Er hielt den Umschlag in die Höhe.

»Das lag auf dem Tisch, als ich heute Morgen hereinkam.«

»Wie?«

»Ich vermute, dass der Botendienst sehr früh da war, bevor ich ins Büro kam.«

»Wer konnte den Umschlag dann entgegennehmen?«

»Sicher Doktor Behrens, er wollte sich meines Wissens heute frühzeitig Unterlagen für eine Besprechung holen. Wieso? Stimmt etwas nicht damit?«

»Nein, nein. Alles in Ordnung.«

Seine Sekretärin nickte und schloss die Tür. Koban erhob sich, ging zur Terrassentür und trat einen Schritt auf die Veranda hinaus. Er hörte gedämpften Großstadtlärm: Motorengeräusche, Autohupen und irgendwo die Sirene eines Rettungswagens. Er schloss die Augen und atmete tief ein. Die Luft roch frisch gewaschen. Nach einigen Sekunden öffnete er seine Augen, sah zum Stephansdom, versuchte, an nichts zu denken. Das half.

Irgendwann setzte sein analytischer Verstand wieder ein. Warum war er in Panik geraten, als er das Foto gesehen hatte? Es war weiß Gott nicht die erste Leiche, die er zu Gesicht bekam. Außerdem war er es gewohnt, dass man ihm drohte. Mit Anzeigen, Prügel, ein Mal mit Mord. Er wusste den Grund seiner Reaktion genau. Es war die tote Person auf dem Foto, die er mit einem Blick erkannt hatte.

Er atmete tief ein, schloss die Terrassentür, kehrte an den Schreibtisch zurück, richtete seine gesamte Aufmerksamkeit auf das Bild, versuchte die Leiche aus dem Blickfeld zu bannen und wichtige Details aus dem Umfeld zu erkennen. Teilstücke, die ihn vielleicht zum Absender führen würden. Irgendetwas, das verriet, warum ihm das Foto geschickt wurde und wo die Aufnahme gemacht worden war. Aus der obersten Lade des Schreibtisches holte er eine Lupe, suchte jeden Millimeter des Bildes ab wie ein Bluthund auf der Suche nach einem entflohenen Sträfling. Doch wie oft und wie genau er das Foto auch ansah, er konnte nur die weibliche Leiche auf einem grauen Betonboden erkennen. Der Frau fehlten drei Finger der rechten Hand. Was sollte das bedeuten? Ihm kam in den Sinn, die Polizei einzuschalten. Vorher wollte er mit Behrens reden.

Verdammt. Irgendetwas lief hier gewaltig schief.

Er hörte die Eingangstür zuschlagen. Schnell legte er ein Blatt Papier über das Bild und tat, als würde er sich mit einer Aktennotiz beschäftigen. Sekunden später ging die Tür auf, und Regina Schmid meldete sich zurück.

»Ist Doktor Behrens schon im Haus?«

»Ja, gerade gekommen. Soll ich ihn zu Ihnen schicken?« Sie stellte ihm einen Teller mit einem Stück Sachertorte auf den Tisch. Sie kannte seine Schwäche für Süßes und kaufte manchmal bei der Aida an der Ecke für ihn ein.

»Danke. Und ja, sagen Sie Behrens, er soll kommen.«

Während er grübelte, aß er gierig das Stück Torte auf.

Die Schokoladenglasur hob er sich für den Schluss auf. Sein Sohn machte es genauso.

Es war ihm bewusst, dass es absolut nichts bringen würde, das Foto im Aschenbecher zu verbrennen, auch würde es an der Gesamtsituation nichts ändern. Die einzige logische Erklärung, die sich ihm anbot, war: Sein Gegner wollte ihm Angst einjagen, oder schlimmer, er war an seiner Vernichtung interessiert. Sonst hätte er der Botschaft eine Forderung beigelegt und keinen offensichtlichen Einschüchterungsversuch offeriert. Oder kam die Forderung noch? Er schüttelte den Kopf.

Je länger er nachdachte, desto klarer manifestierte sich der Gedanke in ihm, dass jemand seinem Erfolgsgeheimnis auf die Spur gekommen war und ihn hiermit zum grausamen Duell herausforderte. Nur was es mit dieser Kampfansage auf sich hatte, wollte ihm nicht in den Kopf.

*

Sie saßen alle in der Besucherecke in Davids Büro: Herbert Kunz, Martin Stein, Gabi Hauser, Sarah Pauli und David Gruber.

Vor ihnen lag das Corpus Delicti auf dem Tisch. Sarah hatte es geschafft, die Finger mithilfe eines Blatt Papiers wieder in das kleine Paket zu bugsieren. Das Geschenkpapier mit den schwarzen Katzen darauf hatte sie wieder drum herum gewickelt. Beim anschließenden Telefonat mit Gabi war sie die Ruhe in Person. Nur ihre Freundin schrie kurz laut in den Hörer, bevor sie Sarah mit David verband.

Ihr Chef holte sie persönlich aus ihrem Büro ab und bat Kunz zur sofortigen Besprechung. Gabi ging ohne Aufforderung mit.

Eigentlich sollte sie im Vorzimmer bleiben, um David etwaige Telefonanrufe und unangemeldete Besucher vom

Hals zu halten. Jedoch hielten Gabi keine zehn Pferde davon ab, Sarah beizustehen.

Zuerst redeten sie alle durcheinander, zwar ruhig und sachlich, doch mehr oder weniger gleichzeitig. Nachdem Sarah ihre Geschichte zum wer-weiß-wievielten Mal berichtet hatte – immerhin wollte Kunz die Einzelheiten ebenfalls aus erster Hand erfahren –, war es still geworden, und schließlich informierte David Chefinspektor Martin Stein. Es gab ein Vertrauensverhältnis zwischen dem brummigen Kriminalinspektor und dem *Wiener Boten,* auch wenn Stein kein einfacher Mensch war: harte Schale, weicher Kern.

Rund um das kleine Paket standen mehrere Gläser Cognac, Davids Allheilmittel bei Stress, Schockzuständen und allen anderen Lebenslagen. Er hielt immer eine Flasche griffbereit in der kleinen Bar seines Büros in Reserve. »Cognac hilft.«

Der bullige Kriminalinspektor ließ sich Sarah gegenüber in einen Sessel fallen, fixierte sie mit seinem stechenden Blick. »Sie sind meine spezielle Freundin«, murmelte er kopfschüttelnd. Dieser Ausdruck in Steins Augen war Sarah bei ihrer ersten Begegnung unheimlich gewesen, inzwischen hatte sie sich daran gewöhnt.

Alle anderen starrten auf das Päckchen, als würde es sich in den nächsten Sekunden in Luft auflösen.

»Sagen Sie's mir, Sarah!«, forderte Stein sie auf. »Wer schickt einer Journalistin die Finger einer Leiche? Von einer Toten, die wir heute Morgen auf dem Naschmarkt gefunden haben?« Sein Blick schweifte durch die Runde und blieb dann an David hängen. »Und kommt mir jetzt ja nicht mit Verschwörung oder Mafia. Wir sind hier in Wien und nicht in ... Palermo.«

Sarah starrte an ihm vorbei, direkt auf die Glasfront,

die von der Zimmerdecke bis zum Boden reichte, von wo aus man ebenfalls direkt auf die Mariahilfer Straße sehen konnte.

»Wie heißt die Tote?«, fragte sie.

»Monika Billich.«

»Wienerin?«

Stein schüttelte den Kopf. »Sie stammte aus einem kleinen Kaff in Oberösterreich. Unsere Kollegen vor Ort sind in diesem Moment bei den Eltern des Mordopfers.«

»Wie alt?«, fragte Herbert Kunz.

»23.«

»Wo hat sie gearbeitet?«

»Sie war Medizinstudentin.«

»Mein Gott, Stein, lassen Sie sich doch nicht alles aus der Nase ziehen! Wo wohnte sie in Wien?«

»Bin ich das Auskunftsbüro?«, brummte Stein.

»Nein. Also wo?«

»Haus Oberösterreich.«

»Das Studentenwohnheim in der Herrmanngasse?«

Stein nickte.

»Und? Schon eine Spur oder Ahnung, was passiert ist?«

Stein sah Kunz offen an, tippte sich auf die Stirn. »Steht hier irgendwo Wunderwuzzi?«

»Dachte ja nur. Wie weit ist der Name und alles andere offiziell?«, hakte Kunz nach. »Ich meine für die Presse.«

Stein nickte. »Ihr könnt euren verdammten Artikel schreiben. Die Sache mit den abgetrennten Fingern kommt vorerst nicht an die Öffentlichkeit. Auch dass sie im Studentenwohnheim wohnte, wird nicht in unserer Pressemeldung erwähnt. Ich will euch dort alle nicht sehen. Verstanden?«

Das wird sich nicht vermeiden lassen, dachte Sarah, hielt aber den Mund.

»Alles klar.« Herbert Kunz erhob sich. »Nur noch zwei Dinge. Fundort ist nicht gleich Tatort. Sehe ich das richtig?«

Stein nickte. »Wir kennen den Tatort nicht.«

»Wissen Sie schon, womit sie erschossen wurde?«

»Die Untersuchungen laufen erst an. Sie wurde erschossen. Das muss vorerst reichen«, sagte Stein streng.

»Okay. Ich denke, ihr braucht mich nicht mehr. Ich schreib lieber Sarahs Artikel für die morgige Ausgabe fertig. Oder willst du selbst ...?« Sarah schüttelte den Kopf. Damit verließ Kunz den Raum.

Stein nahm das kleine Paket vom Tisch und ließ es in einem durchsichtigen Plastiksack verschwinden. »Das nehme ich mit.«

»Meine Fingerabdrücke werden drauf sein.«

»Dann werden Sie diese bei uns abgeben müssen, damit die Kollegen das bei der Auswertung berücksichtigen können.« Das Paket verschwand in einer mitgebrachten Tasche. »Überlegen Sie, Sarah!« Steins Stimme klang sanft. »Vielleicht haben Sie ja einen Leserbrief bekommen. Einen Anruf, eine Mail. Irgendetwas. Hat Sie jemand bedroht? Hat Sie jemand angesprochen? Bei einer Veranstaltung? Hier im Haus?«

Sarah schüttelte den Kopf.

»An eine Drohung kann ich mich nicht erinnern ... und wegen des Leserbriefes ... also, da müsste ich nachschauen. Spontan kann ich mich nicht erinnern, den Namen Monika Billich schon einmal gehört oder gelesen zu haben.« Sie massierte sich die Stirn. »Da war nur diese Karte. Ich weiß nicht ...«

»Was für eine Karte?«

»Eine Karte mit einer schwarzen Katze drauf.«

»Und?«, fragte Stein.

»Ich weiß nicht … wahrscheinlich hat das nichts mit dem hier zu tun …«

»Welche Karte?«, wiederholte Stein mit Nachdruck. Sarah seufzte tief, ihr kam das alles surreal vor. Dennoch erzählte sie von der Postkarte mit dem Spruch von Max O' Rell darauf, die inzwischen gerahmt über Maries Futterschüssel hing. »Auf die Rückseite wurde das Datum von letzten Freitag gestempelt. Glauben Sie, dass hier ein Zusammenhang besteht? Möglich, dass das alles nichts miteinander zu tun hat und reiner Zufall ist«, gab Sarah langatmig von sich. »Das Geschenkpapier um das Paket hat mich sofort an die Karte erinnert«, erklärte Sarah die einzige Verknüpfung zwischen den beiden Gegenständen.

»Auch wenn es hier einen Zusammenhang gäbe, dann wäre es jetzt zu spät, nach Fingerabdrücken oder anderen Spuren zu suchen. Wir würden eh nur mehr Ihre finden«, überlegte Stein laut. Er stand auf, begann auf und ab zu gehen. »Dennoch möchte ich, dass Sie mir die Karte zukommen lassen, damit wir sie im Büro haben, falls hier doch ein Zusammenhang besteht. Vielleicht gelingt es uns, die Verkaufsstellen einzugrenzen, wiewohl ich mir keine große Hoffnung mache. Das können Sie dann gleich mit den Fingerabdrücken erledigen. Wenn Ihnen noch etwas einfällt oder Sie einen passenden Leserbrief finden, rufen Sie mich umgehend an. Klar? Irgendeinen Grund muss es geben, dass ausgerechnet Ihnen diese Finger geschickt wurden.«

Sarah nickte, und dann fiel ihr etwas ein, woran sie eigentlich sofort hätte denken müssen.

»Welchen Eindruck haben Sie von der Frau?«

Stein sah sie verständnislos an. »Ich versteh nicht?«

»Ich mein, kam Ihnen die Tote verwahrlost vor oder gepflegt?«

Stein brauchte nicht lange zu überlegen. »Gepflegt. Sie trug einen dunkelblauen Hosenanzug, passende Schuhe, war dezent geschminkt, wenn es das ist, was Sie meinen?«

»Zeigen Sie mir noch einmal die Finger!« Sie wedelte ungeduldig mit der Hand. »Machen Sie schon!«

David Gruber verzog das Gesicht. »Muss das sein? Hattest du für heute nicht schon genug Gruselkabinett?«

Stein zog das Päckchen aus der Tasche und offenbarte die Finger.

»Seht ihr?«

Stein und Gruber starrten auf die Finger. Gabi hielt sich die Augen zu. »Schau hin, Gabi!«, forderte Sarah sie auf. »Schau auf die Fingernägel …«

»Sind blau lackiert«, sagte Stein. »Und?«

»Wenn Sie mich fragen, hat sie sich die Fingernägel nicht selbst lackiert. Schauen Sie, Stein!« Sarah kreiste mit ihrem Zeigefinger in der Luft den Bereich der Nägel ein. »Nicht nur die Nägel sind blau, sondern auch teilweise das Nagelbett. Keine Frau, die sich die Nägel fürs Ausgehen lackiert, würde dies derart dilettantisch tun, und wenn eine aus Versehen das Nagelbett bestreicht, dann nimmt sie ein Wattestäbchen, taucht es in Nagellackentferner und wischt die überflüssige Farbe weg. Verstehen Sie? Niemals würde eine gepflegte Frau so auf die Straße gehen.«

»Bull Durham«. Sie erinnerte sich, vor Jahren diese Komödie gesehen zu haben. Darin lackierte Kevin Costner Susan Sarandon die Zehennägel. Sicher gab es auch Fingernagel-Fetischisten.

»Wissen Sie, ob die restlichen Nägel ebenfalls lackiert waren?«

Stein holte sein Mobiltelefon aus der Jackentasche.

»Ich hab die Leiche noch nicht gesehen, frag gleich in der Gerichtsmedizin nach.«

Es dauerte eine Weile, bis Stein den zuständigen Mediziner in der Leitung hatte, auf dessen Tisch Monika Billich gelandet war. Nach einigen Ahas und Okays legte er auf. »Keine blauen Nägel«, sagte er schließlich.

Gabi zupfte Sarah leicht am Ärmel und beugte sich vor. »Erinnerst du dich an die dunklen Wolken? Du hast behauptet, sie bedeuten nichts.« Gabi legte den Kopf schief, sah Sarah triumphierend an und zeigte auf die Finger. »Ich hab doch gewusst, dass du dich irrst.«

Sarah widersprach ihr nicht.

7

Horst Behrens war 34 Jahre alt. Sein Spezialgebiet war Wirtschafts- und Steuerrecht. Vor vier Jahren war der junge Anwalt Koban während einer Verhandlung aufgefallen. Behrens: alleinstehend, ehrgeizig, energisch. Er boxte ohne Rücksicht auf die Gegenpartei die Interessen seines Mandanten durch, zerlegte jedes Argument der Konkurrenten, biss sich in Paragrafen fest wie ein Pitbull in ein Stück Fleisch. Behrens war genau das, wonach Koban für die Kanzlei gesucht hatte: ein skrupelloser Siegertyp. Wie er einer war. Inzwischen war die Kanzlei zu Behrens' Familie geworden, auch weil ihm Koban jene Klientel sichern konnte, das Behrens für seine Reputation brauchte. Sein Kompagnon arbeitete hart und fast rund um die Uhr, weshalb er inzwischen als einer der besten Wirtschaftsanwälte Wiens galt. Wann und wo sich Behrens' Privatleben abspielte, interessierte Koban nicht.

Er legte das Foto der Toten auf den Schreibtisch.

Behrens nahm das Bild zur Hand, betrachtete es eingehend. »Ist das ...?«

»Genau DIE.«

»Sie ist ... Ist sie ...?«

»Tot? Gut erkannt. Ist heute Morgen mit dem Botendienst gekommen. Hast du das Kuvert übernommen?«

»Ja. Ich war um halb acht hier. Scheiße.«

»Ich hätt's nicht treffender sagen können.«

»Absender?«

Koban sah seinen Kompagnon irritiert an. »Du glaubst doch nicht im Ernst, dass jemand, der Fotos von Toten herumschickt, seinen Namen als Absender auf das Kuvert schreibt oder dem Brief einen lieben Gruß beilegt.«

»Natürlich nicht.« Horst Behrens setzte sich in dem Sessel zurecht, starrte auf das Bild. »Denkst du, dass dich jemand erpressen will?«

»Wer sollte mich erpressen wollen und warum? Außerdem macht es absolut keinen Sinn, eine mir völlig fremde Person umzubringen.«

»Sie ist nicht fremd, Karlheinz. Immerhin hat sie in einem Prozess für deinen Mandanten ausgesagt. Vielleicht hat sich ja Weninger auf seine Weise für die entlastende Aussage bedankt. Wenn du mich fragst, ist der Kerl absolut unberechenbar. Ich an deiner Stelle hätte den Fall abgelehnt, auch weil du im Prozess gegen Baumanns Tochter antreten musstest.« Er tippte sich an die Stirn. »Weninger gegen Baumann, das grenzt an Selbstmord, Karlheinz.«

Koban zuckte mit den Achseln. »Warum? Nur weil Baumann ein gefürchteter Gegner ist? Mein Gott! Das bin ich auch. Und so blöd kann nicht einmal der Weninger sein, dass er nach dem Prozess die Billich umbringt. Warum auch?«

»Weil es ihm Spaß macht, Frauen zu unterdrücken, zu quälen?«

»Blödsinn! Außerdem macht es keinen Sinn, wenn Weninger mir danach ein Foto seines Opfers schickt. Ich glaube, dass etwas ganz anderes dahintersteckt. Denk nach, Horst. Haben wir ein Problem?«

Behrens schüttelte den Kopf. »Niemand kennt die Zusammenhänge.«

»Jemand kennt sie doch.«

»Also gut! Wenn's dich beruhigt. Ich werde nachdenken und ein paar Gespräche führen. Vielleicht fischt jemand in unseren Pfründen und hat hiermit ein Signal gesetzt.«

»Ein Signal nennst du das? Ich würde es vielmehr eine Scheißbotschaft nennen. Der Kerl hätte uns anrufen können oder einen Brief schreiben, anstatt gleich jemanden umzubringen. Verdammte Scheiße, Horst!«, fluchte Koban. »Ich mag es nicht, wenn mir jemand droht.«

Koban nahm Behrens das Bild aus der Hand und las seinem Kompagnon die Rückseite der Fotografie vor. »›Das Geheimnis hat ein Recht, an die Öffentlichkeit zu kommen.‹ Das hier ist keine Botschaft, wie du sie verstehst, Horst. Da will jemand so etwas wie Gerechtigkeit. Das sind die Schlimmsten, die Gerechtigkeitsfanatiker«, betonte er. »Die kann man nämlich mit keinem Geld der Welt zum Schweigen bringen. Die wollen Gerechtigkeit, Gerechtigkeit und nochmals Gerechtigkeit.« Er schlug mit der Faust auf den Tisch, stand auf und begann im Raum auf und ab zu gehen. »Wir müssen die Sache aus der Welt schaffen.«

»Denk nach, Karlheinz! Wenn es sich bei diesem Wahnsinnigen tatsächlich um einen Gerechtigkeitsfanatiker handelt, dann wissen wir, dass er nichts gegen dich in der Hand hat. Sonst wäre er längst zur Polizei gegangen.« Behrens drehte den Besucherstuhl herum.

Koban blieb stehen. »Es ist egal, was derjenige tut oder nicht tut. Hör dich um und bring das in Ordnung. Es steht zu viel auf dem Spiel.«

»Was ist mit der Polizei? Die wird bald wissen …«

Koban hob die Hand. »Die Polizei lassen wir vorerst aus der Sache raus. Die stellen zu viele Fragen. Ich will wissen, was mit dem Foto bezweckt wird.«

»Wahrscheinlich hast du recht. Was willst du der Polizei auch erzählen? Dass dich jemand mit dem Foto deiner toten Hauptzeugin bedroht?«

»Warum sprichst du eigentlich immer nur von mir? Wenn es rauskommt, hängst du genauso tief in der Scheiße wie ich.« Koban nahm wieder hinter seinem Schreibtisch Platz, und Behrens drehte den Stuhl erneut herum.

»Kein Absender«, sinnierte Behrens vor sich hin. »Hast du in der Zentrale des Botendienstes angerufen?«

»Nein.«

Behrens nahm den Umschlag zur Hand, griff zum Telefon und wählte eine Nummer. Es dauerte einige Minuten, bis er die gewünschte Auskunft bekam. »Absender unbekannt. Kennst du jemanden in Sibiu? Denn dort wurde der Umschlag aufgegeben.«

Koban schüttelte den Kopf. »Wen soll ich denn ... Nein. Ich kenne niemanden in Sibiu.« Dann fiel ihm ein, dass er doch jemanden kannte. Er schluckte trocken. Noch bevor er seine Behauptung zurücknehmen konnte, sprach Behrens aus, was Koban in diesem Moment durch den Kopf geschossen war.

»Hat nicht dieser Baumann Geschäftsstellen in Sibiu?«

Koban hob den Telefonhörer und drückte eine Taste. »Frau Schmid, Sie dürfen Detektiv spielen. Stellen Sie mir bitte ein möglichst komplettes Dossier über den Unternehmer Viktor Baumann zusammen. Alles, was Sie finden können, von der Geburt angefangen über Vorlieben bis zur Farbe seiner Unterwäsche.« Er legte auf und grinste diabolisch. »Dann werden wir uns den Herrn einmal genauer ansehen. Immerhin sollte ich wissen, mit wem sich meine Frau da einlässt.«

Behrens sah ihn fragend an.

»Er kommt zur Benefizveranstaltung meiner Frau.«

»Baumann?«, fragte Behrens ungläubig. »Der nimmt doch sonst keine Einladungen an.«

Es klopfte. Regina Schmid schaute durch die halb offene Tür herein und kündigte eine Klientin an. Behrens erhob sich. »Lass das Zeug verschwinden!«

*

Je länger Sarah sich auf die Details konzentrierte, desto mehr verloren die abgetrennten Finger ihre abstoßende Wirkung.

Stein starrte verwundert auf die blau lackierten Fingernägel. »Und was sagt uns das jetzt? Hat das vielleicht etwas mit Ihrem Hokuspokus zu tun, den Sie regelmäßig in der Zeitung verzapfen?«, fragte er.

»Aberglaube, Martin. Sarah schreibt Kolumnen zum Thema Aberglaube.«

»Gut. Also Aberglaube.«

»Sie müssen wissen, dass den Farben im Allgemeinen eine bestimmte Bedeutung zukommt. Rot ist die Liebe. Blau ist die Treue. Grün die Hoffnung und so weiter. Das weiß ohnehin jedes Kind.«

»Sie denken an eine Beziehungstat? Ein Eifersüchtiger, der uns damit dokumentiert, dass seine Freundin untreu war?« Stein sah in die Runde.

»Das macht doch keinen Sinn, oder?«

Die anderen stimmten ihm zu. Stein sah Sarah interessiert an, fuhr sich mit der Hand über sein kahles Haupt, begutachtete erneut die Fingernägel und wandte sich wieder an Sarah. »Also ... was sagt uns die Farbe Blau noch?«

»Gabi, ich denke, wir brauchen allmählich eine Runde Kaffee. Holst du uns welchen?«, fragte David Gruber.

Die Sekretärin nickte abwesend. Sarah konnte Gabi deutlich ansehen, dass es ihr nicht passte, ausgerechnet jetzt den Raum verlassen zu müssen. Sie würde nachher darauf bestehen, alles bis ins kleinste Detail zu erfahren.

»In vielen Völkern ist die blaue Farbe ein Omen für den Tod. Wenn die Kerze blau brennt, stirbt jemand. Träumt man von Zwetschgen, gibt es einen Todesfall, oder man dachte, dass blaue Flecken nach dem Aufwachen den Todesfall eines Verwandten oder Freundes anzeigen. Ich könnte noch einige Beispiele nennen.«

»Schwachsinn«, bellte Stein. »Dass die Frau tot ist, hätten wir auch so kapiert. Dazu hätte ihr niemand die Fingernägel blau anmalen müssen«, fügte er ungeduldig hinzu. Gabi kam mit drei Tassen Kaffee und stellte sie umständlich auf den Tisch.

»Sie haben mich nach der Bedeutung der Farbe Blau gefragt«, konterte Sarah. »In der Heraldik, also im Wappenwesen, steht Blau für Gerechtigkeit. In der Farbensymbolik wird sie das Medium der Wahrheit genannt.«

»Was du alles weißt!«, meinte Gabi bewundernd.

»Gerechtigkeit, Treue, Wahrheit«, zählte Stein an den Fingern ab. »Damit kann ich eher etwas anfangen. Bedeuten blaue Fingernägel etwas? Fällt Ihnen dazu etwas ein?«, fragte Stein und musterte Sarah mit seinem stechenden Blick.

Sarah überlegte, schüttelte jedoch dann den Kopf. »Das kann ich nicht so einfach beantworten. Spontan fällt mir nichts dazu ein. Ich denke auch, Sie müssen die Zeichen getrennt voneinander betrachten, um Zusammenhänge zu erkennen.«

Stein schüttelte missbilligend den Kopf. »Zeichen. So ein Blödsinn. Mit diesem ganzen Hokuspokus kann ich nichts anfangen. Ich halte mich lieber an Fakten. Wir sind ja hier weder im Mittelalter noch im Esoterikladen.« Er trank die Tasse Kaffee leer.

Sarah setzte zu einer Erklärung an, doch Stein machte eine abwehrende Handbewegung. »Ich will nichts mehr hören. Wenn Sie meinen, können Sie sich gern mit diesem ganzen mittelalterlichen Zeug beschäftigen. Ist mir eh viel lieber, als wenn Sie in meinen Ermittlungen herumpfuschen.« Er grinste breit. »Geben Sie mir Bescheid, sobald eines Ihrer Zeichen zu Ihnen gesprochen hat. Ich werde mich jetzt den irdischen Zeichen widmen und in unseren Akten wühlen. Vielleicht hatten wir ja schon einmal einen ähnlichen Fall.«

Er ging kopfschüttelnd Richtung Tür und murmelte belustigt vor sich hin: »Blaue Fingernägel. Aberglaube. Und das im 21. Jahrhundert. Man glaubt es kaum.« Und draußen war er.

Kaum hatte er die Tür hinter sich geschlossen, bat David Gabi, wieder an ihren Schreibtisch zu gehen. Gabi warf Sarah einen raschen Blick zu, der so viel hieß wie: Ich will wissen, was hier jetzt gleich läuft.

Als sie alleine waren, setzte er sich neben Sarah auf die Couch. Sekundenlang fixierten seine braunen Augen sie so, als müsste er ihr das, was sie vielleicht sagen würde, von den Lippen ablesen. Das machte sie nervös. Ihr Herz pochte wild. Sie spürte, wie die Hormone in Wallung kamen. Sie hatte Mühe, sich zu konzentrieren. Scheiße. Wenn sie nicht innerhalb der nächsten fünf Minuten das Büro verließ, würden sich ihre Kollegen wieder die Mäuler zerreißen.

Was für ein Parfum trug dieser Mann? Er roch verdammt gut. Verlieb dich um Gottes willen nicht in deinen Chef, hämmerte es in Sarahs Kopf. Eine sinnlose Ermahnung. Es war schon lange passiert.

In den Mandelkernen des limbischen Systems liegt der Ursprung aller Gefühle, die Menschen kennen, betete sie sich in Gedanken vor. Sich zu verlieben ist nur ein hormoneller Prozess im Körper. Nicht ernst zu nehmen. Es geht vorbei.

Sie wandte sich ihrem noch immer vollen Cognacglas zu, nahm es in die Hand, drehte es hin und her, spürte seinen Blick auf ihr ruhen. Vielleicht wurde es Zeit, sich endlich einer heißen bedeutungslosen Affäre hinzugeben. Ein klassischer One-Night-Stand. Nur um sich abzulenken.

»Du würdest eine gute Kriminalistin abgeben.«

»Danke, ich verzichte.«

David nippte an seinem Glas. »Wie fühlst du dich?«

»Ich versteh das nicht. Ich stecke in einer Situation, die mir Angst macht, obwohl ich absolut nichts getan habe.«

»Willst du nach Hause?«

»Nein … ja … nein … ich muss erst darüber nachdenken, David.«

»Ich bring dich heim, wenn du willst.«

Bloß nicht. Wer weiß, wozu sie fähig war in dieser Ausnahmesituation.

Sarah winkte ab. »Nein. Ist schon in Ordnung. Ich muss den Artikel für die morgige Kolumne noch fertig schreiben.«

»Darüber wollte ich mit dir sprechen.« Er rückte von ihr ab. »Oder hat dich Kunz schon aufgeklärt?«

»Aufgeklärt? Worüber?« Sie hoffte, die Rolle der Ahnungslosen gut zu spielen.

»Dass ich dir für deine Kolumne in der *Lesezeit* eine ganze Seite geben möchte.«

Was sollte sie jetzt sagen? Nein? Das wäre gelogen. Ja?

Dann würde sie David den Überraschungseffekt nehmen und Kunz als Verräter überführen. »Wie, was? Ähm … also, nein.« Sie war eine verdammt schlechte Lügnerin.

David lächelte mild. »Kannst es ruhig zugeben. Herbert hat mir gesteckt, dass er's dir verraten hat. Schöner Versuch von dir, dichtzuhalten.«

Das war gemein, sie auflaufen zu lassen.

»Okay. Er hat es mir verraten«, gab Sarah schließlich zu. »Nur weil ich ihn seit Wochen damit sekkiere, mehr Platz zu brauchen.«

»Den hast du hiermit, ganz offiziell. Tut mir leid, dass ich die große Neuigkeit nicht offiziell in der Sitzung verkündet habe.«

»Heißt das, ich bekomme die Seite sofort? Also diese Woche?«

David nickte. Sarah konnte nicht anders. Sie musste ihren Chef umarmen. Und David hielt sie eine Sekunde zu lang im Arm. Gott! Dieser Mann roch wirklich fantastisch. Wo hatte sie gelesen, dass Frauen im Unterbewusstsein ihre Sexualpartner nach dem Geruch auswählten?

»Ich schreibe ihn gleich heute fertig.«

»Mach das.«

Sie standen zeitgleich von der Couch auf.

»Danke, David.«

Der Artikel war rasch geschrieben. Eine ganze Seite!, jubelte sie stumm. Endlich brauchte sie sich mit der Anzahl der Zeichen nicht zurückzuhalten. Sarah war froh, sich mit der Abhandlung über die Magie der Katzen im Volksglauben ablenken zu können.

Dennoch ließ sie die Geschichte mit den drei Fingern nicht in Ruhe – auch weil Gabi im Halbstundentakt nach ihrem Befinden fragte, natürlich mit dem Hinweis, dass sie sich auf der Benefizveranstaltung im Rathaus am kommenden Donnerstag gut ablenken könne. »Nach diesem Schock darfst du nicht alleine zu Hause herumsitzen!«, behauptete Gabi.

Sarah durchschaute, dass Gabi befürchtete, Sarah würde das kleine Postpaket mit dem grausigen Inhalt als Vorwand verwenden, um ihre Zusage, gemeinsam zu dem Fest ins Rathaus zu gehen, wieder zurückzunehmen. Sarah hatte ihr von Connys Einladung erzählt, und für Gabi war sofort klar, dass sie die Begleitperson sein würde. »Keine Angst. Ich geh mit dir ins Rathaus«, beruhigte sie Gabi. »Ich bin selber überrascht, wie ruhig ich bin. Das Paket hat mich nicht wirklich aus der Fassung gebracht.« Irgendwie war sie von dem, was der Absender getan hatte, beeindruckt. Ihrer Meinung nach diente die Botschaft nicht dazu, die Redaktion in helle Aufregung zu versetzen. Sarah sah darin mehr eine Information. Der Versender musste Zeit in sein Projekt investiert haben. Er musste ihre Kolumnen kennen, sich sicher sein, dass sie das Rätsel lösen würde. Das alles sprach für eine gute Planung. Sarah nahm sich vor, das Leben der Studentin Monika unter die Lupe zu nehmen. Diese Absicht behielt sie jedoch vorerst für sich.

Der Ordner mit den Leserbriefen war rasch durchgearbeitet. Sarah war sehr ordentlich, hatte alle Briefeingänge nach Namen sortiert abgelegt und handschriftlich notiert, wenn jemand einen Gegenstand beigelegt hatte. Der Name Monika Billich tauchte in den Unterlagen nicht auf. Wäre auch zu einfach gewesen.

Eine Stunde früher als vorgesehen verließ sie die Redaktion, weil sie plötzlich das dringende Bedürfnis verspürte, ein ausgiebiges Bad zu nehmen. Der Gedanke, dass dem Mädchen die Finger abgetrennt wurden, um ihr eine Nachricht zu schicken, verfolgte sie. In der U-Bahn starrte sie den Menschen unbewusst auf die Hände.

Gerade als Sarah die Wohnungstür aufschließen wollte, wurde sie von Chris geöffnet. Ihr Bruder stand lediglich in Shorts bekleidet vor ihr, an seiner Seite eine etwa 20-jährige dunkelhaarige Schönheit.

»Du? Jetzt schon? Meine Schwester«, erklärte er.

Die junge Frau streckte Sarah die Hand entgegen. »Hallo. Ich bin Yvonne.«

Klar, Yvonne, dachte Sarah. »Hallo.«

Chris küsste Yvonne flüchtig auf die Wange, schob sie mit einem sanften Klaps auf den Po zur Tür hinaus – und damit verschwand die Schönheit aus seinem Leben. Na ja, vielleicht nicht ganz. Manchmal schenkte er seine Gunst ein zweites Mal her. Auch mit Gabi hatte Chris nur ein Mal geschlafen. Zum Glück war es ihrer Kollegin ebenso wenig ernst gewesen wie ihm. Sarah fragte sich, wann seine Vielweiberei enden würde.

»Warum bist du schon da?«

»Ist immer noch meine Wohnung, kleiner Bruder, jedenfalls zahl ich die Miete und die Betriebskosten, da kann ich kommen und gehen, wann ich will.« Ihre Stimme klang schärfer als gewollt.

»Ist was passiert?«

Sarah gab nur einen groben Bericht ab. »Ich erzähl dir später mehr, ich muss jetzt unbedingt in die Badewanne, sonst dreh ich durch. Musst du arbeiten?«

Chris schüttelte den Kopf.

Während sie das Wasser in die Wanne laufen ließ, holte sie ihren Jogginganzug aus dem Schlafzimmer. Sie hörte Chris telefonieren. Er bat Markus, seinen besten Freund, heute Abend für ihn einzuspringen. Sarah lächelte. Ihr kleiner Bruder beschützte sie seit dem Überfall auf dem Friedhof wie ein Wachhund.

»Ich dachte, du musst nicht arbeiten?«, sagte Sarah, nachdem ihr Bruder aufgelegt hatte.

»Jetzt nicht mehr.«

»Treibt das die Mädels nicht in den Selbstmord, wenn du heute nicht hinter der Bar stehst?«

»Sie werden's überleben. Entspann du dich in der Badewanne, ich koch uns inzwischen was.«

»Gern.« Die Kochleidenschaft verband sie eng mit ihrem Bruder. Für einen jungen Mann in seinem Alter eher ungewöhnlich.

Sarah schloss die Badezimmertür, legte sich in das heiße Wasser und war mit sich und ihren Grübeleien allein. Sie versuchte, sich auf irgendetwas anderes zu konzentrieren, doch ihre Gedanken kehrten immer wieder zu den Ereignissen des Nachmittags zurück. Eine Frage, die sich stellte, war: Warum ausgerechnet ein Medium? Warum sollte nicht die Polizei das Rätsel lösen? Die hatten ganz andere Möglichkeiten als sie. Und war es überhaupt ein Rätsel, oder verrannte sie sich in eine Idee? Vielleicht war ja das der Hintergrund? Schicken wir der bescheuerten Aberglauben-Tante drei abgehackte Finger und schauen, was passiert?

Sarah schloss die Augen und tauchte den Kopf unter Wasser.

Hätte der Absender nur das im Sinn gehabt, gäbe es keine Leiche. Also nicht in diesem Sinn. Vielleicht hätte er versucht, einer ganz normal Verstorbenen die Finger abzuzwicken. Für einen bösen Scherz brauchte man keine Leiche am Naschmarkt.

Sie tauchte wieder auf und wischte sich das Wasser aus den Augen.

Würden die einzelnen Teile, wenn man sie zu einem Ganzen fügte, den Grund für den Mord verraten? Hatte sie es hier mit einem verletzten Liebhaber oder mit einem Psychopathen zu tun? Sie war keine Profilerin, hoffte auch, dass die Finger der Toten postmortal abgetrennt worden waren. Um ihretwillen. Doch auch dann sprach der Tenor der Tat für eine perverse Aggressivität. Sarah fühlte sich wie ein Werkzeug, das für eine Tätigkeit benutzt wurde, wofür es nicht gemacht war. Egal wie sie darüber dachte, eines war klar: Es war unvermeidlich, dass sie sich der Sache annahm.

Chris hatte Spaghetti mit Salbei gemacht, eine Flasche Weißburgunder geöffnet und eine Karaffe Leitungswasser auf den Tisch gestellt.

Während sie gemeinsam aßen, erzählte Sarah. Chris unterbrach sie nicht. Er hörte zu und konnte der Geschichte, dass die Postkarte mit dem Spruch der Auftakt dieser grausamen Tat war, etwas abgewinnen. »Dann wäre das Opfer sozusagen die Maus.«

»Wahrscheinlich.«

»Und was bedeutet das, deiner Meinung nach?«

»Einzeln nichts. Insgesamt viel.«

»Du bist jetzt aber nicht unter die Haruspizen gegangen, oder??«

Sie mussten beide grinsen.

»Keine Angst. Ich deute nicht die Zukunft, indem ich mir Eingeweide von toten Tieren ansehe.« Sarahs Interesse lag in der Analyse diverser Zusammenhänge. Zum reinen Vergnügen suchte sie ganz gerne eine Verbindung zwischen der Persönlichkeit eines Menschen und seinem Tierkreiszeichen. Dennoch war sie im Bereich der Astrologie Laie, genauso wie auf dem Gebiet der Zukunftsvorhersage. »Irgendeinen Grund muss es dafür geben, dass diese Finger ausgerechnet mir geschickt wurden«, wiederholte sie diesen einen Gedanken, der ihr nicht mehr aus dem Kopf ging. »Ich kenne die Frau nicht. Warum ich? Oder hast du vielleicht mit ihr geschlafen, und ein wild gewordener Freund …? Sie heißt Monika Billich, ist Medizinstudentin.« Sarah hatte Block und Bleistift neben dem Teller liegen und kritzelte herum.

Ihr Bruder schüttelte den Kopf. »Kenn ich nicht.«

»Sicher?«

»Ich erinnere mich an die Namen.«

»Sicher?«, wiederholte Sarah grinsend. »Hast du ein Archiv?«

Chris antwortete nicht.

»Welchen Tag haben wir heute?«, fragte sie plötzlich.

»Den 25. Mai.«

»Nein, ich meine Wochentag.«

»Dienstag.«

»Dienstag«, wiederholte Sarah und zog das Wort dabei in die Länge. Dann sprang sie auf und rannte rüber ins Wohnzimmer. Chris folgte ihr.

Das Bücherregal an der linken Wandseite reichte vom Boden bis an die Decke. Sarah war eine leidenschaftliche Leserin. Manche Sachbücher hatte sie in doppelter Ausgabe, sowohl in der Redaktion als auch zu Hause. So lief sie niemals Gefahr, ein Buch nicht griffbereit zu haben, egal wo sie arbeitete. Jeweils doppelt hatte sie auch sämtliche Lexika über den Aberglauben. Sie nahm eines davon zur Hand und suchte eine ganz bestimmte Seite.

»Dienstag«, wiederholte sie. »Wusst ich's doch.«

»Würdest du mich teilhaben lassen an deiner Erkenntnis?«

»Der Dienstag ist der Tag des Kriegsgottes.«

»Aha.«

»Was noch wichtiger ist, Chris, er ist der Tag des Rechtsgottes. Verstehst du?«

»Kein Wort.«

Sarah wirbelte herum. »Wo ist mein Handy? Ich muss sofort David anrufen.«

8

Glücklich darüber, dass Dagmar für ihn Zeit hatte, las sich Karlheinz Koban rasch die Unterlagen der bevorstehenden Fälle durch. Er brauchte dringend Zerstreuung. Das Gefühl, etwas, das unmittelbar mit ihm zu tun hatte, nicht unter Kontrolle zu haben, machte ihn verrückt. Kontrollfreak, deklarierte seine Frau sein permanentes Streben, alles überblicken zu wollen. Immerhin hatte ihn diese Errungenschaft dorthin gebracht, wo er jetzt war. Vielleicht wollte er deshalb selbst herausfinden, wer ihm das Foto der toten Zeugin geschickt hatte und warum. Die Polizei war nicht immer sein Freund. Es gab zu viele, die nur darauf warteten, dass der erfolgreiche Anwalt ins Straucheln kam.

Eine halbe Stunde nachdem seine Sekretärin Feierabend machte, ging auch er. Behrens saß über einem Berg Akten. Das Foto mit der Leiche und die damit verbundenen Konsequenzen schienen ihn nicht weiter aufzuregen. Oder mimte er äußerliche Ruhe?

Der Regen hatte nachgelassen.

Koban tat, was er sonst nie tat: Er ging zu Fuß.

Er tat es nie, weil es ihm zu langsam war. Wenn, dann joggte er. Joggen trieb ihn voran, immer ein Ziel vor Augen: seinen Körper stählen. Kondition aufbauen. Besser aussehen als die dickbäuchigen Mittvierziger, die ihm bei Gericht begegneten. Zugleich machte ihm die sportliche Tätigkeit den Kopf frei. Das gleiche Ergebnis erzielte er, wenn er Dagmar fickte. Seine anderen Affären hatten ihm nie diese Befriedigung verschafft.

Ficken. Dieses Wort verabscheute Dagmar genauso wie Musik von Black Sabbath. Bei dem Gedanken lächelte er diabolisch.

Keine Liebe. Kein Gefühl. Kein Vertrauen.

Kraft und Macht.

Ficken und Black Sabbath.

Die Stadt war voller Touristen. Auf der Kärtnerstraße kam er nur langsam vorwärts, bog irgendwann ab Richtung Albertinaplatz. Fiaker warteten vor dem Mahnmal gegen Krieg und Faschismus von Alfred Hrdlicka. Japaner fotografierten die dazugehörende Bronzefigur des straßenwaschenden Juden.

Er passierte das kleine Sacher neben der Albertina und sah sich um. Wurde er verfolgt? Hatte der Beobachter sich mit einer Kamera um den Hals unter die Menschenmenge gemischt? Wohl kaum. Sein Gegner konnte nicht wissen, dass er ausgerechnet heute zu Fuß unterwegs war.

Auf Höhe der Apotheke zum Heiligen Geist blieb er stehen und betrachtete mit gespieltem Interesse das nach einer mehrmonatigen Umbauphase wiedereröffnete Café Museum.

Dann ging er weiter, an der Secession vorbei und geradewegs bis zu seinem Apartment.

Halb acht.

Es läutete.

Dagmar kam pünktlich wie immer.

Sie stand vor ihm, in einem knielangen hellblauen Kleid. Ihre Haare trug sie offen. Sie wusste, dass er das liebte. Als sie an ihm vorbei in die Wohnung drängte, roch er ihr Parfum.

Sie nahm sich ein Glas Wein von der Küchenbar und fragte ihn, wen er heute alles vernichtet habe.

»Niemanden. Ich hab auf dich gewartet.« Er lachte.

Sie stimmte nicht in sein Lachen ein, sondern setzte sich auf die Couch, zog ihren Rock hoch, spreizte leicht die Beine. Sie trug keinen Slip. »Dann streng dich mal an. Ich hab nämlich einen stressigen Tag hinter mir.«

Dagmar war ganz anders als Silvia. Beruflich knallhart und dennoch in gewissen Stunden einfach Hure. Dagmar, die Frau, die sich in allen Lebenssituationen nahm, was sie wollte. Auch verlangte Dagmar von Koban nie, an den Wochenenden oder Feiertagen Zeit für sie zu haben. Ganz im Gegenteil. Zu viel Nähe schien sie nervös zu machen.

Die perfekte Geliebte.

Unabhängig, selbstbewusst und schön. Keine Verpflichtungen. Es war wie ein Geschäft. Sie schliefen miteinander, danach gingen sie wieder auseinander, jeder lebte sein eigenes Leben. Ab und zu traf man im Gerichtssaal aufeinander und siezte sich. Nur manchmal, heimlich, fragte sich Koban, ob es andere Männer in Dagmars Leben gab.

Kennengelernt hatten sie einander im Oktober des vergangenen Jahres auf der Geburtstagsparty von Horst. Koban war alleine gekommen, weil seine Frau keine Lust auf eine Feier mit lauter Anwälten hatte. Horsts Bekanntenkreis bestand ausschließlich aus Richtern und Anwälten. Dagmar und er waren einander vorgestellt worden, hatten sich über alles Mögliche unterhalten, Wein getrunken, und irgendwann hatte sie ihm einen Zettel mit ihrer Adresse zugesteckt und etwas von »in einer Stunde« gemurmelt. Dann hatte sie sich von allen Gästen und dem

Hausherrn verabschiedet und die Party verlassen. Koban hatte eine Dreiviertelstunde gewartet, es ihr gleichgetan und ein Taxi gerufen. Zuerst redete er sich ein, dass er nur auf einen Kaffee bleiben wollte, rein aus Neugier. Nur um zu sehen, wie weit eine durchaus bekannte Anwältin in dieser Situation gehen würde. In Wahrheit wollte er nichts anderes als so schnell wie möglich mit ihr schlafen. Außerehelicher Geschlechtsverkehr war ihm weder fremd, noch fand er es verwerflich.

Dagmar hatte ihn erwartet, in einem Hauch von Nichts. Seitdem trafen sie einander regelmäßig. Das Apartment am Naschmarkt hatte Koban wenige Wochen nach dem ersten Treffen gemietet. Dagmar wollte ein Gerede unter den Nachbarn vermeiden. Ihr Argument: Eine Affäre schickt sich nicht für eine alleinstehende Anwältin. In ein Stundenhotel wollten sie beide nicht, dort traf man zu viele bekannte Gesichter, und in seine Villa konnten sie nicht. Bisher war es ihnen erfolgreich gelungen, ihre Affäre geheim zu halten. Nicht einmal Horst wusste Bescheid.

Eine Stunde später lag Koban zufrieden neben Dagmar auf dem Teppich vor der Couch. Runde eins war zu Ende. Wie er seine Geliebte kannte, folgte bald die nächste. Sie forderte ihn nicht nur vor Gericht, sondern auch im Bett. Dagmar heute Abend zu treffen, war die beste Entscheidung des Tages gewesen.

»Ich werde morgen Abend ebenfalls im Rathaus sein«, unterbrach sie die Idylle.

Koban versuchte, sich seine Überraschung nicht anmerken zu lassen. »Seit wann stehst du auf der Einladungsliste meiner Frau?«

Dagmar stützte sich auf den rechten Ellenbogen. Mit

den Fingern ihrer linken Hand strich sie sanft über die Innenseite seines Schenkels, berührte wie nebenbei sein schlaffes Glied. Keine Reaktion. Sie musste noch ein bisschen Geduld haben. Er war keine 20 mehr.

»Baumann hat mich gebeten, ihn und seine Tochter zu begleiten.«

Koban schaute sie ungläubig an. »Seine Tochter kommt auch? Das ist doch verrückt.«

Dagmar Jurit zuckte die Achseln. »Ich wollte nur, dass du's weißt.« Sie schwang sich hoch und setzte sich auf ihn. »Ich habe heute den Berufungsantrag eingereicht.« Sie rieb ihren Unterleib an seinem. »Der Mann hat Geld und jede Menge Macht, Karlheinz. Und beides wird er auf der Gala demonstrieren. Die Medien werden ihm applaudieren. Baumann springt über seinen Schatten und beweist Größe, indem er mit seiner Tochter auf die Gala jener Frau geht, deren Mann seinen Liebling vor Gericht vorgeführt hat.« Sie küsste seinen Hals. »Er will, dass seine Tochter gewinnt und du verlierst.« Sie lächelte ihn an. »Oder anders ausgedrückt: Er will Gerechtigkeit und deinen Tod.« Sie rutschte nach unten, ihre Zunge spielte mit der Spitze seines Penis.

Noch immer keine Reaktion. Was war nur los mit ihm?

Als er an diesem Abend nach Hause kam, traf er seine Schwiegermutter an. Sie wachte über Fabians Schlaf. Er fragte sie nach Baumann. Sie verwies ihn an ihren Mann. »Mit seinen Geschäften hab ich nichts zu tun.«

Silvia war zu einem wichtigen Meeting gefahren. Vergeblich versuchte sich Karlheinz Koban zu erinnern, ob sie ihm davon erzählt oder ihn gebeten hatte, sie zu begleiten.

Er schenkte sich einen Cognac ein, nahm vor dem Fernseher Platz und wartete, sah irgendeinen Film, von dem er im Nachhinein nicht mehr sagen konnte, wovon er handelte.

Während er abwesend auf den Bildschirm starrte, kreisten seine Gedanken um das Foto. Warum nur hatte er Dagmar nicht davon erzählt? Aus Überzeugung, dass Baumann dahintersteckte, um ihr keinen Wissensvorsprung zu verschaffen? Wie sicher konnte er sein, dass Baumann hier die Finger im Spiel hatte? Sibiu. Wie sehr er darüber grübelte, ihm fiel sonst niemand ein, der in Rumänien Geschäfte betrieb.

Silvia kam spät nach Hause. Sie war beschwipst, erzählte von einem Treffen mit ehrenamtlichen Mitarbeitern. Eine fremde Duftnote umgab sie: herb, männlich. Noch bevor er eine Frage stellen konnte, verschwand sie im Badezimmer, und Koban fragte sich, ob Silvia Dagmars Geruch wahrnahm.

Später im Bett starrte er lange an die Decke, konnte nicht einschlafen. Immer wieder schloss er die Augen, öffnete sie, versuchte den Kopf leer zu bekommen. Es gelang ihm nicht, denn zwei Fragen beschäftigten ihn: War Baumann der Absender der eigenwilligen Botschaft? Zutrauen würde er es dem Mann. Man sagte ihm beim Verfolgen seiner Ziele eine gewisse Unberechenbarkeit nach. Die zweite Frage lautete: Warum hatte er heute kein zweites Mal einen hoch bekommen?

*

Marie begrüßte den späten Gast mit hoch erhobenem Schwanz.

»Komm rein!« Sarah zog ihren Chef in die Küche. »Wein?«

Noch bevor David Gruber antworten konnte, knallte Sarah ihm ein Weinglas vor die Nase. Gruber füllte es mit Wasser. »Bin mit dem Auto hier. Seit wann ist sie so aufgedreht?«, fragte er Chris.

»Seit sie das magische Buch in der Hand gehalten hat«, gab Sarahs Bruder grinsend zurück und zeigte auf mehrere dicke Nachschlagewerke, die vor ihnen auf dem Tisch lagen.

»Handbuch des Aberglaubens?«, fragte David Gruber erstaunt.

»Hat angeblich etwas mit der ominösen Botschaft zu tun, die heute per Post kam«, erklärte Chris.

David Gruber legte die Stirn in Falten und grinste. »Aha. Irgendwelche Tabletten hat sie nicht genommen, oder?«

»Euch beiden wird das Lachen noch vergehen«, schimpfte Sarah halbherzig.

Sie war daran gewöhnt, wegen ihres Aberglaubens aufgezogen zu werden, und es machte ihr nichts aus, denn auch wenn alle taten, als würden sie so gar nicht daran glauben, trugen dennoch inzwischen einige ihrer Freunde zu Silvester rote Unterwäsche. Wenn's nichts half, so schadete es auch nicht.

Sarah tippte der Reihe nach auf jedes Buch auf dem Tisch. »Ich habe alle Punkte einzeln betrachtet und dann zusammengeführt. Schaut mal.« Sie blieb neben den Männern stehen, zählte die Fakten an den Fingern ab.

»Die drei Schwurfinger deuten auf einen Eid hin …«

»Das war nicht schwer. Immerhin waren die Dinger in deine Kolumne zu genau diesem Thema eingewickelt«, unterbrach David.

»Das war ja nur die Einleitung. Der Rest kommt erst … also … die drei Schwurfinger, das Blau der Nägel deutet meiner Meinung nach auf Gerechtigkeit hin und … dieses Teil hat mir gefehlt … heute ist Dienstag.«

David sah Hilfe suchend zu Chris. Er hatte nicht begriffen.

»In der Antike wurde jeder Tag einem Gott zugeordnet. Der Freitag zum Beispiel wird der Venus, der Göttin der Liebe zugeschrieben, im Nordgermanischen ist dies die Liebesgöttin Freyja.«

»Und wo ist da der Zusammenhang?«, fragte David.

»Ihr müsst wissen, dass früher neben dem Donnerstag der Dienstag ein typischer Gerichtstag war. Es ist der Tag des Mars. Der Tag des Kriegs- und Rechtsgottes. Noch im 19. Jahrhundert gab es Männer, die nur an einem Dienstag vor dem Friedensrichter erschienen sind.« Sie nahm einen Schluck Wein und setzte sich. »Übrigens hat sich der Brauch der Narrensitzung am Faschingsdienstag daraus abgeleitet. Das nur nebenbei.«

David überlegte einen Moment. »Und wer weiß solche Sachen? Zur Allgemeinbildung gehört das ja nicht gerade.«

»Ich weiß solche Sachen.« Sarah lächelte stolz.

»Da hat sich jemand ziemlich Mühe gegeben«, bemerkte Chris. »Warum schickt dir derjenige nicht einen Brief, in dem steht, dass die Tote einen Meineid begangen hat?«

»Weil ich mich intensiv mit dem Fall auseinandersetzen soll. Das hätte ich möglicherweise nicht getan, wenn er mir lediglich einen Brief mit dem Sachverhalt geschrieben hätte.« Sarah drehte die Handflächen nach oben. »Aber so konnte er sicher sein, meine volle Aufmerksamkeit zu haben.«

»Wirst du Stein das so sagen?«, fragte David vorsichtig. »Ich meine, die Sache mit den Göttern und all dem Zeug.«

Sarah wiegte ihren Kopf hin und her. »Ich glaube, das

sollte ich nicht tun. Außerdem muss ich meine Theorie überprüfen.« Sie legte ihre Stirn in Falten und grübelte einige Sekunden nach. »Wir müssten wissen, ob Monika Billich bei einem Prozess ausgesagt hat oder vielleicht selbst angeklagt war.«

»Wenn es sich um ein öffentliches Gerichtsverfahren handelte und einer unserer Leute bei dem Prozess anwesend war, ist das kein Problem. Dann wissen wir's. Was, wenn es kein Schwur vor Gericht gewesen ist? Monika Billich kann ja einfach nur gelogen haben. Wie oft hat jemand von uns schon gesagt ›Ich schwöre‹ und es nicht ernst gemeint?«

»Dann finde ich die Wahrheit möglicherweise niemals heraus. Dennoch glaube ich nicht, dass es nur eine einfache Lüge war. Die Leiche wurde an einem Dienstag gefunden. Das weist meiner Meinung nach eindeutig auf eine Gerichtssache hin.«

»Und was, wenn der Dienstag nur reiner Zufall ist, Sarah?«, räumte Gruber ein. »Bist du eigentlich deine Leserbriefe durchgegangen?«

Sarah nickte. »Keine Post von Monika Billich.«

»Hast du dir die Briefe durchgelesen, die aufgrund deines Artikels zum Thema Eid gekommen sind?«

Sie schüttelte den Kopf.

»Dann solltest du das gleich morgen tun.«

»Ihr seid mir nicht bös, wenn ich euch jetzt alleine lasse, oder? Ich sollte lernen, hab am Freitag Prüfung.« Chris stand auf.

»Moment mal. Warum ist mir die Idee nicht schon vorhin gekommen? Monika Billich war Medizinstudentin? Chris, du könntest dich doch umhören.«

»Weißt du, wie viele Studenten an der Uni rumlaufen?«

»Du brauchst ja nur herumzufragen. Vielleicht kennt sie wer … zufällig … und weiß, was sie unternommen hat.«

»Okay, ich frage. Du gibst ja eh keine Ruhe, bevor du nicht deinen Willen hast.«

»Siehst du, David? Das ist mein Bruder.«

»Ich verschwinde jetzt, ehe du noch mehr von mir willst. Servus, David.« Die beiden Männer verabschiedeten sich voneinander. Sarah stand auf und holte eine neue Flasche Wein und einen Krug Wasser. »Bleibst du noch?«

David nickte.

Sie saßen bis spät in die Nacht, sprachen über alles Mögliche, um den Gesprächsfaden nur ja nicht abreißen zu lassen und zwischendurch das peinliche Schweigen überbrücken zu müssen. Irgendwann war es so weit. Fast alle Themen waren erschöpft.

»Hast du dir schon was für die Kolumne überlegt?«, fragte David.

»Katzen. Hast du eigentlich gewusst, dass man früher in ein neues Haus zuerst eine Katze reingeschickt hat, damit diese das Unheil auf sich zieht?«

Marie sprang auf den leeren Stuhl neben David und streckte sich.

Sarah deutete mit dem Kopf Richtung Futterschüssel, wo die gerahmte Postkarte hing. David las laut: »Ob eine schwarze Katze Glück bringt, hängt davon ab, ob du Mensch oder Maus bist.«

»Morgen bringe ich Stein die Karte.« Sarah nahm noch einen Schluck Wein. Allmählich stieg er ihr zu Kopf. Sie vertrug nicht viel. »Marie ist eindeutig eine Glückskatze. Ich hab sie in einer Mülltonne gefunden.« Sarah formte aus ihrer Hand eine Art Kugel. »Sie passte gerade einmal auf meine Handfläche. Ich wusste nicht, ob sie überleben würde.« Sie zeigte auf Marie. »Schau sie dir heute an! Sie ist kräftig und gesund. Katzen sind wundervolle Wesen. Jeder Mensch sollte eine besitzen – oder vielmehr umgekehrt, denn darin liegt die eigentliche Wahrheit: Katzen besitzen Menschen.«

Marie gähnte genüsslich, rollte sich zusammen und schloss die Augen.

»Ich glaube, sie will mir etwas sagen.« David sah auf seine Armbanduhr.

»Ich sollte jetzt gehen.«

An der Wohnungstür blieb David stehen und strich Sarah unerwartet übers Gesicht. Sanft berührten seine Finger ihre Wangen, blieben an den Lippen hängen. »Diesmal passt du bitte besser auf dich auf.« Sein Gesicht war dicht vor ihrem. Sie hielt den Atem an.

»Was meinst du mit diesmal?«

»Du weißt genau, wie ich das meine. Keine Alleingänge. Da bist du Hilde sehr ähnlich.«

Sarah hasste es, wenn er sie mit ihrer ermordeten Kollegin verglich. Sie rückte von ihm ab. »Nur mit dem kleinen Unterschied, dass ich mir meine Geschichten nicht aussuche, sondern sie mich«, erwiderte sie.

»Vielleicht, weil du noch nicht so weit bist, sie dir selbst zu suchen. Ich bin überzeugt, du wärst eine verdammt gute Enthüllungsjournalistin, auch wenn du dich mit Händen und Füßen dagegen wehrst. Deshalb kommen die Storys zu dir.«

Sarah lächelte. »Das meinst du jetzt nicht ernst?«

»Du bist ein Mensch, der Ungerechtigkeiten auf den Tod nicht ausstehen kann. Trotzdem bist du nicht daran interessiert, Ungereimtheiten aufzuzeigen. Das glaube ich dir nicht.«

»Glaub es oder glaub es nicht. Aus mir wird keine neue Enthüllungsjournalistin für den *Wiener Boten*. Dafür ist mir mein Leben viel zu viel wert. Und wenn ich wissen will, ob Monika Billich vor Gericht ausgesagt hat, dann ist das … reine Neugier.«

»Reine Neugier. Soso. Eines Tages wird deine Neugier über die Angst siegen.« Er küsste sie auf die Stirn, stürzte damit Sarahs Hormonhaushalt gänzlich ins Chaos und ging. Verdammt. Wo blieb die Musik?

Something stupid. You've got a friend. Somewhere over the rainbow.

Irgendetwas. Eine Melodie, die zu Tränen rührte. In Filmen setzte sie in solchen Momenten sofort ein, und Hunderte Menschen heulten sich die Seele aus dem Leib. Und im wirklichen Leben? Da ging das Flurlicht aus.

Ende der Szene.

Sie starrte sekundenlang in die Dunkelheit des Stiegenhauses.

Ein klein wenig keimte in ihr der Verdacht auf, dass David im Grunde genommen die Wahrheit sagte. Eines Tages würde die Neugier über die Angst siegen. Denn eine Frage nagte in ihr, die sie nicht beantworten konnte, auf die sie jedoch unbedingt eine Antwort haben wollte: Warum deponierte jemand eine Leiche ausgerechnet am Naschmarkt? Gab es dafür einen Grund?

9

Niemand gab Birgit Bescheid.

In den Abendnachrichten um acht Uhr erwähnten sie schließlich Monikas Namen, zeigten Bilder vom Naschmarkt, brachten Interviews mit einer Kellnerin und zwei Arbeitern in Overalls. Sie erzählten von einem schwarzen Sack, in dem die Leiche steckte. Die Polizei gehe derzeit von einer Beziehungstat aus, meldete gleich darauf die Moderatorin. Man befrage vorläufig den engeren Bekanntenkreis der Toten.

Monika hatte gerade keine Beziehung gehabt. Ob sie deshalb bei der Polizei anrufen sollte oder besser warten, bis man sie aufsuchte? Immerhin gehörte Birgit zum engeren Freundeskreis. Sie beschloss zu warten, weil sie im Moment zu nichts anderem fähig war. Auch schaffte Birgit es nicht, ihre wenigen gemeinsamen Freunde anzurufen.

»Monika ist tot.« Die Worte wären ihr nicht über die Lippen gekommen. Das Läuten des Telefons ließ sie den Anrufbeantworter einschalten. Nein, sie konnte jetzt nicht über Monikas Tod reden. Eine Studienkollegin. Sie habe eben die Nachrichten gehört und wolle mit Birgit reden. Ihre Stimme klang verheult. Birgit zog die Beine an und sank seitlich aufs Sofa, lag im Dunkeln, vergrub ihr Gesicht in ein Taschentuch und weinte erneut bitterlich um ihre Freundin. Der Schmerz zerriss sie. Ihr war kalt. Der Schock ließ ihre Arme und Beine zittern.

Irgendwann rappelte sie sich verzweifelt auf, zwang sich zu denken, saß eine Weile einfach nur da. So lange, bis der Schock erträglich wurde und sie einigermaßen begreifen konnte, dass ihr Leben nie wieder so sein würde wie bisher.

Und dann fiel ihr noch etwas ein, oder besser, jemand fiel ihr ein: Tim. Monika hatte in letzter Zeit oft von ihm gesprochen. Birgit mutmaßte, dass er und Monika etwas miteinander hatten. Jedoch erwähnte ihre Freundin nichts dergleichen, und sie erzählten sich normalerweise alles. Zudem gehörte Tim nicht in Monikas Beuteschema. Er schmiss vor Jahren sein Studium, um ein Lokal zu eröffnen. Inkonsequenz nannte Monika das, als Tim ihr die Geschichte erzählte, und Inkonsequenz konnte sie nicht leiden. Strebsamkeit und Geld verdienen, das waren Monikas Richtlinien fürs Leben.

Natürlich war Birgit Freitagabend auch bei Tim gewesen und hatte nach Monika gefragt. Sie war aber nicht dort gewesen. Doch vielleicht wusste Tim etwas über Monikas neuen Job, mit dem sie sich die Australienreise finanzieren wollte. Danach hatte sie ihn am Freitag nicht gefragt.

Sie musste raus. Raus aus der Wohnung, mit Tim reden. Sie atmete mehrmals tief ein und wieder aus, bevor sie aufstand. Ihre Beine fühlten sich noch etwas zittrig an, trugen aber ihr Körpergewicht. Im Vorzimmer schnappte sie sich eine Jacke und verließ die Wohnung.

Das Lokal hieß *Sala,* ein Thai-Wort, das »offener Pavillon« hieß. Niemanden interessierte die Bedeutung oder warum Tim sein Lokal ausgerechnet so benannt hatte. Es hieß einfach so, und es lag nahe dem Landesgericht und der Justizanstalt Josefstadt. Eine Mischung aus Wirtshaus und Bar, und dementsprechend bunt gemischt zeigte sich auch das Publikum. Während tagsüber häufig Richter und Anwälte zum Essen kamen, bevölkerten abends meistens Studenten das Lokal. Folglich wechselte die Musik zwischen sanftem Hintergrundgedudel, Pop und rockigen Klängen.

Als Birgit das *Sala* betrat, war es knapp vor ein Uhr morgens und damit kurz vor Sperrstunde, die Zeit der ruhigen Popsongs und Balladen. Jedoch dachten die Gäste nicht daran, nach Hause zu gehen. An zwei Tischen spielte eine Runde von je sechs Leuten Würfelpoker. Die meisten Besucher unterhielten sich lautstark. Ines und Eva, die nachts arbeitenden Kellnerinnen, hatten alle Hände voll mit Bier- und Weineinschenken zu tun. Die Küche hatte um diese Zeit bereits geschlossen. Tim saß an der Bar. Er war in ein Gespräch mit einem Mann verwickelt, den Birgit zuvor noch nie hier gesehen hatte. Sie tranken Bier. Ein Tourist, der sich in den achten Bezirk verirrt hatte? Immerhin lagen auf der gegenüberliegenden Straßenseite das Rathaus und der erste Bezirk. Die beiden bemerkten Birgit nicht. Dennoch ging sie zielstrebig auf die Männer zu, legte Tim ihre Hand auf den Rücken, um ihr Auftauchen zu signalisieren.

»Hallo. Tut mir leid, dass ich euch unterbreche … ich muss mit dir reden, Tim.« Sie versuchte, zu lächeln. Es blieb beim Versuch.

»Du siehst schrecklich aus«, bemerkte Tim, nachdem er nach einer Sekunde realisierte, wer hinter ihm stand. Seinen Gesprächspartner stellte er nicht vor. Birgit hatte nicht mehr in den Spiegel gesehen. Sie konnte sich lebhaft vorstellen, wie sie aussah. Rote verquollene Augen, die schwarze Wimperntusche übers Gesicht verteilt. Jeder Junkie sah im Moment besser aus als sie. »Mir geht's nicht gut. Hast du das mit Monika gehört?«

Nicht weinen. Stark sein.

Tim warf dem anderen Mann einen raschen Blick zu. »Ja. Furchtbar. Ich dachte, ich hör nicht richtig, als sie's im Radio gesagt haben. Mir blieb echt die Luft weg. Man denkt, so was passiert im persönlichen Umfeld nie. Komm her!« Er nahm Birgit in die Arme, die daraufhin heftig zu weinen begann. Ein Gast rief laut nach ihm. Tim schob Birgit sachte von sich, schaute ihr in Augen. »Entschuldige. Ich komme gleich zurück.«

Birgit wischte sich übers Gesicht. »Schon gut.«

Der Fremde reichte ihr ein Taschentuch. Sie putzte sich die Nase.

»Was ist denn passiert?«, fragte er. Dem Akzent nach war er kein Tourist, sondern Wiener. Er deutete Birgit, auf dem Hocker neben ihm Platz zu nehmen. »Sie sehen aus, als könnten Sie einen Schnaps und einen Gesprächspartner brauchen.« Er langte über die Bar, griff nach einer Flasche Ouzo und zwei Schnapsgläsern. Birgit wunderte sich über die Selbstverständlichkeit, mit der er das machte, obwohl er mit Sicherheit kein Stammgast war. Sie nahm dennoch neben ihm Platz. Sie würde sich volllaufen lassen. Das betäubte den Schmerz zumindest für einige Stunden. Das erste Glas Ouzo leerte Birgit in einem Zug. Das zweite Glas hielt sie schweigend eine Zeitlang in der Hand, und nach dem dritten Glas begann sie zu erzählen. Von sich und Monika. Von dem angeblich lukrativen Job ihrer Freundin, von dem Anruf und schließlich davon, dass Monika nun tot sei. Der Mann stellte keine Fragen, hörte zu, schüttelte ab und zu ungläubig den Kopf. Dass Tim nicht mehr auftauchte, fiel ihr nicht auf.

»Unglaublich. So was passiert doch sonst nur in Filmen. War denn die Polizei schon bei dir?«

Das vertrauliche Du war im *Sala* üblich.

Birgit schüttelte den Kopf. »Komisch, oder? Dabei war ich doch bei der Polizei, sofort nachdem Monika bei mir angerufen hat. Die hätten sie vielleicht gefunden, wenn sie gleich mit der Suche begonnen hätten.«

»Hast du denn ungefähr eine Ahnung, wo sie sich aufgehalten hat?«

Sie überhörte die Frage und überlegte laut. »Soll ich da noch mal hingehen?«

»Wohin?«

»Zur Polizei. Irgendjemand muss ihnen sagen, dass Monika Single war.«

»Wieso willst du das tun?«

»Im Fernsehen haben sie behauptet, dass die Polizei eine Beziehungstat hinter dem Mord vermutet.«

»Aha.« Ihr Gegenüber goss die Gläser voll. »Ich denke, dass du das nicht machen musst. Solange die nicht bei dir anklopfen, brauchen sie dich nicht. Und du sagst, dass dir deine Freundin nicht erzählt hat, welchen Job sie angenommen hat? Ist eigenartig, oder?« Der Fremde schüttelte den Kopf.

»Sie hat ein großes Geheimnis darum gemacht, erwähnt, dass sie auf keinen Fall darüber reden darf. Blöd, oder? Klingt, als hätt sie beim Geheimdienst angeheuert. Monika 007.« Der letzte Gedanke entlockte Birgit ein Lächeln. »Ich werd dahinterkommen.«

»Ist eine starke Ansage. Denkst du, sie hat was Illegales gemacht und dir deshalb nichts erzählt?«

Tim kam zurück und legte seine Geldtasche in die dafür vorgesehene Lade. »Wer hat was Illegales getan?«

»Monika«, erklärte Birgit. »Ich weiß von nichts. Weißt du etwas, Tim? Hat sie dir etwas erzählt? Ihr seid in letzter Zeit häufiger zusammengesteckt. Denk nach!«

»Lass mich überlegen.« Tim begann die Theke abzuwischen, dann zapfte er für den Fremden ein frisches Bier und stellte das Glas vor ihn hin. »Was möchtest du? Bier, Wein, Wasser?«

»Wasser.«

Eva kam mit einer Bestellung. Tim stellte ein Glas Wasser auf die Bar und machte sich wieder am Zapfhahn zu schaffen. »Mir fällt nichts ein«, sagte er schließlich. »Monika und ich haben über alles Mögliche geredet. Übers Studium und Australien. Von einem Job hat sie mir nichts gesagt.«

Der Fremde nahm einen großen Schluck von seinem Bier, dann sagte er: »Vielleicht verrennst du dich da in eine Idee, und ihr Tod hat tatsächlich nichts mit ihrem Job zu tun?«

»Womit sollte er sonst zu tun haben?«

»Vielleicht doch ein Mann?«, schlug der Fremde vor.

Birgit schüttelte den Kopf. »Sicher nicht, darüber wüsste ich Bescheid. Nicht wahr, Tim?« Sie sah den Barkeeper herausfordernd an. »Oder habt ihr beide etwa …?«

»Nein«, kam es knapp.

»Verdammt noch mal, Tim«, stieß Birgit lautstark aus. Der Alkohol machte sie angriffslustig. »Welches verdammte Arschloch hat Monika umgebracht? Und warum?«

Tim blieb ruhig. Betrunkene Gäste waren für ihn Routine. »Woher zum Teufel soll ich das wissen? Und jetzt brüll nicht rum. Du bist hier nicht allein.« Er stellte den Ouzo beiseite.

Birgit schwang sich vom Hocker und verschwand Richtung Klo. Sie musste einige Minuten nachdenken, was ihr jedoch mit der Menge Alkohol im Blut schwerfiel. Zumindest beruhigte sie sich auf der Toilette. Denn Tim anzuschreien, half nicht. Sie pinkelte, wusch sich die Hände und ging zurück an die Bar. »Ich glaube nicht, dass Monika von irgendeinem dahergelaufenen Kerl umgebracht wurde«, stellte sie fest. »Ihr könnt sagen, was ihr wollt. Ich bin fest davon überzeugt, dass sie wegen dieses Scheißjobs umgebracht wurde. Alles andere ergibt keinen Sinn.«

»Und was macht dich so sicher?«, fragte Tim.

»Ich weiß es einfach«, hielt Birgit an ihrer Meinung fest.

Tim verdrehte die Augen. »Na dann.«

»Und ich werde es beweisen.«

»Spielst du jetzt Polizei?« Tim schob nur seine Augenbrauen hoch.

»Wenn's sein muss, werde ich das tun«, gab Birgit nach einem Schluck Wasser zurück. »Ich werde nicht dasitzen und warten, bis die Polizei etwas herausfindet.«

»Vielleicht solltest du eine Nacht drüber schlafen«, schlug der Fremde vor. »Die Polizei hat selbst ernannte Detektive nicht gern, glaube ich jedenfalls«, fügte er hinzu und sah auf die Uhr »Halb zwei. Für mich wird's jedenfalls Zeit.« Er lächelte. »Wollen wir uns ein Taxi teilen?«

Birgit bejahte.

Mittwoch, 26. Mai

10

Sarah hatte am Morgen zuerst die Postkarte im Kommissariat für Stein abgegeben. Nun wühlte sie sich in ihrem Büro durch alle wesentlichen Tageszeitungen, die auf dem Schreibtisch lagen. Sie hatte nicht schlafen können. Zu viel war ihr durch den Kopf gegangen. Einer der schlafraubenden Gedanken hieß David.

Die Blätter waren voll mit Meldungen über die Tote am Naschmarkt. Bis auf Kleinigkeiten unterschieden sich die Berichte nicht voneinander. Die Journalisten hatten alle den gleichen Informationsstand. Niemand berichtete über die fehlenden Finger. Dieses Detail war im Pressebericht der Polizei tatsächlich nicht erwähnt worden. Wie es aussah, hielten sich alle Reporter an die offizielle Version einer möglichen Beziehungstat.

Nur Steins Wunsch war nicht in Erfüllung gegangen: Einige Reporter hatten sehr wohl den Gang in das Studentenheim angetreten und Monikas Kommilitonen befragt.

Auch im *Wiener Boten* erschien an diesem Morgen der Artikel über das Auffinden der Toten. Kunz hatte mit den Eltern des Opfers telefoniert. Diese konnten sich weder einen Reim auf die Tat noch auf den Fundort machen. Außer dass ihre Tochter ihr Zimmer im Studentenwohnheim Haus Oberösterreich gemocht und sich nach der Uni gerne auf dem Naschmarkt aufgehalten hatte, konnten sie nicht sehr viel zur Geschichte beitragen. Was ihre Tochter am Pfingstwochenende vorhatte, wussten sie nicht. Die Eltern hatten zuletzt am Donnerstagabend mit ihrer Tochter telefoniert. »Sie war fröhlich wie immer«, zitierte Kunz die Mutter der Toten.

Sarah schnürte es die Kehle zu.

Sie war froh, dass ihr der Chef vom Dienst diesen Teil der Arbeit abgenommen hatte. Sie hasste es, Angehörige anzurufen, ihnen Informationen abzuringen, während diese sich in einem Ausnahmezustand befanden. Menschen hatten ein Recht auf Trauer und sollten dabei in Ruhe gelassen werden. Sie hätte nach dem Tod ihrer Eltern jeden Journalisten gelyncht, der versucht hätte, sie zu befragen. Viele Angehörige stellten den Medien kostenlos Fotomaterial der Verstorbenen zur Verfügung. Vielleicht, um die Welt Anteil an ihrem Schmerz haben zu lassen, vielleicht aus einer Art Ohnmacht heraus, die einen nicht klar denken ließ. Auch die Eltern von Monika Billich hatten Fotos freigegeben, denn aus dem *Wiener Boten* lachte ihr eine wahre Frohnatur mit langen blonden Haaren entgegen. Kein Wort von einem etwaigen Prozess oder einer Zeugenaussage vor Gericht. Ob Kunz danach gefragt hatte? Sie wählte seine Durchwahl. Der Chef vom Dienst hob nach dem dritten Läuten ab.

»Sarah?«

»Hast du die Eltern von Monika Billich nach einem etwaigen Gerichtsverfahren gefragt, in das ihre Tochter verstrickt war?«

»Hätte ich das tun sollen?«

Sie hasste es, wenn jemand eine Frage mit einer Gegenfrage beantwortete.

»Vielleicht. Ich hab da eine Theorie.«

»Was für eine Theorie?«

»Mir ist gestern aufgefallen …«

»Lass die Polizei die Arbeit machen, Sarah«, ermahnte Kunz. »Du konzentrierst dich auf deine. Ich will nicht, dass du da wieder in etwas hineingezogen wirst. Hörst du?«

Sie versprach, sich zurückzuhalten, und beendete das Gespräch. Nach dem Vorfall auf dem Hütteldorfer Friedhof, bei dem Sarah fast ums Leben gekommen war, hatte Kunz beschlossen, sie nie mehr einer möglicherweise gefährlichen Recherche auszusetzen. Er unterstützte ihre Kolumne, freute sich, sie weit weg vom Enthüllungsjournalismus zu wissen. »Du hast nicht das Format von Hilde.« Seine Worte taten weh. Jedoch war es die Wahrheit. Im Gegensatz zu David erstickte der Chef vom Dienst jedwede Absichten Sarahs in diese Richtung sofort im Keim.

Sie gähnte. Das musste sie an diesem Vormittag häufig. Sie rieb sich die Augen, weil die Buchstaben am Bildschirm verschwammen. Davids Worte fielen ihr ein: »Eines Tages wird deine Neugier über die Angst siegen.«

Ja, sie war neugierig, doch deshalb noch lange keine Enthüllungsjournalistin. Um sich das selbst zu beweisen, redigierte sie ihren Artikel über Katzen.

Bis nach dem Mittagessen hielt Sarah ihre Neugier im Zaum. Sie wollte ihre Theorie überdenken, ging mehrmals die Notizen durch. Danach machte sie sich auf den Weg in die Chronikredaktion. Sie traf auf drei Kollegen, die vor dem Computer saßen und schweigend ihre Artikel in die Tastatur hämmerten. Sie erwähnte den Namen Monika Billich und war überrascht, dass sich einer der drei sofort an die Studentin erinnern konnte. Das Leben war doch nicht so kompliziert, wie man es sich manchmal vorstellte.

Günther Stepan war Mitte 50. Sein äußeres Erscheinungsbild fiel in die Kategorie unauffällig. Er arbeitete seit über 20 Jahren für den *Wiener Boten*, hatte ein sehr breites Wissen und galt als unkomplizierter Kollege, der sich mit seiner Position zufriedengab. Stepan war kein Alphamännchen. Er schrieb lieber in Ruhe seine Geschichten und ließ die da oben machen. Sein Privileg bestand darin, dass er sich die Storys, über die er berichtete, aussuchen konnte. War ihm eine Angelegenheit zu arbeitsaufwändig, gab er sie an einen jüngeren Kollegen ab oder sie erschien nicht. Sogar Kunz hatte sich an ihm einige Male die Zähne ausgebissen. Stepan machte seine Arbeit jedoch verdammt gut, und das schützte ihn vor einem Rauswurf.

Umständlich suchte Stepan aus einem Stapel Zeitungen eine bestimmte heraus und schob sie Sarah über den Tisch. »Sie war die Hauptzeugin im Fall Weninger gegen Baumann.«

»Wie?«

»Sie hat mit dem Burschen gevögelt, genau zu dem Zeitpunkt, als er angeblich die Baumann vergewaltigt haben soll. Wenn du mich fragst, war das der Freibrief.« Er legte seine persönlichen Anmerkungen auf den Artikel. »Andernfalls wäre der Kerl in den Bau gegangen.«

Sarahs Blick wanderte vom Zeitungsartikel über Stepans Anmerkungen. Seine Handschrift konnte sie zwar schwer entziffern, dennoch erkannte sie rasch die Zusammenhänge. »Koban war der Anwalt von Weninger. Das heißt, er hatte mit der Billich Kontakt.«

»Bleibst du an der Sache mit der Toten vom Naschmarkt dran?«, fragte Stepan. »Ich hab mich nämlich gewundert, warum die Story nicht in der Chronik gelandet ist. Da du ihre Finger auf den Tisch bekommen hast, wäre es naheliegend, dass du auch den Rest der Story bekommst.«

»Weiß es das ganze Haus?«

Stepan zuckte mit den Achseln. »Weißt eh, wie schnell sich gewisse Dinge in der Redaktion herumsprechen.« Er zwinkerte ihr zu, und Sarah verstand. Sie ignorierte die Anspielung.

»Das mit den Fingern soll bitte nicht öffentlich breitgetreten werden. Die Polizei verspricht sich etwas von der Geheimhaltung.«

Wieder zuckte Stepan mit den Achseln. »Im *Wiener Boten* wird's nicht stehen, bis der Kunz grünes Licht gibt. Was die Kollegen privat herumerzählen, kann niemand kontrollieren. Ich hoffe, meine Aufzeichnungen helfen dir. Mehr hab ich leider nicht zu bieten.« Er machte sich wieder an die Arbeit.

»Danke, das hilft mir sicher weiter«, antwortete Sarah und ging zurück in ihr Büro. Dort suchte sie die Nummer von Kobans Kanzlei im Telefonbuch heraus.

Eine Frau hob ab.

Sarah stellte sich vor und bat, mit Doktor Koban verbunden zu werden.

»In welcher Angelegenheit?«

»Das würde ich ihm gern persönlich sagen.«

»Einen Moment bitte. Ich muss erst nachsehen, ob Herr Doktor Koban im Haus ist.«

Die gebräuchliche Notlüge einer Sekretärin, die zuerst nachfragen musste, ob ihr Chef bereit war, mit dem Anrufer zu sprechen. Sie wurde auf Warteschleife mit Musik gelegt. Kaufhausgedudel. Dann ein Knacken und wieder die weibliche Stimme von vorhin: »Doktor Koban ist im Moment nicht zu sprechen. Sie sollen mir sagen, worum es geht, er ruft Sie zurück.«

Anwaltstaktik. Zeit zum Nachdenken verschaffen.

»Ich würde gerne mit ihm und Norbert Weninger über Monika Billich sprechen. Oder besser, über ihre Aussage vor Gericht und darüber, dass sie wenige Stunden später tot war.«

Mit dem letzten Satz lehnte sie sich weit aus dem Fenster. Sie hoffte, damit einen schnellen Rückruf Kobans provozieren zu können. Sekundenlang herrschte Schweigen am anderen Ende der Leitung. »Ich werde es Doktor Koban ausrichten.« Damit war das Gespräch beendet, und Sarah tippte die Nummer von Dagmar Jurits Kanzlei in ihren Apparat. Das Telefon läutete vier Mal.

»Jurit.«

Die Anwältin hob persönlich ab? Das überraschte Sarah so sehr, dass sie momentan kein Wort über die Lippen brachte. Sie rechnete auch hier mit einer Sekretärin, die ihr erklärte, dass Frau Doktor Jurit vorerst keine Zeit habe, mit einer Journalistin zu sprechen.

»Ähm …«, begann sie und ärgerte sich über sich selbst. »Spreche ich mit Frau Doktor Jurit?«

»Ja. Mit wem spreche ich?«

»Mit Sarah Pauli vom *Wiener Boten.*«

»Was kann ich für Sie tun?«, kam es im freundlichen Ton.

Sarah räusperte sich. »Ich möchte Sie und Frau Baumann interviewen.«

»Aha. Und worüber?«

»Mich interessiert der Vergewaltigungsfall Weninger und welche Rolle Monika Billich in diesem Fall spielte.«

»Der Fall ist vorerst abgeschlossen. Warum wollen Sie …?«

»Wie Sie sicher wissen, wurde Monika Billich ermordet«, unterbrach Sarah.

Sie hörte ein Rascheln. »Ja, ich hab es in der Zeitung gelesen. Eine schreckliche Geschichte. Passt Ihnen morgen Mittag? Kennen Sie das Haas-Haus?«

Wer kannte das Gebäude nicht, sorgte es doch für kontroverse Debatten, als es gebaut wurde, weil es einen architektonischen Kontrast zum gegenüberliegenden Stephansdom bildete. Inzwischen waren beide Gebäude sozusagen gleich berühmt.

»*Do & Co*. 13 Uhr?«

»Passt hervorragend.« David würde sie erschlagen. Die Preise im *Do & Co* konnten sich Normalsterbliche, wie sie eine war, kaum leisten und waren nicht im Spesenplan des *Wiener Boten* vorgesehen. Was sollte sie machen? In gewissen Kreisen verkehrte man in Nobelrestaurants, und angeblich war das Essen dort ausgezeichnet. Sie hatte weder mit einem gemeinsamen Mittagessen noch mit einer raschen Zusage gerechnet. Und eines war klar. Die Auswahl des Restaurants stand hier nicht zur Diskussion. »Müssen Sie nicht mit Frau Baumann Rücksprache halten?«

»Nein. Muss ich nicht. Also morgen 13 Uhr. Und kommen Sie pünktlich. Ich hasse Verspätungen.« Sie legte auf.

Sarah saß einige Sekunden mit dem Telefonhörer in der Hand am Schreibtisch. Dann begann sie, sich auf das Interview vorzubereiten.

*

Koban gab sich betont lässig. Er saß hinter seinem Schreibtisch und beantwortete seit einer halben Stunde großzügig Fragen. Zwischendurch wanderte sein Blick immer wieder zu der blauen Flügelmappe auf dem Schreibtisch. Seine Sekretärin hatte ihm, kurz bevor der

Polizist auftauchte, das Dossier über Baumann auf den Tisch gelegt.

»Es tut mir leid, wenn ich Ihnen nicht weiterhelfen kann. Wie Ihnen schon Herr Weninger gesagt hat … Monika Billich und mein Mandant waren nur in dieser einen Nacht zusammen. Genau genommen kannten sie einander nicht.« Er schenkte dem Kriminalinspektor ein Lächeln unter Männern. »Ein One-Night-Stand. Sie verstehen? Kommt bei jungen Leuten häufig vor.«

»Wenn Sie's sagen«, brummte Stein. Der Kriminalinspektor fiel nicht in die Kategorie freundlicher Bulle.

Koban hörte auf zu lächeln. »Wie auch immer. Tatsache ist, dass Herr Weninger und Frau Billich in besagter Nacht nur ein Mal miteinander geschlafen haben …«

»Waren Sie dabei? Nur weil Sie's so genau wissen«, unterbrach Stein.

»… und sich nach der Verhandlung sicher nicht mehr getroffen haben«, vollendete Koban seinen Satz. Von diesem Stein würde er sich nicht aus der Reserve locken lassen.

»Was macht Sie da so sicher?«

»Ich weiß es und muss dafür keinen Beweis liefern, das wissen Sie genauso gut wie ich, Herr Stein. Außerdem, nennen Sie mir das Motiv!«

Stein zuckte mit den Achseln. »Ich weiß nur, dass sie wenige Stunden nach der Verhandlung ermordet wurde und Norbert Weninger und Sie die junge Frau noch lebend gesehen haben.«

Koban beugte sich leicht über den Tisch. Seine Augen funkelten. »Sie sagen es, Herr Stein. Wir haben sie lebend gesehen. Oder wollen Sie etwa mir oder meinem Mandanten etwas unterstellen?«

Stein wich nicht zurück. Ganz im Gegenteil, er durchbohrte den Anwalt mit einem stechenden Blick und antwortete gelassen: »Ich unterstelle niemandem etwas. Ich stelle nur all jenen Fragen, die Monika Billich an diesem Tag gesehen haben, und da mache ich keine Unterschiede zwischen Anwalt oder Normalbürger, Herr Doktor Koban.«

»Da kommen Sie ausgerechnet gleich in meine Kanzlei? Oder waren Sie schon bei Jutta Baumann oder ihrer Anwältin, Frau Doktor Jurit? Fragen Sie doch dort einmal nach dem Motiv. Immerhin führte die Aussage von Monika Billich zu Weningers Freispruch.«

Er mochte diesen kahlköpfigen Stein nicht, hatte ihm weder Kaffee noch Wasser angeboten. Und Stein mochte ihn nicht, das zeigte dieses Gespräch, das mehr einer Vernehmung glich als einem Dialog.

»Ich brauche ein paar Antworten, um in den Ermittlungen weiterzukommen. Geht ganz schnell.« Steins Worte. Allmählich beschlich Koban das Gefühl, verdächtig zu sein, und er empfand Steins Besuch nur noch als Zumutung.

»Werden wir noch, Herr Doktor Koban«, antwortete Stein behäbig. »Aber jetzt bin ich bei Ihnen, und zu welchem Zeitpunkt ich mit wem spreche, überlassen Sie bitte mir. Hat nicht die Staatsanwaltschaft vor einigen Jahren gegen Ihre Kanzlei ermittelt? Stand das damals nicht in Zusammenhang mit Zeugenaussagen?«

Kobans Gesicht wurde rot vor Zorn. »Die Sache wurde mangels Beweisen eingestellt, Herr Stein. Die Beschuldigung stellte sich als lächerliche Lüge heraus. Ein Gerücht, von der Konkurrenz ins Leben gerufen.«

»Wenn Sie das sagen. Wann genau haben Sie Frau Billich eigentlich zuletzt gesehen?«

»Das wissen Sie. Am Verhandlungstag. Was soll die Frage?«

»Wann genau?«

»Im Gericht, um halb zwölf.«

»Das können Sie mir so genau sagen?«

»Ja, weil ich auf die Uhr gesehen habe, als die Verhandlung zu Ende war. Und bevor Sie fragen: Ja, das mache ich immer so.«

»Danach haben Sie sie nicht mehr gesehen?«

Diesem Arschloch machte es sichtlich Spaß, ihn zu reizen. »Treiben Sie es nicht auf die Spitze, Herr Stein. Sie haben mich um eine Unterhaltung gebeten, und ich kann diese jederzeit abbrechen, wenn mir die Fragen nicht gefallen.«

Stein verzog keine Miene. Sein Gesichtsausdruck zeigte offen, was er von Anwälten wie Koban hielt. »Wie oft haben Sie mit Frau Billich persönlich gesprochen? Ich meine außerhalb der Verhandlung?«

»Zwei Mal.«

»Wann?«

»Kurz vor der Verhandlung und, wie schon erwähnt, wenige Tage davor.«

»Worum ging's?«

»Was glauben Sie? Um die bevorstehende Verhandlung natürlich.«

»Erschien Ihnen Frau Billich nervös?«

»Nervös?« Koban dachte nach. »Vielleicht ein wenig … ja. Das ist ganz normal, wenn man so wie Frau Billich zum ersten Mal vor Gericht steht.«

Stein zog die Augenbrauen hoch. »Ist man das?«

Koban registrierte den Zynismus in Steins Stimme. »Na hören Sie mal!«, versuchte er freundlich zu bleiben. »Es war ja nicht so, dass sie einen Unfallhergang schildern musste. Es ging, wie Sie sicher wissen, um eine sehr intime Situation.«

»Verstehe. Intime Situation. Ein One-Night-Stand.«

Allmählich musste sich Koban zusammenreißen, um diesen überheblichen Kriminalbeamten nicht sofort hinauszuwerfen. Wut kroch in ihm hoch. Unwillig schluckte er seinen Zorn hinunter und erklärte: »Sie wollte wissen, wie der Ablauf vor Gericht ist. Wer ihr da zuhört und ob sie ihre Aussage vor Publikum machen muss.« Er musste dringend das Gespräch in eine andere Richtung lenken. Das fiel ihm doch sonst nicht so schwer. »Haben Sie sich schon in ihrem Freundeskreis umgehört? Gibt es vielleicht einen eifersüchtigen Freund? Wurde sie vergewaltigt?«

»Wir ermitteln in alle Richtungen«, kam es knapp. Kein Wort darüber, ob Monika Billich vergewaltigt wurde oder nicht.

»Und haben Sie schon eine Spur?«

»Kein Kommentar. Laufende Ermittlungen, Herr Doktor. Sie verstehen das sicher«, antwortete Stein.

»Was ist mit Raubmord?«

Zögern. Es schien, als würde der Polizist seine Antwort abwägen.

»Die Brieftasche fehlt«, antwortete er schließlich.

Koban versuchte, sich seine Erleichterung nicht anmerken zu lassen. Er änderte die Taktik, demonstrierte Offenheit, rückte mit dem Stuhl ein Stück nach vorne, legte die Hände mit den Handflächen nach oben auf die Schreibunterlage. »Da haben Sie das Motiv. Suchen Sie von mir aus nach einem Drogensüchtigen, nach Obdachlosen, nach einem Studenten, der dringend Geld brauchte. Meinen Mandanten und mich lassen Sie in Ruhe. Monika Billich hat in einem Prozess als Zeugin ausgesagt. Nicht mehr und nicht weniger, Herr Stein.« Den Chefinspektor sparte er sich.

Er sah dem Kriminalisten fest in die Augen, wandte sich dann langsam ab, begann, in den Papieren auf seinem Schreibtisch zu blättern, und gab den Vielbeschäftigten.

Wo blieb eigentlich die Schmid? Er hatte ihr aufgetragen, ihn nach einer halben Stunde an einen wichtigen Termin außerhalb der Kanzlei zu erinnern, um den Polizisten wieder loszuwerden. Ein Blick auf den Festnetzapparat am Schreibtisch verriet, dass seine Sekretärin telefonierte.

Eine Weile fiel kein Wort. Stein kritzelte etwas in sein Notizbuch, dann sah er hoch und fing Kobans Blick auf. »Wissen Sie, welche Bedeutung die Farbe Blau hat?«

Koban starrte ihn an, als sei sein Gegenüber jetzt vollkommen übergeschnappt. »Nein, weiß ich nicht. Sollte ich?«

»Oder Finger?«, ließ sich der Inspektor nicht beirren.

Koban legte die Stirn in Falten und schüttelte missbilligend den Kopf.

»Welche Bedeutung Finger haben?«, wiederholte er. »Was wird das hier? Ein Quiz?«

Stein zuckte gleichgültig die Achseln. »War nur so eine Idee.« Er klappte das Notizbuch zu. »Das war's.«

Der Inspektor erhob sich. »Vorerst«, fügte er hinzu.

Koban wusste, dass die Fragen eine Bedeutung hatten. Kein erfahrener Kriminalist ging bei einer Befragung ohne Grund einer Idee nach.

Auch wenn er nach außen hin ruhig erschien – der Besuch Steins in seiner Kanzlei machte Koban nervös. Kaum war der Kriminalist aus der Tür, kam endlich die Sekretärin. »Diese Journalistin Sarah Pauli vom *Wiener Boten* möchte mit Ihnen und Norbert Weninger ein Interview führen.«

Koban legte die Stirn in Falten. »Warum?«

»Wegen der Toten vom Naschmarkt, Herr Doktor.« Seine Sekretärin schüttelte sanftmütig den Kopf, als rede sie mit einem kleinen Kind, dem man die Dinge öfter erklären musste. »Das war unsere Zeugin im Fall Weninger. Da!« Sie zeigte auf seinen Schreibtisch auf den Platz neben der Flügelmappe. »In der Zeitung. Das Foto. Haben S' etwa den Artikel noch nicht gelesen? Ich hab Ihnen extra die Seite aufgeschlagen.« Ihre Stimme klang vorwurfsvoll. »Es steht zwar nichts von der Gerichtsverhandlung drin, aber ich hab sie gleich wiedererkannt. Ein fesches Mädel. Ewig schad' drum.«

»Tatsächlich.«

Koban bekam einen trockenen Mund. Er spähte zur Zeitung. Natürlich hatte er die Seite längst registriert. Das wollte er der Schmid gegenüber nicht erwähnen. Er hatte nach Steins Besuch keine Lust, einen Artikel über den Mord an Monika Billich in der Zeitung zu lesen.

»Wie auch immer. Hier ist die Telefonnummer dieser Journalistin.« Regina Schmid reichte ihm die Notiz.

»Hat diese Journalistin auch den Weninger angerufen?«

»Davon hat sie nichts gesagt.« Regina Schmid blieb in der Tür stehen, grübelte. »Der hat doch eine Geheimnummer.«

Es ging nichts über das Gedächtnis seiner Sekretärin. »Stimmt.« Das hatte er vollkommen vergessen, es war bisher auch nicht weiter wichtig gewesen. »Verbinden Sie mich mit ihm!«

Regina Schmid verschwand, und eine Minute später hatte er seinen ehemaligen Mandanten in der Leitung. Sarah Pauli hatte ihn nicht angerufen. Über den Tod Monika Billichs zeigte er sich wenig betrübt. »Zum Glück ist das erst nach der Verhandlung passiert. Wir hätten die ganze Sache schmeißen können.«

Diese Frau hatte seinen verdammten Arsch gerettet, und er redete, als sei sie beim Einkaufen ausgerutscht und habe sich gerade mal eben das Bein gebrochen. Auch erwähnte Weninger sofort, keine Lust zu haben, die ganze Sache noch einmal in den Medien breitgetreten zu wissen. »Halten Sie meinen Namen aus der Zeitung raus«, forderte er. »Meine Familie will keine weitere Negativ-PR.«

Das hättest du dir vorher überlegen müssen.

Der Ton dieses verwöhnten reichen Söhnchens ärgerte ihn mehr als kurz vorher dieser Stein. Dieser Schnösel erinnerte Koban an all die Studenten aus besserem Hause, die auf ihn, den armen Schlucker aus dem Arbeiterviertel, herabgesehen hatten. Der Wind hatte sich gedreht. Heute schmissen dieselben Leute ihm ihr verdammtes Geld in den Rachen, um ihre missratenen Söhne und Töchter vor dem Gefängnis oder sonstigen Strafen zu retten.

Bei dem Gedanken an die Rechnung, die er der Familie Weninger stellen würde, lächelte er. »Wenn Sie nicht mit der Presse sprechen.«

»Ich sicher nicht«, versicherte Norbert Weninger mit Betonung auf dem ersten Wort.

»Dann sind wir uns einig. Stellen Sie sich auf eine weitere Befragung durch die Polizei ein.«

Das Gespräch wurde beendet. Im *Wiener Boten* anzurufen und dieser Sarah Pauli persönlich abzusagen, hielt Koban nicht für notwendig. Er mochte keine Journalisten. Stattdessen wählte er Dagmars Handynummer. Womöglich hatte dieses aufdringliche Weibsbild auch bei ihr angerufen. Er gelangte auf die Sprachbox, legte auf und wählte die Nummer der Kanzlei. Dagmar war nicht im Büro, und ihre Sekretärin wusste nichts von dem Anruf einer Journalistin.

Beruhigt begann er, die Unterlagen über Baumann durchzusehen.

11

Zum Glück drehte sich das Bett nicht mehr, als Birgit am frühen Nachmittag mit einem Kater erwachte. Langsam öffnete sie die Augen. Sie versuchte sich zu erinnern. Der Typ gestern Abend hatte sie regelrecht abgefüllt. Ihr Weinlimit lag bei vier Achteln. Schnaps vertrug sie eigentlich gar nicht. Zum Glück hatte sie den Kerl nicht auch noch mit nach Hause genommen und mit ihm geschlafen. Wie hieß er eigentlich? Mein Gott, sie hatte die halbe Nacht mit einem Fremden gesoffen und tatsächlich vergessen, ihn nach seinem Namen zu fragen. So etwas war ihr noch nie passiert. Monikas Tod warf sie vollkommen aus der Bahn.

Sie quälte sich aus dem Bett. Schlagartig wurde ihr schlecht. Sie stolperte ins Bad und übergab sich ins Klo.

Nie wieder Alkohol!

Der Besuch in Tims Lokal hatte ihr nicht viel gebracht außer Kopfschmerzen und Übelkeit. Vielleicht sollte sie sich im Studentenheim umhören, in dem Monika gewohnt hatte.

Birgit setzte einen starken Kaffee auf, warf ein Aspirin in ein Wasserglas und begann mit der Wiederherstellung ihres Verstandes und ihres Aussehens.

Das Haus Oberösterreich war in der Herrmanngasse im siebten Bezirk. Ein grauer Klotz, an dem zwei Schilder die oberösterreichische Biermarke Zipfer bewarben.

Die Tatsache, dass Monikas private Sachen bereits per Botendienst nach Oberösterreich zurückgeschickt worden waren und das Zimmer bald ein anderer Student bewohnen würde, trieb einen weiteren Pfeil in Birgits Herz. »Die Polizei hat keine Anzeichen dafür gefunden, dass sie hier umgebracht wurde, und deshalb das Zimmer nicht verschlossen«, berichtete ihr eine von Monikas Kommilitoninnen.

Natürlich war die Betroffenheit groß. Leider kannte niemand im Wohnheim Monika gut genug, um ernsthaft zu trauern. Monika war erst vor zwei Monaten hier eingezogen. Aus ihrem Freundeskreis wohnte niemand im Wohnheim, und außer Birgit gab es ohnehin nur sehr wenige Menschen, mit denen sie näher zu tun gehabt hatte. Ihre Freundin war eher eine Einzelgängerin gewesen. Es war vielmehr der Schock, dass jemand aus ihren Reihen ermordet worden war, der den Studenten hier das Entsetzen ins Gesicht schrieb.

Unverrichteter Dinge trat Birgit den Heimweg an. Sie sollte sich selbst endlich wieder auf der Uni sehen lassen. Andernfalls würde sie das Semester wiederholen müssen, und das würde ihren Eltern nicht gefallen. Waren die doch der Meinung, dass Psychologie und Philosophie nutzlose Studienfächer waren. Medizin wäre ihr Wunsch gewesen. All das kam ihr im Augenblick unwichtig vor. Es fehlte ihr die Kraft, zu denken, zu fühlen und zu lernen. Aber sie konnte ja nicht ewig in diesem Zustand verharren.

Während sie die Neubaugasse Richtung Mariahilfer Straße hochging, blendete sie den Großstadtlärm aus. Sie dachte an Monika, an ihr Lachen, an ihr großes Ziel, nach Australien auszuwandern. Tränen liefen ihr über die Wangen. Passanten starrten sie mitleidig an. Sie musste endlich zur Polizei und von Monika erzählen. Klarstellen, dass es keine Beziehungstat gewesen sein konnte.

Ihr Handy läutete. Das Läuten kam so plötzlich, dass Birgit zusammenzuckte. Sie fingerte ihr Mobiltelefon aus der Jackentasche hervor. Unterdrückte Nummer. Wer konnte das sein? Normalerweise hob sie nicht ab, wenn sie die Telefonnummer des Anrufers nicht auf dem Display ablesen konnte. Diesmal machte sie eine Ausnahme.

»Hallo?« Ihre Stimme klang heiser. Sie räusperte sich, horchte.

Es blieb still.

»Hallo?«, fragte sie erneut.

»Birgit Pohn?« Eine dunkle Männerstimme.

Ihr »Ja?« klang eher wie eine Frage.

»Monika Billich war Ihre Freundin?«

Augenblicklich blieb Birgit stehen. Sie zögerte. Sollte sie auflegen? Blödsinn.

»Ja. Wieso? Wer spricht da?«

»Das tut nichts zur Sache.«

»Ich spreche nicht mit Fremden am Telefon. Schon gar nicht über Monika. Und woher zum Teufel haben Sie meine Telefonnummer?«

»Steht im Telefonbuch«, kam es in ruhigem Ton. Das stimmte. Ihre Nummer stand in jedem Telefonbuch. Es stand kein Vermerk daneben, dass sie eine Freundin von Monika Billich war.

»Wo befinden Sie sich gerade?«

Was war das für eine eigenartige Frage?

»Warum?«

»Wo?«

»Neubaugasse.«

»Sind Sie allein?«

»Sagen Sie ...«

»Sind Sie allein?«, unterbrach die Stimme ungeduldig.

»Ja.«

»Ich weiß, warum Ihre Freundin sterben musste.«

Birgit suchte mit den Augen die Straße nach einer Parkbank ab. Ihre Beine zitterten, sie musste sich setzen. Doch weit und breit war keine Bank zu sehen. Sie lehnte sich gegen eine Fassade.

»... warum Ihre Freundin sterben musste«, das klang so selbstverständlich. Es klang, als gäbe es einen triftigen Grund für Monikas Tod, der jedem Idioten einleuchten musste.

Welche Frage stellte man in so einem Moment?

»Was wissen Sie?«

»Sie hat sich mit den falschen Leuten eingelassen.«

Birgits Herz pochte wild, sie versuchte, einen klaren Gedanken zu fassen.

Die Stimme kam ihr bekannt vor.

»Was für Leute? Wovon reden Sie?«

»Fragen Sie nicht nach und versuchen Sie auf keinen Fall herauszufinden, wer diese Leute sind. Sie sind gefährlich.«

»Bin ich hier in einem Film? Wenn das ein Scherz sein soll ...«

»Das ist kein Scherz«, unterbrach die Stimme sie erneut. »Die Leute, mit denen sich Ihre Freundin eingelassen hat, sind gefährlich.«

»Ich will nur wissen, wer meine Freundin umgebracht hat und warum!«, brüllte sie ins Telefon. Eine Passantin starrte sie erschrocken an und suchte schnell das Weite.

»Hören Sie auf nachzufragen, sonst ...«

Jetzt dämmerte es ihr. Der Typ aus dem *Sala!* Ja, er musste das am anderen Ende der Leitung sein. Hatte sie ihm etwa ihre Nummer gegeben?

»Sind Sie das?«

Keine Antwort.

»Sind Sie der Typ aus dem *Sala* von gestern Nacht?«

Wieder keine Antwort.

»Was wissen Sie? Woher kennen Sie Monika? Was wollen Sie von mir?«

Konnte es sein, dass sie der Typ verarschte? Verdammt. Was hatte sie ihm alles erzählt? Sie versuchte ihre Gedanken zu ordnen, der Alkohol hatte einige Details gelöscht. Wer war dieser Typ? Auch die Erinnerung an sein Gesicht war eher vage.

Sie schluckte. »Was wissen Sie?«, wiederholte sie leise. Ihre Augen füllten sich mit Tränen.

»Sagen wir mal so: Deine Freundin war in eine Sache verwickelt, die ihr um eine Nummer zu groß war.«

Das vertrauliche Du war wieder da.

»Welche Sache? Wovon reden Sie, um Himmels willen?«

»Ich gebe dir den guten Rat: Hör auf, herausfinden zu wollen, wer sie umgebracht hat!«

»Warum rufen Sie mich an, wenn Sie mir dann nichts Konkretes sagen wollen?«

»Weil es schade wäre, wenn deshalb noch jemand sterben müsste.«

»Noch jemand sterben?« Langsam sickerte die hinter diesem Satz liegende Drohung in Birgits Hirn. »Warum sollte mir jemand etwas tun wollen? Ich will nur wissen, wer meine Freundin umgebracht hat und warum.«

Einen kurzen Moment herrschte Schweigen am anderen Ende der Leitung.

»Wer hat sie umgebracht?«

»Profis. Und ich bin mir sicher, dass sie wenige Stunden später bereits wieder außer Landes waren.«

»Profis? Mein Gott, Monika war Studentin. Gewöhnliche Studentinnen werden nicht von Profikillern umgebracht. Ich werde zur Polizei gehen und alles erzählen, was ich weiß.«

»Du hast keine Ahnung, worauf sich deine Freundin eingelassen hat.«

»Ich werde zur Polizei gehen«, wiederholte Birgit schwach.

»Dann wünsch ich dir viel Glück beim Überleben.«

Donnerstag, 27. Mai

12

Fünf vor eins steuerte Sarah auf den Aufzug im Haas-Haus zu. Das *Do & Co* lag in der obersten Etage. Sie war nie zuvor hier oben gewesen. Der Ausblick auf den Stephansdom war atemberaubend. Rund um die mit grauen Tischdecken, Tellern und Gläsern gedeckten Tische standen weiße Ledersessel. Es sah nach dem aus, was es war: teuer.

Vielleicht hätte sie David sagen sollen, dass sie im Begriff war, ihr Spesenkonto zu sprengen. Oder sollte sie behaupten, keinen Hunger zu haben, und an einem Mineralwasser nuckeln?

»Haben Sie reserviert?«

Eine weibliche Stimme riss Sarah aus ihren Gedanken. Neben ihr stand eine Empfangsdame im dunkelblauen Hosenanzug.

»Frau Doktor Jurit hat reserviert.«

»Bitte.« Als hätte sie eine Zauberformel gesprochen, wurde sie durch den Raum geleitet. Der Tisch stand direkt an der Fensterfront. Neben Dagmar Jurit und Jutta Baumann saß Viktor Baumann. Sie erkannte ihn sofort, sein Konterfei zierte regelmäßig die Wirtschaftsblätter des Landes. Er war sehr groß und voluminös, und seine Dominanz war raumfüllend. Ein typisches Alphamännchen. Was hatte sie kürzlich über ihn gelesen? Er gehörte zu den erfolg- und einflussreichsten Unternehmern. Die meisten seiner Firmen fand man in einer jährlich erscheinenden

Sonderausgabe eines Konkurrenzblattes unter den Top-100-Betrieben Österreichs: Immobilien, Versicherungen, Transportwesen, Hoch- und Tiefbauwerke in Österreich, Osteuropa und Dubai, Mischkonzerne, IT-Branche. Es gab kaum eine Unternehmensform, in der Baumann nicht seine Finger im Spiel hatte. Mit den heimischen Politikern stand er auf Du und Du. Sie fraßen ihm sprichwörtlich aus der Hand, und er besaß jene Spielzeuge, die andere gern hätten: Frauen, Jachten und mehrere Wohnsitze im Ausland. Seine Tochter Jutta entstammte seiner zweiten Ehe mit einer bekannten Bildhauerin, der es gelungen war, ihren Marktwert auch nach der Scheidung zu halten. Jutta Baumann war sehr hübsch, fand Sarah. Rotblonde halblange Haare, grüne Augen und Sommersprossen im ganzen Gesicht. Ihre Körperhaltung zeugte von einer Art Schüchternheit, die Sarah nicht sofort zuordnen konnte, die jedoch auf Männer durchaus reizvoll wirken mochte. Sarah hatte sich erkundigt: Der Vater verlangte viel von seinem Nachwuchs. Jutta Baumann studierte BWL und Philosophie, sprach mehrere Sprachen und würde eines Tages eines der Unternehmen ihres Vaters leiten. Sie musste sich den Kuchen mit einer Schwester und drei Brüdern teilen, die aus anderen Ehen des Moguls stammten. Sehr viel mehr hatte sie über die Baumanns nicht in Erfahrung bringen können. Die Familie hielt sich, was das Privatleben anlangte, ziemlich bedeckt. Keine Exzesse, keine wilden Partys und nur selten Auftritte in der Öffentlichkeit. Sogar Viktor Baumanns Scheidungen waren alle ohne Medienspektakel über die Bühne gegangen. Die Berichterstattung rund um den Vergewaltigungsprozess war sicher nicht im Sinne des Großunternehmers gewesen. Umso mehr verblüffte es Sarah, dass er nun freiwillig mit ihr, einer Vertreterin der Presse, sprach.

Dagmar Jurit strahlte Klassenbewusstsein und Selbstsicherheit aus, ähnlich wie Viktor Baumann. Die beiden passten gut zueinander. Zwischen ihnen die selbstzweifelnde Tochter, die an der überlagernden Kraft anderer zerbricht, notierte Sarah stumm. Conny hatte ihr irgendetwas von Depressionen erzählt, unter denen Jutta Baumann litt. Sie wusste zu wenig über das Krankheitsbild, um einschätzen zu können, ob dies Einfluss auf ihr Interview haben würde. Was sie jedoch sicher wusste, war, dass hauptsächlich die Anwältin und der Vater Antworten auf ihre Fragen geben würden.

Die Empfangsdame verschwand ebenso unauffällig von Sarahs Seite, wie sie zuvor neben ihr aufgetaucht war. Ob für ein solches Verhalten Seminare angeboten wurden?

Sarah stellte sich vor. Viktor Baumann erhob sich und gebot ihr, Platz zu nehmen. Kein Händeschütteln. Als sie ihre Tasche auf den Boden stellte, deutete die Anwältin auf einen Haken, der an der Tischseite angebracht war. »Hier können Sie Ihre Tasche aufhängen. Dann stolpert kein Kellner darüber.« Sie lächelte wohlwollend.

Sarah errötete leicht. Hängevorrichtungen für Damenhandtaschen gehörten nicht in Sarahs Welt. In Dagmar Jurits Welt hingegen war es sicher eine Selbstverständlichkeit.

»Was genau wollen Sie in Ihrem Artikel schreiben?« Viktor Baumann gehörte nicht zu den Männern, die lange um den heißen Brei herumredeten.

»Was genau wollen Sie mir erzählen?«

Über Viktor Baumanns Gesicht huschte ein Lächeln. Jutta Baumann wirkte konzentriert und angespannt. Dagmar Jurits Gesichtsausdruck ließ sich nicht definieren.

»Einen Aperitif?« Ein Kellner stand an ihrem Tisch und verteilte Speisekarten. Seine Augen leuchteten in einem

Blau, das Sarah bisher nur von Terence Hill in alten Filmen kannte.

»Sind die echt?«, platzte es aus Sarah heraus.

Der Kellner lächelte milde. »Das werde ich oft gefragt. Ja, die sind echt.«

»Kaum zu glauben«, antwortete Sarah erstaunt. Der Rest des Tisches versuchte, ihren Fauxpas zu ignorieren. Denkbar, dass man in gewissen Kreisen kein privates Wort mit Kellnern wechselte. Sarah gehörte nicht dazu.

Viktor Baumann bestellte eine Flasche Pinot Noir. »Sie mögen hoffentlich Weißwein?« Sarah nickte. »Und Wasser.« Damit entließ er den blauäugigen Kellner, und sie warfen stumm einen Blick in die Speisekarte.

»Als Vorspeise kann ich Ihnen den Salat mit Babymozzarella, Avocados und Balsamico wärmstens empfehlen. Und danach den gemischten Fischteller«, empfahl Baumann wenige Minuten später.

»Dann nehme ich das.« Eigentlich war es Sarah egal, was sie hier zu essen bekam. Ihr ging es lediglich ums Interview. David würde ihr aufgrund der Preise sowieso den Kopf abreißen. Sie klappte die Karte wieder zu. »Ich würde gern mit Ihnen über Monika Billich sprechen«, nahm Sarah den Faden wieder auf. »Sie war meines Wissens Hauptzeugin …«

»Wir wissen hier alle, wer Frau Billich ist oder war«, unterbrach Dagmar Jurit. Der Kellner kam, schenkte Wein und Wasser in die dafür vorgesehenen Gläser und nahm die Essensbestellung entgegen.

Jutta Baumann trank vorsichtig einen Schluck Wein, setzte das Glas ab, lächelte schwach. »Was werden Sie über die Vergewaltigung schreiben?«

Ihre Stimme klang sanftmütig, fast vorsichtig. Garantiert hatten sie ihr Vater und Dagmar Jurit instruiert.

»Ich möchte nicht, dass Sie die gesamte Geschichte noch einmal wiederkäuen.«

»Ich werde sie erwähnen müssen.«

»Es standen schon so viele Lügen in den Medien.«

»Zum Beispiel?«, hakte Sarah nach.

Der Kellner kam zurück, blickte über den Tisch, schenkte Wein nach und verschwand wieder.

»Zum Beispiel, dass ich die Geschichte mit Norbert Weninger erfunden habe.«

»Und das, obwohl Frau Baumann unter Eid ausgesagt hat«, ergänzte Dagmar Jurit.

»Das hat Frau Billich meines Wissens auch getan«, erwiderte Sarah. »Damit steht Aussage gegen Aussage. Heißt es nicht so?«

»Doktor Koban hat die Zeugin aus dem Hut gezaubert.«

»Was wollen Sie damit andeuten?«

Ein Achselzucken war Antwort genug. Jutta Baumann setzte zum Sprechen an, ihr Vater legte ihr rasch seine Hand auf den Arm. Still sein.

»Wollen Sie behaupten, dass Monika Billich gelogen hat?« Sarah dachte an die Finger in dem gelben Paket. Sie fixierte Jutta Baumann. Ihre Blicke trafen sich. Bingo! Sie hatte ins Schwarze getroffen.

Jutta Baumann zog ein Taschentuch aus ihrer Handtasche, wischte sich damit Tränen aus den Augen. Wieder legte ihr Vater seine Hand auf ihre.

»Wir behaupten hier nichts, was wir nicht beweisen können, Frau Pauli«, sagte Dagmar Jurit.

»Es klingt für mich so.«

Wieder dieses Achselzucken. Verdammte Anwälte. Warum können die nicht ein Mal direkt ausdrücken, was sie meinen.

»Die Zeugin wurde wenige Stunden nach der Verhandlung umgebracht. Das kann doch kein Zufall sein, und genau das werde ich morgen in meinem Artikel erwähnen.« Sarah versuchte nicht zu verbergen, dass der Prozess ihrer Meinung nach in direktem Zusammenhang mit Monika Billichs Tod stand.

»Sie wollen damit hoffentlich nicht behaupten, dass meine Tochter oder ich etwas damit zu tun haben.« Baumanns Stimme klang ruhig. Der drohende Unterton war dennoch nicht zu überhören.

»Natürlich nicht«, beschwichtigte Sarah halbherzig.

Das Essen kam. Wein und Wasser wurden nachgeschenkt, und der Kellner verschwand wieder.

»Fakt ist, dass Monika Billich ausgesagt hat und dass das Gericht ihr mehr geglaubt hat als Ihnen. Wenige Stunden später war sie tot.« Sarah sah von einem zum anderen.

»Das ist unbestritten«, sagte Dagmar Jurit ganz Anwältin. »Das können Sie auch gern so schreiben. Etwas sollten Sie jedoch wissen.«

»Und das wäre?«

Dagmar Jurit legte Messer und Gabel beiseite und betupfte mit der Serviette ihre Mundwinkel. »Herr Baumann denkt, dass es bei diesem Prozess nicht mit rechten Dingen zugegangen ist.«

»Was heißt nicht mit rechten Dingen!«, polterte Baumann. »Der ganze Prozess war eine einzige Farce!« Er zählte an den Fingern ab. »Der Richter war meiner Meinung nach befangen und von Anfang an auf Kobans Seite, Weninger und die Zeugin haben gelogen, und Koban wusste von der Lüge, das sage ich Ihnen!«

»Sie meinen, Doktor Koban hat zugelassen, dass der Prozess gegen seinen Mandanten durch einen Meineid gewonnen wurde?« Sarah spürte Neugier und Erregung in ihrem Körper. Die Angst hatte sich schlafen gelegt.

Dagmar Jurit hob abwehrend ihre Hände. »Ich werde mich hüten, hier etwas zu behaupten, wofür ich keinen Beweis habe. Apropos Eid. Ihre Kolumne zu diesem Thema fand ich ausgezeichnet. Besonders schön finde ich die Stelle, wo Sie schreiben, dass der Eid zur Wahrheit verpflichte.«

»Danke. Was für einen Grund hätte Doktor Koban, so etwas zuzulassen?«, fragte Sarah niemand Bestimmten.

»Ich würde nicht so weit gehen zu behaupten, dass Doktor Koban darüber Bescheid wusste. Vielmehr glaube ich, dass dieser Weninger Doktor Koban die junge Dame als glaubwürdige Zeugin präsentiert hat. Wahrscheinlich war sie wirklich eine …«, sie wog abschätzend den Kopf hin und her, »… sagen wir, eine Freundin von ihm.« Sie rückte ihren Stuhl ein wenig nach vorne, fixierte Sarah mit den Augen, senkte die Stimme. »Diesen besagten Abend haben sie garantiert nicht miteinander verbracht.«

»Von welchem Abend reden wir?«

»Vom Abend des 24. Februar.«

»Finden Sie einen Beweis, dass Norbert Weninger in der Nacht vom 24. auf den 25. Februar nicht mit Monika Billich zusammen war«, gab Baumann eine klare Anweisung. »Und ich werde dafür sorgen, dass Sie bald in einer anderen Liga spielen.«

Bot er ihr hier tatsächlich einen Deal an? Einfach so, beim Mittagessen?

Dagmar Jurit nahm ihr Besteck wieder in die Hände und aß weiter.

»Warum sollte ich das tun?«

»Sie haben bei Frau Doktor Jurit angerufen und um ein Interview gebeten«, sagte Baumann. »Dafür müssen Sie ein bisschen etwas tun.«

Sarah begriff allmählich. Baumann und Jurit versuchten, sie zu instrumentalisieren. Die Idee, eine Journalistin für ihre Zwecke zu verwenden, war den beiden schon vor ihrem Anruf gekommen. Deshalb hatte sie diesen Termin auch sofort bekommen.

»Ich wollte nur wissen, wie Sie Monika Billich erlebt haben. War sie nervös? Hat sie einen gehetzten Eindruck gemacht? Oder war sie liebenswürdig?«

Der Geschäftsmann hob abwehrend die Hand und sagte: »Meiner Meinung nach haben Sie viel mehr bekommen als ein gewöhnliches Interview für einen langweiligen Artikel, und zwar den Tipp für eine interessante Geschichte! Vorausgesetzt, Sie stellen es richtig an. Das ist doch das, was ihr Schreiberlinge wollt, Frau Pauli, eine heiße Story, nicht wahr? Eine, die euch nach oben bringt!« Er machte eine ausladende Handbewegung. »Norbert Weninger der Falschaussage überführt. Das könnte Ihre Headline sein, oder heißt das nicht so in Ihrer Branche?«

»Und wir haben den Beweis, den wir brauchen, um das Berufungsverfahren zu gewinnen«, schloss Dagmar Jurit. »Folgenden Rat gebe ich Ihnen jedoch: Schreiben Sie Ihren Artikel erst dann, wenn Sie genug Beweise haben. Ansonsten wird Doktor Koban Sie in der Luft zerreißen. Sie haben es hier nicht mit irgendwem zu tun, sondern mit einem sehr gewissenhaften und gewieften Anwalt, der noch dazu den Sohn einer sehr angesehenen und einflussreichen Familie vertritt.« Sie reichte Sarah ihre Visitenkarte. »Wenn Sie mich den Bericht vor der Veröffentlichung lesen lassen, kann ich Ihnen helfen, jene Stellen, die juristisch angreifbar sind, zu entschärfen.«

So weit kommt's noch.

»Warum suchen Sie nicht selbst nach Beweisen?«, fragte Sarah. Sie schob die Visitenkarte achtlos in ihre Hosentasche.

Dagmar Jurit lächelte nachsichtig. »Wir sind die Gegenpartei, Frau Pauli. Wenn wir Fragen stellen, weiß Herr Doktor Koban sofort, worauf wir hinauswollen, und er wird nichts unversucht lassen, uns Steine in den Weg zu legen. Aber Sie! Sie sind Journalistin. Sie müssen Fragen stellen.« Sie lächelte gönnerhaft. »Keine Angst, Frau Pauli. Ich werde Sie bei Ihren Recherchen unterstützen so gut ich kann.«

»Und wenn Sie sich nicht an unsere Abmachung halten, werde ich Sie persönlich und den *Wiener Boten* verklagen«, ergänzte Viktor Baumann in sachlichem Ton. »Und dieses Treffen hier hat niemals stattgefunden. Haben Sie verstanden?«

Sarah hätte ihn gerne gefragt, von welcher Abmachung er sprach. Sie sah die ganze Angelegenheit bisher eher als Auftrag. Baumann und Jurit hatten sich eine junge Journalistin ausgesucht, der sie einen Köder vorwarfen, der sie ohne weiteres offizielles Vorgehen ans Ziel führte. War das legal?

Egal. Sollten doch beide Seiten partizipieren. Eine innere Stimme mahnte sie: Lass dich nicht verarschen! »Ich will die Geschichte exklusiv. Sobald ich etwas Ähnliches in einem Konkurrenzblatt lese, werde ich mich nicht mehr an diese, wie Sie es nennen, Abmachung halten.«

Baumann lächelte falsch. »Ausgezeichnet. Dann haben wir uns ja verstanden.«

Sarah erwiderte das falsche Lächeln. »Ich danke für Ihr großzügiges Angebot, mich in eine andere Liga zu hieven, Herr Baumann. Mir gefällt es ganz gut dort, wo ich bin, und wenn ich aufsteige, dann bedanke ich mich am liebsten bei mir selbst.« Sie kräuselte die Nase. »Ich stehe nämlich nicht gerne in jemandes Schuld. Auch werde ich mich nicht von Ihnen oder jemand anderem vor den Karren spannen lassen. Ich danke Ihnen für die Information, was den 24. Februar anbelangt. Das gibt Ihnen aber nicht automatisch das Recht, meine Arbeit zu beeinflussen oder eine Gegenleistung von mir zu erwarten. Sollte ich Beweise für Monika Billichs Falschaussage finden, dann werde ich diese nach eigenem Gutdünken verwenden. Selbstverständlich werde ich Ihnen die Informationen weiterleiten, wenn Sie mich darum bitten.« Sie legte die Serviette auf den Tisch und stand auf. »Auf Wiedersehen.«

Dieses Mittagessen würde Baumann bezahlen, so viel stand fest.

13

Die Terrassentür stand offen. Ein milder Luftzug bewegte die Gardinen. Es regnete nicht mehr. Endlich hielt der Frühsommer Einzug in Wien. Koban deutete Behrens, auf der Couch Platz zu nehmen. Sie zogen die Sakkos aus und legten ihre Krawatten ab. Regina Schmid hatte für sie vom Chinesen etwas zu essen kommen lassen. Jeder von ihnen stopfte sich eine Serviette in den Kragen.

»Gibt es etwas Neues?«, fragte Koban.

»Das kommt ganz darauf an, wie du etwas Neues definierst. Ich hab mich mal umgehört.« Behrens schob sich eine Gabel gebratene Nudeln mit Hühnerbruststreifen in den Mund, kaute, schluckte und spülte mit einem Schluck Mineralwasser nach. »Unser Kontaktmann hat bis jetzt weder etwas von der Polizei noch von unserem Freund gehört. Ich hab dem Kontaktmann ein Foto von Baumann gezeigt. Er hat ihn nie gesehen.«

Koban stocherte lustlos in seinem Essen herum. »Du glaubst doch nicht, dass Baumann die Drecksarbeit selbst erledigt. Dafür hat er genug Leute an der Hand. Der feine Herr ist neben seinen seriösen Unternehmungen auch Teilhaber mehrerer Escorts. Eines davon befindet sich in Sibiu.«

»Respekt! Und in Österreich bekommt er die Auszeichnung zum Unternehmer des Jahres um den Hals gehängt«, sagte Behrens mit einem Anflug von Spott. »Woher weißt du das?«

Koban zeigte auf die blaue Flügelmappe auf seinem Schreibtisch. »Die Schmid hat gute Arbeit geleistet.«

»Ich weiß, was du denkst. Von Rumänien aus kann man leicht einen Killer nach Wien schicken …«

»… der wieder verschwunden ist, bevor die Leiche gefunden wird. Ich habe ein wenig mit Geschäftsfreunden telefoniert. Die Billich wurde mit einer russischen Pistole erschossen, einer … wart, ich hab's mir notiert.« Er kramte nach einem Zettel in seiner Jackentasche. »Tokarew TT-33.«

»Ist das eine besondere Waffe?«, fragte Behrens mit vollem Mund.

»Angeblich eine alte Waffe der Roten Armee. Mehr weiß ich auch nicht. Bin kein Waffenspezialist.«

»Das wird ja immer mysteriöser. Hat die Polizei die Waffe gefunden?«

»Das weiß ich nicht.«

Behrens zeigte auf die Mappe. »Steht noch was im Dossier?«

»Nur das Übliche. Kennst du alles. Wenn du nachlesen willst, kannst du die Mappe gern mitnehmen. Kam unserem Mann sonst etwas zu Ohren?«

Sie sprachen den Namen des Vermittlers nie aus. Es war einfach so. Behrens hielt Kontakt, und Koban war der Nutznießer, der niemals mit dem Zwischenhändler in Zusammenhang gebracht werden durfte. So der Plan.

»Nein. Nichts.«

»Da hat doch glatt jemand den Kampf aufgenommen, ohne uns Bescheid zu sagen, dass es ein Gefecht geben wird.« Koban schüttelte den Kopf.

»Wie auch immer. Klar ist, dass dir jemand ans Leder will.«

»Du meinst, uns ans Leder will.«

»Ich habe bis heute keine Post bekommen.«

»Weil sie nicht deine Zeugin war. Was bedeutet das? Was will Baumann?« Koban legte die Essstäbchen beiseite.

»Dich? Deine Kanzlei? Deinen Namen? Deinen Kopf?« Behrens machte eine kurze Pause. »Deine Frau? Was weiß ich?«

Koban sah ihn verblüfft an. »Wieso sollte er meine Frau wollen?«

»Sie ist hübsch und kommt aus einem sehr einflussreichen Haus«, sagte Behrens lapidar, als rede er über einen notwendigen Gebrauchsgegenstand. »Das Einzige, was Baumann in seiner Sammlung fehlt, ist politischer Einfluss.«

»Das muss jetzt keinen Sinn ergeben, oder? Wenn dem so wäre, dann müsste Baumann keinen Mord begehen, sondern nur ein paar Telefonate erledigen. Glaub mir, Baumann hat mehr politischen Einfluss als der Bundespräsident.«

»Kommt er nicht zur Benefizgala deiner Frau, obwohl du seine Tochter vor Gericht regelrecht vernichtet hast? Was bezweckt er damit?«

»Ich hab sie nicht vernichtet. Ich habe den Prozess für meinen Mandanten gewonnen.«

Behrens grinste. »Mach jetzt bitte nicht einen auf Saubermann. Das steht dir nicht. Baumann hat dich bedroht, und eines kannst du mir glauben: Er ist nicht der Typ, der leere Drohungen ausspricht. Der Kerl will dich fertigmachen und wird erst glücklich sein, wenn du am Boden liegst. Begreif das endlich!«

»Wie konnte er davon erfahren?«

»Vielleicht hat's ihm ein blondes Vögelchen gezwitschert, gegen Belohnung, versteht sich. Wie viele Akten betrifft es?«

Koban zuckte mit den Achseln. »Zehn, vielleicht 15 Fälle in den letzten zwei Jahren. Ich müsste nachsehen.«

»Dann tu das!«

Koban schob das Essen beiseite. »Denkst du dran, dass in einem Monat der nächste Fall ansteht?«

»Vergess ich schon nicht. Wir sollten in den nächsten Wochen etwas vorsichtiger vorgehen, wenn du verstehst, was ich meine.«

»Denkst du, wir sollten mit Baumann reden?«, fragte Koban, ohne auf Behrens' letzte Bemerkung einzugehen. »Fragen, was er will?«

»Und wie willst du vorgehen? Was willst du ihm sagen? Dass jemand unsere Zeugin umgebracht hat und wir vermuten, dass er dahintersteckt?« Behrens' Tonfall klang zynisch.

»Ein Motiv hätte er, das musst du zugeben«, sagte Koban. »Was ist mit den anderen?«

»Die werden schön ihren Mund halten.«

»Ich denke, wir sollten sie warnen.«

»Von der Idee halte ich überhaupt nichts.«

Behrens stopfte sich die letzte Portion Nudeln in den Mund. »Bleib ruhig, Karlheinz. Es kann uns nichts passieren.« Er nahm einen Schluck Wasser und verließ das Büro.

Wenige Minuten später hatte Koban seine Frau am Apparat. »Ich hab soeben mit meinem Vater telefoniert«, begann sie das Gespräch. Ihre Stimme klang vorwurfsvoll. »Dieses Todesopfer am Naschmarkt war die Zeugin deines Mandanten.«

»Ja.«

»Und warum muss ich das von meinem Vater erfahren? Warum erzählst du mir das nicht?«, empörte sie sich.

»Was hat dein Vater damit zu tun?«

»Man hat ihn im Club darauf angesprochen.«

Koban konnte sich lebhaft vorstellen, wie die Logenbrüder seines Schwiegervaters sich über ihn die Mäuler zerrissen. Ihn, den Arbeitersohn, der es ihrer Meinung nach nur durch Protektion so weit nach oben geschafft hatte, den einige von ihnen nur widerwillig akzeptierten und den viele gern wieder ganz unten sehen würden. »Und?« Er verstand nicht, worauf sie hinauswollte.

»Es wäre besser gewesen, du hättest die Familie davon in Kenntnis gesetzt. So etwas kann für uns sehr peinlich sein.«

»Ihr Tod hat weder mit mir noch mit meinem Mandanten noch mit sonst einem Familienmitglied etwas zu tun. Es sei denn, du hast sie umgebracht.«

»Sei nicht geschmacklos, Karlheinz«, kam es streng.

»Auch handelt es sich nicht um eine Vendetta.«

»Das sehen nicht alle so.«

»Was? Das mit der Vendetta?«

»Nein. Dass der Weninger nichts mit dem Tod dieses Mädchens zu tun hat, sehen nicht alle so wie du.« Woher sollte der Bursche eine alte russische Armeewaffe haben, schoss es Koban durch den Kopf. Aber er wusste genau, dass man auf dem Schwarzmarkt alles kaufen konnte. Sogar in Wien.

»Wer sieht es denn anders?«, fragte er neugierig.

»Du weißt, dass das ein schlechtes Licht auf die Familie werfen kann.«

»Wer?«, wiederholte er seine Frage.

»Menschen, deren Meinung wichtig ist.«

Die Art und Weise, wie sie um den heißen Brei redete, ging ihm unsäglich auf die Nerven. »Erzählst du's mir endlich? Du weißt, dass ich dieses nebulose Drumherumgerede nicht leiden kann.«

Sie seufzte tief. »Baumann. Und er steht nicht allein mit seiner Meinung.«

Da war er wieder. Baumann. Es schien, als würde der Mann fixer Bestandteil seines Lebens werden. Umso besser. Dann konnte er ihn im Auge behalten. Er ließ den Schwall Vorwürfe stumm über sich ergehen. Irgendwann murmelte er: »Ich muss arbeiten«, und legte auf. Sollte seine Frau gemeinsam mit ihrer Familie darüber diskutieren, warum er die Sippschaft nicht in Kenntnis gesetzt hatte. Rechenschaft ablegen. So weit käme es noch.

Er loggte sich in die Bank ein und ging die Konten der Kanzlei durch. In den letzten Wochen war keine größere Summe abgehoben worden.

*

Kurz vor drei betrat Sarah die Redaktion und steuerte direkt auf Kunz' Büro zu. Sie erzählte dem Chef vom Dienst mit knappen Worten von der Begegnung mit Jurit und den Baumanns.

»Wenn ich die Sache beweisen kann, haben wir über mehrere Tage eine heiße Titelstory.«

»Und Baumann?«

»Der kann mit den Informationen machen, was er will. Nach der Veröffentlichung des Artikels«, grinste Sarah. Sie fasste an ihre Ohrringe. »Siehst du? Meine Corni helfen sogar gegen Baumanns bösen Blick.«

»Sicher«, antwortete Kunz spöttisch. »Kannst du einschätzen, ob er und seine Tochter die Wahrheit sagen?« Er grinste breit. »Oder befragst du zuerst dein Orakel? Du weißt schon, ob der Koban und die Jurit Erzfeinde sind. Sie hat in den letzten Jahren kaum einen Prozess gegen ihn gewonnen. Wenn man den Gerüchten Glauben schenkt, haben einige wichtige Mandanten zu ihm gewechselt. Es könnte sein, dass die Jurit und der Baumann dich benutzen.«

»Natürlich weiß ich, dass die mich benutzen, ich bin ja nicht blöd.« Sarah hatte keine Minute daran gedacht, dass es sich hier um eine Lüge handeln könnte, die mit ihrer Hilfe unter die Leute gebracht werden sollte. »Wenn sich herausstellt, dass an der Sache nichts dran ist, dann schreib ich nicht drüber.«

Kunz zuckte mit den Achseln. »Bis dahin könntest du mit deinen Recherchen schon Staub aufgewirbelt haben, der Koban schaden könnte. Das käme der Jurit sicher gelegen, denn immerhin kann man mit Black-PR nicht nur das Ansehen einer Person schädigen, sondern auch die eigene Identität schützen. Was so viel heißt wie: Du hältst den Kopf für Jurits Erfolg hin. Geht alles gut, ist nichts passiert, außer dass Kobans Ansehen einen Kratzer abbekommen hat. Denn glaub mir, mehr wird's nicht sein. Der Kerl sitzt fest im Sattel. Die Jurit hingegen könnte einige Mandanten davon überzeugen, keinem Anwalt zu trauen, der vertrauensunwürdige Zeugen aussagen lässt.«

Sarah schüttelte energisch den Kopf. »Du glaubst doch nicht wirklich, dass ich mich für eine Schmutzkübelkampagne hergebe?«

»Du nicht, Sarah. Es gibt Kollegen, die mit der Wahrheit weniger zimperlich umgehen und eine große eigene Geschichte daraus machen.«

»Willst du damit sagen, dass wir die Finger davonlassen?«

»Auf keinen Fall. Ich will nur, dass du das, was ich gesagt habe, im Hinterkopf behältst und dich nicht über den Tisch ziehen lässt. Haben wir die Story exklusiv?«

»Ja.« Sie war stolz, nicht vergessen zu haben, auf die Exklusivität zu bestehen. Auch wenn man sich bei solchen

Leuten nie hundertprozentig darauf verlassen sollte. Einen Vertrag gab es nicht. »Für die morgige Ausgabe werde ich mich an die allgemeinen Fakten halten. Du weißt schon. Monika Billich hatte wenige Stunden vor ihrem Tod für Weninger ausgesagt. Das übliche Blabla halt. Nur um die Leser bei der Stange zu halten. Ich will auch der Konkurrenz nicht das Gefühl geben, dass da mehr dahinter wäre.«

Kunz sah auf seine Armbanduhr. »In einer Stunde will ich die Rohfassung, in zwei Stunden den fertigen Bericht.«

»Bin schon bei der Arbeit.«

Während ihr Computer hochfuhr, lehnte sie sich in ihrem Sessel zurück und schloss die Augen. Wo sollte sie mit den Recherchen beginnen? Wen sollte sie befragen? Norbert Weninger hatte wie der Rest seiner Familie eine Geheimnummer. Seine Eltern hatten schon während des Prozesses Interviewanfragen abgelehnt. Garantiert hatten sie ihre Meinung nicht geändert. Über Weningers Anwalt kam sie auch nicht an ihn heran. Außerdem konnte sie nicht erwarten, dass Norbert Weninger zugeben würde, dass er seine Freundin zum Lügen genötigt hatte. Koban würde sie für verrückt erklären und ihre Recherchearbeit mit Sicherheit mit einer Unterlassungsklage behindern.

Ihr Festnetzapparat läutete. Sie öffnete die Augen und hob ab. Eine der Telefonistinnen war in der Leitung. »Eine Frau Baumann hat angerufen. Ich soll dir ihre Handynummer geben.«

»Warum hast du sie nicht zu mir durchgestellt?«

»Du warst nicht auf deinem Platz.«

»Ich war in Herberts Büro. Wir hatten eine Besprechung.«

»Das kann ich nicht riechen«, kam es beleidigt zurück.

»Schon klar.« Sarah suchte ein Blatt Papier und einen Kugelschreiber. »Schieß los!«

Nachdem sie die Nummer notiert hatte, blieb sie einige Sekunden mit dem Hörer in der Hand sitzen. Entweder gehörte das zum Plan, um sie zu beeinflussen, oder Viktor Baumann und Dagmar Jurit wussten nicht, dass die Unternehmertochter bei ihr anrief. Darauf musste sie es ankommen lassen. Sie tippte die Nummer in ihr Handy.

Jutta Baumann hob sofort ab.

»Sarah Pauli. Sie haben bei mir in der Redaktion angerufen.«

Kurzes Schweigen. »Ich dachte … wissen Sie«, kam es unsicher.

»Wollten Sie mit mir alleine sprechen?«

Jutta Baumann schwieg einen kurzen Moment, schließlich bejahte sie die Frage.

»Weiß Ihr Vater Bescheid?«

»Nein.« Diesmal kam die Antwort schnell.

»Wann haben Sie Zeit? Ich könnte sofort.«

»Es geht leider nicht sofort. Ich fahre heute mit meiner Mutter zu Verwandten und komme erst am Freitagabend zurück.«

»Wie wär's mit Samstag? Sagen wir gegen Mittag«, schlug Sarah vor.

»Mittag passt. Wo?«

»Café Ritter? Mariahilfer Straße? 13 Uhr?« Ein anderes Lokal fiel Sarah im Moment nicht ein.

»Gut. Ich werde da sein. Auf Wiederhören.«

Während Sarah die Nummer in ihrem Handy abspeicherte, grübelte sie darüber nach, was Jutta Baumann von ihr wollte. Sie kam zu keinem Ergebnis und begann mit der Rohfassung des Artikels. Der Bericht würde kein

Meisterstück werden. Dessen ungeachtet spürte sie, dass diese Geschichte sie zur nächsten Story führte. Zwischendurch benachrichtigte sie Kobans Büro über das Erscheinen des Artikels und versuchte, ein offizielles Statement zu bekommen. Der Anwalt wollte noch immer nicht mit ihr sprechen. Also erwähnte sie zum Schluss des Berichtes, dass Doktor Koban für einen Kommentar nicht zur Verfügung stand. Sollten sich die Leser ihr eigenes Bild machen.

Gabi stand plötzlich in der Tür. »Ich mach heute früher Schluss. Muss mich schön machen. Viertel acht vorm Rathaus?«

Sarah blickte irritiert auf. Gabi deutete den Blick richtig.

»Du sagst mir jetzt nicht, dass du die Benefizgala heute Abend im Rathaus vergessen hast!«

Was für eine Gala? Was für ein Tag war heute? Sarah versuchte sich zu erinnern. Verdammt! Die Benefizveranstaltung! »Nein. Ich war nur grad mit dem Text beschäftigt. Viertel acht ist gut.«

»Sei pünktlich!«

»Alles klar.«

Gabi verschwand zufrieden, und Sarah widmete sich wieder ihrem Bericht.

Um vier besprach sie mit Kunz die Rohfassung. Eine halbe Stunde später fügte sie den fertig redigierten Artikel in die Maske ein. Danach schrieb sie ihre restlichen Notizen in Reinschrift, um sich am nächsten Morgen sofort an die Arbeit machen zu können. Als sie damit fertig war, war es viel zu spät. Eilig machte sie sich auf den Weg.

14

Die Wohnung war dunkel. Chris war bereits fort. Sie hängte ihre Jacke an die Garderobe, warf ihre Handtasche neben die Schuhe. Nachdem Marie noch immer nicht zur Begrüßung auftauchte, mutmaßte Sarah, dass Chris ihren Futternapf gefüllt hatte, bevor er gegangen war.

Sie fand die schwarze Halbangora auf dem Sofa im Wohnzimmer. Ein kurzes Miauen zur Begrüßung musste Sarah genügen. Schließlich war die Katze gerade bei der Fellpflege, und diese Tätigkeit konnte sie auf gar keinen Fall unterbrechen.

»Eigentlich wollte ich wissen, ob der Abend heute aufregend wird. Aber wenn du beschäftigt bist, muss die Befragung des Katzenorakels eben warten«, raunte Sarah ihr ins Ohr. Marie schnurrte laut.

Zur Einstimmung legte Sarah eine CD ein – Anastacia, »I'm Outta Love« – und tanzte durch die Wohnung. Marie wechselte in Sarahs Schlafzimmer.

In der Küche schenkte sich Sarah ein Glas Wasser ein. Während sie trank, schaute sie vom Fenster aus auf den Yppenplatz, der sich allmählich leerte. Die letzten Käufer huschten von Stand zu Stand, während die Händler ihre Waren verräumten und die ersten Nachtschwärmer bereits in die Lokale rundum drängten. Es war jeden Tag das Gleiche und ihr vertraut.

Nach einigen Minuten löste sich Sarah von dem Anblick, ging ins Badezimmer, zog sich aus, stellte sich unter die Dusche und genoss mit geschlossenen Augen den warmen Wasserstrahl auf ihrer Haut.

»Was soll ich anziehen, Marie?«

Die Katze hatte es sich auf Sarahs Bett bequem gemacht und beobachtete Sarah, die diverse Kleidungsstücke abwechselnd vor ihren in ein Badetuch gehüllten Körper hielt, den Kopf schief legte, ihr Spiegelbild prüfte und ein Outfit nach dem anderen verwarf. Ihre feuchten Haare hatte Sarah unter einem zum Turban drapierten Handtuch versteckt.

»Was meinst du? Zu aufreizend, zu schlicht, zu langweilig, zu bunt?« Es folgte eine Garderobe nach der anderen.

Irgendwann entschied sie sich für ein elegant-sportliches Outfit: dunkler Hosenanzug mit Top, dazu Pumps. Ihr Make-up gestaltete sie in warmen Erdtönen, das passte am besten zu ihrem Typ. Die Haare steckte sie hoch. Die roten Corni in ihren Ohren ersetzte sie durch dezenten Bernstein, dem Heilstein, der Lebensfreude brachte. Noch etwas Parfum – und fertig war sie. Ihr Magen knurrte. Im Vorbeigehen schnappte sie sich ein trockenes Brot von der Anrichte. Sie hoffte, dass sie auf der Benefizgala nicht allzu lange aufs Essen warten musste.

*

Das Rathaus war hell erleuchtet. Vor dem Seiteneingang in der Lichtenfelsgasse stand eine große Menschentraube. Sie wollten alle hinein und zeigten den drei Männern am Eingang unaufgefordert ihre Einladungen.

Gabi erwartete Sarah bereits ungeduldig. »Na endlich!« Sie zog Sarah förmlich durch die offenen Tore, vorbei an den Rauchern, die schnell noch eine Zigarette im Freien qualmten. Im Rathaus war absolutes Rauchverbot.

Nachdem sie ihre Jacken bei der Garderobe abgegeben hatten, stellten sie sich ans obere Ende der Feststiege, um sich dem eigentlichen Geschehen zu widmen. Gabi wurde nicht enttäuscht. Dieser Abend brachte genau das, was sie erwartet hatte. Die halbe Wiener Bussi-Bussi-Gesellschaft war anwesend. Alle, die gesehen werden wollten: Produzenten, Fernsehmacher, Werbefachleute, Musiker, Schauspieler, Staranwälte und Politiker waren zu dem rauschenden Fest gekommen, um für kranke Kinder zu sammeln. In regelmäßigen Abständen stieß Gabi Sarah begeistert in die Seite, nur um ihr den nächsten Prominenten anzukündigen. Im Stillen dankte Sarah Pauli irgendwem, dass sie nicht täglich mit dieser so genannten besseren Gesellschaft zu tun hatte.

Auch Conny schien sich hier wohl zu fühlen. Sie schwebte in engem Kleid und High Heels wie ein Schmetterling von einer Blume zur nächsten. Ein Bussi auf die Wange da, ein freundliches Wort dort. Die übliche Begrüßungszeremonie. Wobei es Abweichungen gab, je nach Sympathie und Freundschaftsgrad. Bei Wangenküssen in die Luft konnte man auf Antipathie oder gar Feindschaft schließen. Wangenküsse ohne Umarmung vermittelten eine Form der Vertrautheit, in Kombination mit einer Umarmung handelte es sich sicher um eine engere Freundschaft. Dauerte die Umarmung länger als 30 Sekunden, war es schon Zuneigung.

Dies zu beobachten und zu analysieren, amüsierte Sarah.

Junge Kellner mit langen schwarzen Schürzen reichten auf silbernen Tabletts Sekt in langstieligen Gläsern. Es wurde getrunken, gelächelt, diskutiert, verspottet, Schultern wurden geklopft, ab und zu wurde innegehalten, um die Miene zwecks gespielten Interesses zu verziehen.

Conny war mitten unter der Meute. Sie gab Simon Anweisungen, wen er wann zu fotografieren hatte. Sie scheuchte den armen Fotografen von einem Platz zum nächsten, drapierte Prominente vor Plakaten, dirigierte Politiker oder andere Prominente dazu, wedelte sie wieder ungeduldig beiseite und arrangierte das nächste Bild. Es erinnerte Sarah an die Raumausstatterin einer Wohnzeitschrift, die verschiedene Möbelstücke kombinierte und wegschaffen ließ, wenn sie nicht passten. Fast schien es, als ließen sich die Motive gern von Conny herumschubsen. Jeder wollte aufs Bild, jeder brauchte PR, jeder wollte in die Medien kommen. Reporter diverser Fernsehsender verfolgten den durchsichtigen Geldquader, der von zwei anmutigen jungen Mädchen durchs Publikum getragen wurde, filmten, wenn jemand aus der Szene einen 50- oder 100-Euro-Schein im grellen Kameralicht in den Behälter fallen ließ.

Ein Blitzlichtgewitter brach los. Gabi stupste Sarah erneut in die Seite. »Die Schirmherrin.« Sarah hatte der Einladung entnommen, dass Silvia Koban die Veranstaltung organisierte. Bei dem Mann an ihrer Seite musste es sich um Karlheinz Koban handeln. Der berühmte Anwalt, den jeder kannte. Außer Sarah. Mit dessen Sekretärin sie inzwischen mehrmals telefoniert hatte. Der ihr bereits zwei Mal ein Interview verwehrt hatte.

»Ich denke, wir können reingehen«, sagte Gabi und zog Sarah Richtung Festsaal. Die Gäste saßen vor weiß gedeckten Tischen und warteten auf den offiziellen Beginn des Abends. Für die Redaktion des *Wiener Boten* war ein Tisch in der Mitte des Saals reserviert. Positive Berichterstattung ließ auch die Menschen draußen ihre Geldtaschen öffnen. Kunz saß bereits am Tisch. Alleine. Seine Frau war wie üblich nicht mitgekommen. Der Mann hielt sogar bei halboffiziellen Anlässen Privates und Berufliches streng getrennt.

Auf einer Speisekarte stand die Menüfolge. Zum Glück kein Buffet, dachte Sarah. Sie hasste die langen Schlangen vor Buffets. Wenn sie endlich an die Reihe kam, fand sie keine Zeit, sich die Speisenfolge in Ruhe auszusuchen und entschied sich daher immer für das Falsche.

Von ihrem Tisch aus hatten sie keine optimale Sicht auf die Bühne, dafür einen auf die Meute, was Conny ideal fand. »Achtet auf die Hände«, sagte sie mit verhaltener Stimme, ganz Society-Löwin. »Heimliche Liebespaare verraten sich oft durch kleine Gesten. Ihre Hände berühren sich zufällig, streichen einander im Vorbeigehen über den Oberschenkel oder Hintern. Sie legen beim Sprechen die Hand wie eine zufällige Bewegung auf den Arm des anderen.« Conny streckte bedeutungsvoll ihren rechten Zeigefinger mit lila lackiertem Nagel in die Höhe. »Und unterm Tisch ... da spielt sich mehr ab, als man ahnt«, beendete sie ihren Blitzunterricht in ›Heimliche Affären aufdecken‹. Sarah notierte sich im Geist die verräterischen Anzeichen – nur für den Fall, dass sie und David sich doch einmal näherkommen sollten.

Kaum hatten sie Platz genommen, sah Sarah zu ihrer Freude, dass ihr Chef den Saal betrat. Auf dem Weg zu ihrem Tisch begrüßte er einige Leute. Ihre Freude verflog augenblicklich, als sie bemerkte, dass er in Begleitung einer Frau gekommen war. Vielleicht hätte es weniger weh getan, wenn die Frau hässlich gewesen wäre. Leider war sie hübsch, hatte ein wunderbares Lächeln und schien sympathisch zu sein.

Autsch.

Kein Wunder, dass er Sarah gegenüber nicht erwähnt hatte, dass er kommen wollte. Es dauerte eine Ewigkeit, bis die beiden endlich bei ihnen am Tisch anlangten. David warf Sarah einen raschen Blick zu. Kein: Es tut mir leid. Ich weiß, eigentlich sollte ich mit dir hier sein. Kein: Keine Angst, das ist meine Schwester, Nichte, Tante, Großmutter. Kein: Ich vermisse dich, Sarah. Verdammt. Sie hatte kein Recht, so zu denken, dennoch schmerzte, ihn an der Seite einer anderen zu sehen. Er stellte seine Begleiterin vor. Sarah überhörte ihren Namen, lächelte tapfer, als die Schönheit ihr die Hand reichte.

Wie selbstverständlich nahm David neben ihr Platz. Sarahs Herz pochte wild.

»Hast mir gar nicht gesagt, dass du kommst«, presste sie heiser hervor.

»War auch nicht sicher, ob sich's ausgeht.«

Sarah war zum Heulen. Zum Glück war Gabi so sehr mit dem Betrachten prominenter Gäste beschäftigt, dass sie Sarah keine Aufmerksamkeit schenkte.

In diesem Augenblick beugte Conny sich leicht nach vorn. »Seht mal, wer da kommt! Dagmar Jurit! Das glaubt man ja nicht.«

In diesem Moment tauchte ein Mann an der Seite der Anwältin auf.

»Nein!« Conny riss ihre Augen auf, als hätte sie den Leibhaftigen persönlich gesehen. »Was wird das heute? Simon, nimm die Jurit und ihren Begleiter ins Visier! Vielleicht bekommst du auch noch Silvia Koban drauf. Das wäre eine Sensation!«

Simon brummte etwas und verschwand langsam in die Richtung der Gruppe. Conny rutschte nervös auf ihrem Sessel hin und her. Schließlich sprang sie auf. »Ich kümmere mich mal selbst um das Foto.« Und weg war sie.

Auch Sarah konnte ihre Nervosität nicht verbergen. Sollte sie auf Koban zugehen und sich vorstellen? Vielleicht ließ er sich zu einem Kommentar herab, wenn sie einander Auge in Auge gegenüberstanden. Kunz schien ihre Gedanken erraten zu haben. »Geh schon! Sprich ihn an! Vielleicht bekommst du doch noch dein Interview.«

Sarah versuchte, Davids Blick auszuweichen, und stand auf. Alles war besser, als hier neben ihrem Chef und seiner Begleiterin zu sitzen.

Während sie auf die Gruppe zuging, überlegte sie, wie Dagmar Jurit und Viktor Baumann auf ihre Anwesenheit reagieren würden. Sollte sie die beiden grüßen oder ignorieren? Sie ließ es einfach drauf ankommen.

Die beiden ignorierten Sarah. Man kannte sich offiziell nicht. Conny drapierte Silvia Koban, Dagmar Jurit und Viktor Baumann für ein Foto und dirigierte den genervten Simon. Karlheinz Koban stand etwas abseits. Das war Sarahs Chance.

»Herr Doktor Koban.«

Der Anwalt wandte sich ihr lächelnd zu. »Bitte.«

»Ich bin Sarah Pauli vom *Wiener Boten.*«

Sein Gesicht verfinsterte sich schlagartig. Nicht nervös werden, betete sie sich stumm vor. »Ich habe zwei Mal in Ihrer Kanzlei wegen eines Interviews angerufen.«

»Ich weiß«, kam es knapp. »Und ich sagte nein.«

»Hat Ihre Sekretärin Sie über den Artikel informiert, der morgen erscheint?«

»Hat sie.«

»Und? Wollen Sie nichts dazu sagen?«

»Was soll ich dazu sagen? Jeder, der mit dem Fall zu tun hatte, weiß, dass Frau Billich die Hauptzeugin im Fall Weninger war. Sie verbreiten keine Neuigkeiten und kein Geheimnis, Frau Pauli.«

»Ist es nicht eigenartig, dass die Zeugin wenige Stunden nach ihrer Aussage ermordet wurde?«

Er lächelte, doch seine Augen funkelten sie böse an. Er fasste sie grob am Oberarm und zog sie ein wenig zur Seite. »Was wollen Sie damit sagen?« Er ließ sie wieder los. »Ich an Ihrer Stelle würde mit fadenscheinigen Aussagen sehr vorsichtig sein.«

»Fadenscheinig?«, mimte Sarah die Verständnislose.

»Sie wissen schon, was ich meine.«

»Dass Monika Billich für Weninger ausgesagt hat, ist ein Faktum und keine Erfindung oder fadenscheinige Aussage. Genauso wenig der Hinweis, dass sie nach der Verhandlung ermordet wurde. Ich habe Sie zwei Mal um einen Kommentar gebeten … wenn Sie mir kein Interview geben.« Sarah drehte ihre Handflächen nach oben. »Außerdem – Sie können mir nicht vorschreiben, was ich schreiben darf und was nicht.«

Koban erschien ihr hochgradig nervös.

»Das mach ich nicht, meine liebe Frau Pauli. Ich sage nur, dass Sie mit Behauptungen, die falsch verstanden werden können, vorsichtig sein sollten. Man hat heutzutage schneller eine Klage am Hals, als man eine unbedachte Meldung zurücknehmen kann.«

»Ist das eine Drohung?«

Conny war mit den Fotos fertig. Er schüttelte den Kopf. »Nein. Wo denken Sie hin? Es ist ein gut gemeinter Ratschlag. Und noch etwas für die Zukunft: Ich schätze es nicht, wenn man mich in meiner Privatzeit mit beruflichen Dingen belästigt.« Dann ließ er sie stehen, drängte sich an Dagmar Jurit vorbei und begleitete seine Frau an ihren Tisch.

Arschloch.

Dagmar Jurit raunte Sarah im Vorbeigehen zu: »Hat der Bernstein nicht geholfen?«

Noch bevor Sarah fragen konnte, was sie damit meinte, verschwand die Anwältin mit einem Lächeln auf den Lippen in der Menge.

»Ist wohl nicht gut gelaufen«, bemerkte David, als sie an den Tisch zurückkam. Die Schönheit an seiner Seite strahlte.

Sarah ersparte sich eine Antwort.

»Die Jurit und der Koban haben etwas miteinander«, behauptete Conny und ließ sich auf ihren Stuhl fallen. Naturgemäß gehörte ihr die gesamte Aufmerksamkeit der Anwesenden.

»Das gibt's nicht«, erwiderte Gabi. »Die sind doch die ärgsten Kontrahenten.«

»Wenn ich's euch sage!«, warf sich Conny ins Zeug. »Ich kenne das. Er hat im Vorbeigehen wie zufällig ihre Hand berührt.«

»Was du alles siehst«, bemerkte David. Er warf Sarah einen scheuen Blick zu. Sarah ignorierte ihn. Sie nahm sich ein Glas Weißwein. Heute war der perfekte Abend, sich zu betrinken.

»Ich hab Baumann gefragt, warum er heute gekommen ist, obwohl doch gerade der Koban nicht zu seinem engsten Freundeskreis gehören dürfte«, riss Conny die Aufmerksamkeit wieder an sich. »Wisst ihr, was er geantwortet hat?« Sie blickte von einem zum nächsten, bis jeder in der Runde den Kopf geschüttelt hatte. Conny liebte theatralische Auftritte.

»Man kann eine wunderbare, engagierte Frau nicht dafür bestrafen, dass sie sich den falschen Ehemann ausgesucht hat.«

»Zitierst du das in der nächsten Ausgabe?«, fragte David.

Sie sah ihn belustigt an. »Darauf kannst du Gift nehmen, mein Lieber.«

Freitag, 28. Mai

15

Das Bild war dasselbe wie in der letzten Ausgabe des *Wiener Boten*. Monika lachte vergnügt in die Kamera. Birgit erinnerte sich noch gut an die Entstehung des Fotos. Es war vor einem Jahr an der Alten Donau aufgenommen worden. Sie und Monika waren dort gewesen und hatten alles Mögliche fotografiert: Enten, Bäume, die Umgebung. Monika wollte ihren Eltern zu Weihnachten ein Fotoalbum zusammenstellen: »Meine Studienzeit in Wien«.

Der Artikel über Monika im *Wiener Boten* war eine verdammte Lüge. Die Verfasserin musste sich etwas aus den Fingern gesogen haben. So war das doch? Journalisten übertrieben, verdrehten Tatsachen, bildeten sich eigene Meinungen, und ab und zu erfanden sie etwas, um die Geschichte spektakulär erscheinen zu lassen. Erst dieser Typ aus dem *Sala* und jetzt das. Wieso sollte Monika wenige Stunden vor ihrem Tod vor Gericht für einen Norbert Weninger ausgesagt haben? Davon hätte sie ihr erzählt. Sie nahm einen Schluck Kaffee und den Artikel noch einmal. Und was sollte die Behauptung, sie hätte eine Nacht mit diesem Weninger verbracht? »So ein Schwachsinn«, schimpfte Birgit und fegte die Zeitung vom Tisch.

Das ergab alles keinen Sinn.

Das Ganze brachte sie allmählich an die Grenze der Belastbarkeit. Das Gefühl, alleine nach der Wahrheit suchen zu müssen, machte sich in ihr breit. Keiner ihrer gemeinsamen Freunde, mit denen sie inzwischen telefoniert hatte, wollte sie bei ihren Recherchen unterstützen. »Lass das die Polizei machen. Die wissen, was sie tun«, war die übliche Antwort gewesen.

Wer hatte den Bericht verfasst? Sie hob den *Wiener Boten* wieder auf und suchte den Namen der Verfasserin.

Sarah Pauli.

Sie notierte sich den Namen. Danach suchte sie im Impressum nach der Telefonnummer des *Wiener Boten*. Es dauerte lange, bis sie die Journalistin endlich an den Apparat bekam. Einen Augenblick dachte sie daran, wieder aufzulegen. Es machte keinen Sinn.

»Pauli.«

Sag etwas!

»Hallo? Wer ist da?« Die Stimme der Journalistin klang ungeduldig.

Birgit nahm all ihren Mut zusammen. »Haben Sie den Artikel über Monika Billich verfasst?«

»Ja. Ist etwas damit?«

»Was Sie da schreiben, stimmt nicht.«

»Wie stimmt nicht? Mit wem spreche ich?«

Sie zögerte. »Mein Name ist Birgit Pohn. Ich bin …«, Birgit schluckte, »… war ihre beste Freundin.«

Einige Sekunden herrschte Schweigen am Ende der Leitung, dann sagte die Journalistin: »Können wir uns treffen? Ich würde gerne mit Ihnen über Monika reden.«

Birgit überlegte. Sollte sie sich mit einer Journalistin treffen? War das klug? Sarah Pauli zu treffen, gehörte nicht zu ihrem Plan.

»Ich will nicht in der Zeitung stehen.«

»Müssen Sie auch nicht. Wo sind Sie gerade?«

»Zu Hause«, sagte Birgit leise. War es vielleicht doch ein Fehler gewesen anzurufen? Was wollte diese Frau mit ihr besprechen? Noch hatte sie die Möglichkeit, einfach aufzulegen.

»Keine Angst. Ihr Name taucht nicht in der Zeitung auf, wenn Sie das nicht wollen. Schauen Sie, es ist noch nicht einmal gesagt, dass ich eine weitere Geschichte schreibe. Ich möchte nur mit Ihnen plaudern, wissen, was für ein Mensch Ihre Freundin war.«

Sollte sie ihr glauben?

»In einer halben Stunde?«, hakte Sarah Pauli nach. »Im Café Ritter auf der Mariahilfer Straße? Kennen Sie das? Ich kann auch zu Ihnen kommen, wenn Ihnen das lieber ist.«

»Ja.«

»Was ja?«

»Ich kenne das Café Ritter.«

»Gut. Dann treffen wir uns dort in einer halben Stunde.«

Als Sarah auflegte, fiel ihr ein, dass sie nicht wusste, wie Birgit Pohn aussah. Einerlei. Sicher würde sie die Frau erkennen. Sie speicherte den Artikel, an dem sie gerade schrieb, und steckte einen Block in ihre Tasche. Die Frau am Telefon hatte unsicher und ängstlich geklungen. Der Tod der besten Freundin musste sie in die Verzweiflung treiben. Sarah konnte nachfühlen, was Birgit Pohn empfand. Einen ähnlichen Schmerz hatte sie empfunden, als ihre Eltern tödlich verunglückt waren.

Ihre Trinkerei bei der Gala war nicht ohne Folgen geblieben. Als sie ein Aspirin in Wasser auflöste, steckte Kunz seinen Kopf zur Tür herein. »Gratuliere! Die Kolumne über die Katzen ist dir sehr gut gelungen. Das wird unsere Leser begeistern. Ich wusste nicht, welch mystische Wesen das sind. Ich dachte, die liegen nur auf Sofas rum.«

»Da siehst du, man lernt nie aus. Danke für das Lob, es hat Spaß gemacht.«

»Kopfschmerzen?« Er zeigte auf das Wasserglas und grinste.

»Ein falsches Wort, und du bist tot, mein Lieber.«

»Wenn man's nicht verträgt, sollte man's bleiben lassen.«

Sarah nippte am Glas.

»Was bringst du nächste Woche?«

»Mal sehen. Die Entstehung des Eides hatten wir ja schon. Vielleicht nehm ich mir die Finger oder die Wochentage vor. Den Dienstag zum Beispiel. Ist spannend. Glaub mir! Oder hast du gewusst, dass der Name Dienstag vermutlich auf den Kriegsgott Mars Thingsus zurückgeht? In manchen Gegenden sagt man heute noch Ertag. Diese Bezeichnung stammt von dem griechischen Kriegsgott Ares ab.« Sie lächelte herausfordernd.

Kunz deutete auf ihre Ohrringe. »Du weißt schon, dass dich deine Chilis nicht vor erzürnten Kriegsgöttern schützen.«

Sarah griff an ihr Ohr. »Aber gegen böse Chefs«, antwortete sie mit tiefer Stimme. »Also pass gut auf, wie du mich anschaust.«

Kunz wurde ernst. »Ich will, dass du die Sache sofort ruhen lässt, falls sie gefährlich werden sollte. Kein Artikel dieser Welt ist es wert, sich dafür in Lebensgefahr zu begeben. Misch dich auf keinen Fall in Dinge ein, die dir eine Nummer zu groß sind.«

»Was meinst du mit einer Nummer zu groß?«

»Du bist keine Enthüllungsjournalistin.«

»Ich habe ihre Finger auf den Schreibtisch bekommen. Wie soll ich mich da raushalten? Verrätst du mir das?« Sarah leerte das Glas in einem Zug, stand auf und drängte sich am Chef vom Dienst vorbei in den Flur. »Ich treff mich jetzt mit der besten Freundin unseres Mordopfers auf einen Kaffee.« Warum war sie so wütend? Sie wollte keine Enthüllungsjournalistin sein. Und doch hatte sie Herberts Bemerkung verletzt. Verdammt noch mal! Sie war gut in ihrem Job. Sie drehte sich um. Kunz stand im Gang und schaute ihr nach.

»Ich pass auf mich auf. Versprochen«, rief sie versöhnlich über ihre Schulter zurück. »Mein nächstes Thema wird die Hand.« Das hatte sie soeben beschlossen.

Er schüttelte den Kopf, drehte sich um und ging in die andere Richtung davon.

Der Himmel über Wien zeigte sich wolkenlos. Die Sonne wärmte. Es war ein Tag für Einkaufswütige auf der Suche nach aktueller Frühjahrsmode, für Straßenkünstler und für Gastgärten.

Sarah fand keinen leeren Tisch vor dem Café Ritter. Im Kaffeehaus wählte sie einen Fensterplatz im Nichtraucherbereich, der Bar gegenüber. Sie legte die aktuelle Ausgabe des *Wiener Boten* demonstrativ auf den Tisch in der Hoffnung, dass Birgit Pohn dies als Zeichen erkennen würde, bestellte bei einem der Kellner eine Melange und wartete.

Sie kam gern zu früh zu Treffen. Das gab ihr die Gelegenheit, sich in Ruhe auf ein bevorstehendes Gespräch einzustellen und ihre Aufregung in den Griff zu bekommen. Heute gelang ihr das nicht. Sie war hochgradig nervös. Was, wenn diese Birgit Pohn nicht kam? Sie hatte verabsäumt, sie nach ihrer Telefonnummer zu fragen. Wobei die Telefonzentrale der Redaktion die Nummer sicher in der Telefonliste gespeichert hatte. Sie tastete mit den Augen die Menschenmassen vor dem Café ab. Vom Platz aus erhaschte sie nur einen schmalen Blick auf die Mariahilfer Straße, auf den Zugang zur U3 und den davorliegenden Platz. Besser, sie behielt den Eingang im Auge.

»Sarah Pauli?« Sie erschrak. Neben ihr stand eine junge Frau, mittelgroß, zierlich, mit großen blauen Augen und einem scheuen Blick. »Ich bin Birgit Pohn.«

Sie reichten einander die Hand.

»Freut mich, dass Sie gekommen sind.«

Birgit Pohn starrte auf den Boden. »Eigentlich wollte ich nicht, aber es geht schließlich um Monika.« Sie nahm auf der Lederbank Sarah gegenüber Platz. Der Kellner kam, und Birgit Pohn bestellte ein Mineralwasser. In diesem Moment hielt der 14 A vor ihrem Fenster, Leute stiegen aus dem Bus, andere stiegen ein. Schweigend beobachteten sie die Prozedur, bis der Bus weiterfuhr und den Blick wieder freigab.

»Wird morgen wirklich nichts über unser Gespräch in der Zeitung stehen?«, fragte Birgit Pohn misstrauisch.

Sarah schüttelte den Kopf. »Sicher nicht.« Dass sie an einer anderen Story recherchierte, die unmittelbar mit Monika Billich im Zusammenhang stand, verschwieg sie. Genauso wenig erwähnte sie die abgetrennten Finger. Es passte einfach nicht hierher. Vielleicht würde sie ihr später davon erzählen, vielleicht auch nie.

Birgit Pohn atmete erleichtert auf. »Es tut verdammt weh, über die Ermordung meiner besten Freundin immer und immer wieder lesen zu müssen. Die Behauptungen und Spekulationen …« Sie beendete den Satz nicht und starrte die Marmorplatte des Kaffeehaustisches traurig an. »Ich wünsch mir so sehr, dass ich aufwache und dass alles nur ein Alptraum war. Verstehen Sie? Wie kann so etwas Schreckliches passieren?«

Sarah verstand. Nach dem Tod ihrer Eltern war es ihr

ebenso ergangen. Der Verlust eines geliebten Menschen hinterließ eine tiefe Wunde, die sehr langsam heilte und sich niemals ganz schließen würde. Sarah griff nach Birgit Pohns Hand, die auf dem Tisch ruhte. Die Studentin ließ es geschehen. »Sie haben am Telefon erklärt, dass in meinem Artikel etwas nicht stimmt. Was genau meinten Sie?«

Das Wasser wurde gebracht. Sarah ließ Birgit Pohns Hand los. Die junge Frau strich mit beiden Händen über ihre Jeans. »Die Sache mit der Gerichtsverhandlung und diesem … wie hieß dieser Kerl noch mal?«

»Weninger. Norbert Weninger«, half Sarah.

»Ich bin mir hundertprozentig sicher. Monika kannte keinen Norbert Weninger.«

»Das kann nicht stimmen. Sie hat vor Gericht für ihn ausgesagt, unter Eid.«

»Ich verstehe nicht, warum sie das getan hat.« Birgit Pohn machte eine kurze Pause und starrte wieder auf die Marmorplatte des Tisches. »Sind Sie sicher, dass sie das getan hat?«

»Absolut sicher.«

Birgit Pohn sah Sarah an. »Ich bin mir absolut sicher, dass sie es nicht getan hat.«

»Es ist belegt, dass sie vor Gericht ausgesagt hat.«

»Waren Sie dabei?«

»Nein. Aber …«

»Sie war es nicht«, unterbrach Birgit Pohn.

»Wie meinen Sie das?«

»Ich meine, dass nicht Monika vor Gericht stand. Vielleicht hat jemand anders ausgesagt, unter ihrem Namen.«

Sarah schüttelte den Kopf. »Wieso hätte das jemand tun sollen? Außerdem ist das unmöglich. Die Identität eines Zeugen wird bei Gericht überprüft.«

»Ausweise kann man fälschen«, widersprach die Studentin.

»Die Anwältin der Gegenpartei hat mir versichert, dass die Zeugin Monika Billich war.«

Birgit Pohn machte einen langen Schluck, setzte ab, behielt das Glas in der Hand, wischte mit dem Daumen über den Rand. Sie fühlte sich offensichtlich nicht wohl in der Situation. »Hat sie Monika gesehen?« Pause. »Ich meine, als sie tot war?«

Diese Frage konnte Sarah nicht beantworten, obwohl sie sicher war, dass österreichische Anwälte eher selten ins Gerichtsmedizinische Institut fuhren, um die Leiche einer Zeugin der Gegenpartei zu sehen.

»Denn wenn sie die Leiche gesehen hätte, wäre ihr sicher aufgefallen, dass die Person vor Gericht nicht Monika war.«

Sarah hatte das Gefühl, in einem schlechten Film zu sein. In Gedanken fasste sie zusammen. Jutta Baumann klagte Norbert Weninger der Vergewaltigung an. Weninger behauptete, in besagter Nacht mit Monika Billich zusammen gewesen zu sein. Monika Billich bestätigte das vor Gericht. Nun tauchte eine Freundin auf und behauptete, dass Monika Billich Norbert Weninger nicht gekannt habe. Mehr noch, sie stellte sogar die These auf, dass jemand anderes sich als ihre Freundin ausgegeben hatte. Irgendetwas stimmte hier nicht. Konnte es sein, dass Birgit Pohn von Baumann geschickt worden war?

Der Kellner kam erneut vorbei, und sie bestellten beide einen weißen Sommerspritzer.

Birgit Pohn lächelte bitter. »Das verwirrt Sie, oder?«

»Etwas. Ich glaube nicht, dass jemand anderes als Ihre Freundin vor Gericht stand.«

»Sie hätte es mir erzählt.«

»Vielleicht war's ihr peinlich. In einem Vergewaltigungsfall auszusagen, ist sicher keine lustige Angelegenheit. Auch wenn man nicht selbst das Opfer ist«, setzte Sarah nach.

Der Kellner brachte die weißen Gespritzten.

»Trotzdem hätte sie's mir erzählt«, beharrte Birgit Pohn. »Sie ist ... war meine beste Freundin. Sie hat mir immer alles erzählt.«

Auch beste Freundinnen verschweigen manchmal etwas. Darüber wollte Sarah mit Birgit Pohn nicht diskutieren.

»Wie erklären Sie sich dann die Sache mit Norbert Weninger?«, tastete Sarah sich vorsichtig an die neue Version der Geschichte heran.

»Sie wird in Oberösterreich begraben«, schweifte die junge Frau ab. »Ich hab mit ihren Eltern telefoniert. Ich werde hinfahren.«

»Das ist gut. Man muss sich verabschieden. Das ist wichtig. Wissen Sie schon, wann die Beerdigung sein wird?«

Schweigen. Gib ihr Zeit! Nicht drängen.

»Sobald Monika von der Gerichtsmedizin freigegeben wird. Ihre Eltern hoffen, dass das bald sein wird.« Wieder Schweigen. »Sie hat mir etwas von einem tollen Job erzählt.«

»Was für ein Job?«

»So genau weiß ich das auch nicht.« Birgit Pohn runzelte die Stirn. »Schreiben Sie das?«

»Nein.« Sarah sah ihr fest in die Augen.

»Sie hat mir erzählt, dass sie dabei 5000 Euro verdienen würde.«

»Wissen Sie, was für ein Job das war?«

Birgit Pohn schüttelte verzweifelt den Kopf. Ihre Augen füllten sich mit Tränen. »Sie wollte nach Australien.«

Sarah griff nach ihrer Hand, drückte sie fest.

5000 Euro.

Das Geld. Die Finger. Der Nebel lichtete sich ein wenig. Baumann hatte also die Wahrheit gesagt. Monika Billich sagte tatsächlich für Weninger falsch aus und kassierte dafür 5000 Euro. Das erklärte noch nicht, warum die junge Frau sterben musste. Hatte sie Weninger gedroht, die Sache auffliegen zu lassen? Oder hatte Weninger nie vorgehabt, die Summe auszuzahlen?

»Wissen Sie, wo Ihre Freundin die Nacht vom 24. auf den 25. Februar verbrachte?«

»So aus dem Gedächtnis heraus? Nein. Ist das wichtig?«

»Das ist die Nacht, in der sie angeblich mit Weninger geschlafen hat.«

Birgit Pohn sah sie ungläubig an. »Sagt wer?«

»Ihre Freundin vor Gericht.«

»Ich hab Ihnen doch gesagt, dass das niemals Monika war.«

»Nehmen Sie einfach mal an, dass sie es doch war.«

»Kann ich nicht.«

»Bitte.«

»Gut. Was soll ich tun?«

»Schauen Sie auf Ihrem Kalender nach! Vielleicht gibt es einen Eintrag, der beweist, dass Monika zu dieser Zeit woanders war.«

»Okay. Versprechen Sie sich aber nicht zu viel. Normalerweise trage ich Monikas Termine nicht in meinen Kalender ein, und ihre Sachen sind bereits nach Oberösterreich zurückgeschickt worden.«

»Vielleicht könnten Monikas Eltern im Kalender Ihrer Freundin nachsehen.«

»Okay«, willigte Birgit Pohn ein.

»Gibt es noch andere Freunde, mit denen ich über Monika reden kann? Vielleicht weiß jemand etwas.«

»Monika hatte nicht viele Freunde. Wenn jemand etwas weiß, dann bin ich das«, schloss die Studentin.

In der Redaktion erwartete man Sarah bereits.

»Du sollst in Davids Büro kommen. Stein ist da«, empfing sie der Portier. Sarah verzichtete wie üblich auf den Lift und eilte die Treppen nach oben.

Gabi versprühte gute Laune. Sie war noch immer aufgekratzt vom Vorabend. Sarah mochte ihr die Stimmung nicht vermiesen und stimmte kurz in den schwärmerischen Tenor ein, bevor sie Davids Büro betrat. Die beiden Männer saßen vor Davids Schreibtisch und tranken Kaffee. Auf dem Tisch lag Sarahs Artikel aufgeschlagen.

»Schön, dass du da bist.« David hob die Augenbrauen und lächelte Sarah zu, was so viel heißen sollte wie: »Ich hab's doch gewusst. Dich treibt die Neugier.« Sie vermied es, ihn anzusehen. Seine dunklen Augen brachten sie um den Verstand, und der Schmerz ob seiner Begleitung saß tief. Schnell, ermahnte sie sich stumm. Widder. Negative Eigenschaften: vorherrschendes Ichgefühl, nicht anpassungsfähig. Es half nicht. Das Herzleid saß zu tief.

»Ich wollte Ihnen nur sagen, dass wir die Finger mit den anderen sterblichen Überresten von Monika Billich nach Oberösterreich schicken«, riss Stein sie aus ihren Gedanken.

Das hätte er, dienstlich gesehen, nicht tun müssen, jedoch schien es ihm ein Anliegen zu sein, ihr Bescheid zu geben. Harte Schale, weicher Kern, schoss es Sarah durch den Kopf. Außerdem sei er unterwegs zu einer Freundin der Verstorbenen, einer gewissen Birgit Pohn, erklärte er weiter. Sie habe das Mordopfer als vermisst gemeldet, vier Tage bevor die Tote gefunden wurde.

»Ich habe mich heute Morgen mit Birgit Pohn getroffen.«

Die beiden Männer sahen sie erstaunt an. »Sie hat sich aufgrund des Artikels bei mir gemeldet und mir erzählt, dass Monika Billich angeblich einen Job angenommen hat, der ihr 5000 Euro einbringen sollte.« Dass Monika Billich laut Aussage ihrer Freundin Norbert Weninger nicht gekannt hatte, erwähnte sie nicht. Vielmehr dachte sie an ihre Geschichte. Sie musste noch vor der Polizei mit Weninger sprechen.

»Wieso haben Sie sie getroffen?«

Sarah zuckte mit den Achseln. »Neugier?«

David grinste, drehte sich um und sah aus dem Fenster. Stein wurde misstrauisch. »Verschweigen Sie mir etwas, Sarah?«

Sarah schüttelte den Kopf.

»Ich hoffe, Sie machen keine Dummheiten. Apropos Dummheiten. Der Artikel heute Morgen … da haben Sie sich weit aus dem Fenster gelehnt. Die Ermordung in einen Zusammenhang mit der Zeugenaussage zu bringen, ist ziemlich mutig.« Es klang nicht nach einem Lob.

»Das ist reine Interpretation«, erwiderte Sarah.

»Glauben Sie wirklich, dass ein Anwalt wie Koban diese Geschichte unkommentiert lässt?« Stein nahm den *Wiener Boten* zur Hand.

»Ein Kommentar ist genau das, was ich will.«

Stein schüttelte den Kopf, griff in die Innentasche seiner Jacke, zog die Postkarte hervor. »Das wollte ich Ihnen zurückgeben. Es sind jede Menge Fingerabdrücke darauf, nur verwertbar sind sie nicht. Die Karte gibt es im Handel und übers Internet, und der Stempel, mit dem das Datum aufgedruckt wurde, ist ein ganz normaler handelsüblicher Stempel. Kurzum, die Karte bringt uns keinen Schritt weiter.«

Sarah verschwieg, froh darüber zu sein. Die Karte sah über Maries Futternapf so nett aus. Ihr Handy läutete. Es war Chris. »Entschuldigung. Mein Bruder.« Sie verließ das Büro und hob bei Gabi im Vorzimmer ab. »Chris? Was gibt's?«

»Schwesterherz, ich hab etwas für dich. Heute Abend schmeißt ein Studienkollege von mir eine Party in seiner Wohnung.«

»Deswegen rufst du mich an?«

»Ja, weil du hingehen wirst.«

»Und was soll ich dort?«

»Du wirst jede Menge Spaß haben.« Er ließ diese Behauptung eine kurze Zeit wirken. Wartete offensichtlich auf Sarahs Reaktion.

»Warum werde ich Spaß haben?«, gab sie schließlich genervt nach.

»Weil Norbert Weninger dort sein wird.«

»Weninger? Wirklich? Wann?«

»Ab zehn. Heumühlgasse.«

»Das ist ja beim Naschmarkt.«

»Richtig. Und weil ich ein netter Kerl bin, nehm ich dich mit.«

16

Nachdem sie vom Café zu Hause angekommen war, rief Birgit in der Kanzlei Koban & Behrens an. Die Sekretärin wollte sie nicht durchstellen, nachdem sie erwähnt hatte, dass sie in der Angelegenheit Monika Billich anrief. »Doktor Koban ist in einer Gerichtsverhandlung«, behauptete sie mit Betonung auf dem Wort Gericht. Schließlich ließ Birgit dem Anwalt ausrichten, dass Monikas Aussage für Norbert Weninger eine Lüge gewesen sein musste, warum auch immer. Sie habe Beweise dafür, wenngleich auch keine logische Erklärung.

»Welche Beweise?«, hatte die Sekretärin gefragt. Birgit gab ihr keine Antwort darauf, weil sie keine richtigen Beweise hatte.

»Das möchte ich Doktor Koban persönlich sagen.«

Die Sekretärin versprach, ihn sofort nach seiner Rückkehr vom Gerichtstermin über Birgits Anruf zu informieren. Wieder betonte sie das Wort Gericht. Das musste ein Tick dieser Anwaltssekretärin sein. Sie, Birgit, solle ihre Telefonnummer hinterlassen, damit der Chef sie umgehend anrufen könne.

Birgit gab die Daten durch.

»Ich kann Ihnen nicht versprechen, dass Doktor Koban heute noch zurückrufen wird. Wahrscheinlich erst nächste Woche«, bemerkte die Sekretärin. Damit war das Gespräch beendet.

Einsamkeit, Schmerz und Angst, etwas zu entdecken, das man nicht wissen wollte und doch herausfinden musste, weil es einen sonst verfolgte und im schlimmsten Fall umbrachte. Birgit war verzweifelt. Das Vertrauen, die Basis einer guten Freundschaft, bekam plötzlich einen Riss, und sie begriff, dass sie gerade dabei war, das Ansehen ihrer Freundin zu beschmutzen.

Doch der Wunsch, die Wahrheit herauszufinden, war größer.

Nach dem Telefonat mit Kobans Kanzlei kotzte Birgit sich die Seele aus dem Leib. Die Gerichtsverhandlung ging ihr nicht mehr aus dem Kopf. Warum sollte Monika für diesen Weninger ausgesagt haben, und wann sollte sie mit ihm geschlafen haben? Vom 24. auf den 25. Februar. Sie suchte das Datum im Kalender. Kein Eintrag. Männergeschichten hatten sie sonst immer miteinander besprochen. Nächtelang. Monika verliebte sich manchmal sehr spontan und leider leicht mal in die falschen Kerle. Sie hatte Birgit von jeder Affäre, jeder noch so kindischen Verliebtheit und jedem One-Night-Stand berichtet. Warum diesmal nicht?

Die Journalistin rief an und teilte ihr mit, dass ein Inspektor Stein zu ihr unterwegs war. »Außerdem wollte ich fragen, ob Sie mich heute Abend auf eine Studentenparty begleiten. Dieser Weninger soll angeblich dort auftauchen.«

Norbert Weninger. Der Name hatte sich inzwischen in ihr Hirn eingebrannt. Sie saß vor dem Computer, öffnete die Suchmaske, gab den Namen ein und klickte auf Bilder im Web. Wie sah er aus? Wer er war, hatte sie inzwischen recherchiert. Ein aalglatter Schnösel aus Döbling. Niemand, der Monika ernsthaft interessiert hätte. Ein Sohn aus so genanntem gutem Hause. Der Vater ein bekannter Architekt, die Mutter Galeriebesitzerin. Natürlich studierte Sohnemann ebenfalls Architektur, dazu Kunstgeschichte. Das Internet rief mehrere Seiten auf. Der Typ war ziemlich aktiv, so gut wie auf jeder Party. Birgit musste zugeben, dass er nicht schlecht aussah, groß, schlank, dunkelblond. Dennoch, sein Blick war kalt. Mit dem wäre Monika niemals ins Bett gegangen. »Die Augen müssen die gleiche Sprache sprechen wie der Körper«, hörte sie die Stimme ihrer Freundin. »Wer ein Lächeln fälscht, spannt den großen Jochbeinmuskel an. Dadurch heben sich zwar die Mundwinkel, aber die Augen lächeln dabei nicht«, hatte ihr Monika erklärt. Lügnerische Herzlichkeit.

Es läutete.

Birgit fuhr den Computer herunter und ging langsam zur Gegensprechanlage. Sie bekam plötzlich Angst. Was, wenn der Typ aus dem *Sala* vor der Tür stand und nicht der angekündigte Polizist? Was, wenn die Haustür nicht geschlossen war und er vor ihrer Wohnungstür stand? Sie zögerte. Es läutete noch einmal, länger, nachdrücklich.

»Ja?«

»Frau Pohn?«

»Ja.«

»Chefinspektor Stein. Bundeskriminalamt. Ich würde gern mit Ihnen sprechen.«

Instinktiv drückte sie auf den Türöffner, und wenig später stand ein mittelgroßer Mann mit kahlem Kopf in Jeans und grauem Hemd vor ihr und hielt ihr seinen Ausweis unter die Nase. Sein stoischer Blick ruhte auf ihr, so als würde er in ihrem Gesicht lesen.

»Darf ich reinkommen?«

Birgit trat einen Schritt beiseite. Sie schloss die Tür hinter ihm und ging vor in die Küche.

»Kaffee?«

»Nein danke. Ich habe heute schon zu viel davon gehabt. Ich halte Sie auch gar nicht lange auf.«

»Vielleicht ein Häferl Tee? Ich hab grad grünen aufgebrüht.« Sie reichte ihm eine Tasse. Stein nickte und nahm sie entgegen. Während Birgit an ihrem Tee nippte, sprach der Kriminalinspektor sie auf die 5000 Euro an. Die Polizei fand diesen Betrag weder auf dem Konto noch in bar in ihrem Zimmer, noch trug sie das Geld bei sich, als sie gefunden wurde. »Hatte sie das Geld denn schon bekommen?«

Birgit zuckte mit den Schultern. »Das weiß ich nicht. Sie hat's mir gegenüber nur ein Mal erwähnt. Ich weiß weder, woher sie es erhalten sollte, noch wann. Fakt ist, dass sie an dem Abend, als sie ermordet wurde, mit mir feiern wollte.« Ihre Augen füllten sich mit Tränen. Sie riss mit der freien Hand ein Stück von der Küchenrolle ab und tupfte sich die Augen. »Vielleicht hatte sie das Geld bei sich, und jemand hat sie beobachtet, wie sie es einsteckte … so was liest man doch ständig in der Zeitung.«

»Möglich.« Stein stellte die Tasse auf der Anrichte ab, ohne einen Schluck davon getrunken zu haben.

»Glauben Sie, dass sie wegen des Geldes sterben musste?«

»Wir wissen es nicht«, gab Stein zu.

»Haben Sie einen Verdacht?«

»Auch diese Frage kann ich Ihnen nicht beantworten. Wir führen Gespräche, ermitteln in verschiedene Richtungen und gehen Hinweisen nach.«

»Hinweise? Sie bekommen Hinweise?«, fragte Birgit ungläubig und entrüstet zugleich. Wer konnte mehr über Monika wissen als sie, ihre beste Freundin? »Von wem?

Wenn jemand Monika kannte, dann wohl ich. Sie hatte keinen Freund.«

»Warum erzählen Sie mir das?« Wieder dieser stechende Blick. Der Mann war Birgit unheimlich.

»Weil im Radio oder im Fernsehen«, stammelte Birgit, »ich weiß es nicht mehr genau … da wurde von einer Beziehungstat gesprochen. Monika hatte aber zurzeit keinen Freund.«

»Ganz sicher?«

»Ganz sicher«, antwortete sie und versuchte, seinem Blick standzuhalten. Denn so sicher war sie sich plötzlich nicht mehr. Nichts war mehr sicher.

»Sie hatte kurz vor ihrem Tod Geschlechtsverkehr.«

»Vergewaltigt?« Birgit sah ihn überrascht an.

»Nein. Keine Vergewaltigung. Können Sie sich vorstellen, mit wem Ihre Freundin geschlafen hat?«

Noch immer sprachlos schüttelte Birgit Pohn den Kopf. »Nein«, krächzte sie heiser. »Gibt es da nicht so was wie eine DNA?«

»Erstens wird nicht automatisch die gesamte Bevölkerung mittels DNA im Polizeicomputer erfasst«, erklärte er sichtlich amüsiert. »Zweitens gab es leider keine verwertbaren DNA-Spuren.«

*

Koban versuchte seit den frühen Morgenstunden zu arbeiten. Er musste sich endlich auf den nächsten Fall konzentrieren. Es gelang ihm nicht. Er lümmelte hinter dem Schreibtisch herum und sinnierte vor sich hin. Sein Geist war zu träge und sein Körper zu müde, um etwas Brauchbares zustande zu bringen. Seine Gedanken hingen fest, drehten sich immer nur um das eine.

Baumann hatte am Vorabend keine drei Sätze mit ihm

gesprochen, ihn ignoriert. Dafür hatte er Silvia hofiert, wann immer sich Gelegenheit dazu bot. Außerdem war Koban aufgefallen, dass Baumann das Herrenparfum trug, nach dem Silvia gerochen hatte, als sie angeblich von dem Meeting mit ehrenamtlichen Mitarbeitern nach Hause gekommen war. Dennoch konnte er sich nicht vorstellen, dass Silvia Baumanns Ziel sein sollte. Sie als weitere Trophäe seiner Sammlung zuzuführen, brauchte keine Leiche, sondern nur etwas Einfühlungsvermögen, schöne Worte und Zärtlichkeit. Ein anderes Ziel von Baumann leuchtete ihm hingegen deutlich ein: Er wollte ihn ruinieren. Doch warum er deshalb einen Mord begehen sollte, ging Koban nicht in den Kopf. Nur wegen eines läppischen Gerichtsurteils? Er schüttelte den Kopf. Zweifellos schätzte er den Mann falsch ein. Blieb die Frage, wie Baumann es anstellen wollte, ihm den Mord in die Schuhe zu schieben. Denn zu welchem Zweck sonst sollte dieses Verbrechen dienen? Die Polizei brachte ihn bisher weder in Verbindung mit dem Mord noch mit der Strafhandlung, die er, Koban, wirklich begangen hatte. Was sollte diese Inszenierung am Naschmarkt bringen, wenn niemand wusste, dass die Botschaft ihm galt?

Niemand, außer ihm selbst.

War Zermürbung die Taktik?

Mussten noch andere sterben?

Er starrte auf den Bildschirm seines Computers und begann erneut, die Verteidigung für den nächsten Fall vorzubereiten. Sinnlos. Er fühlte sich wie ein Soldat im Versteck, der auf die nächste feindliche Panzerbrigade wartete, die ihn überrollen würde. Ihn packte die Verzweiflung. Zum ersten Mal in seinem Leben nahm er eine passive Position ein. Gewöhnlich war er es, der sein Umfeld manipulierte. Der Gedanke, nicht aktiv in das Geschehen eingreifen zu können, sondern auf den nächsten Schritt eines unbekannten Widersachers warten zu müssen, machte ihn ganz krank. Er begriff, dass er im Grunde niemanden hatte, mit dem er über Probleme reden konnte. Sein soziales Umfeld bestand aus Geschäftspartnern, Gegnern oder Mandanten. Bei denen zählte nur der Erfolg. Niemand von ihnen wollte mit privaten Dingen oder Schwierigkeiten konfrontiert werden. Freunde im herkömmlichen Sinn gab es in Kobans Leben nicht. Dafür gab es viele Mitmenschen, die ihm einen Gefallen schuldig waren oder zumindest seine Meinung und seinen guten Ruf innerhalb der Branche schätzten. Manche hatten auch einfach nur Angst vor ihm. Diese Verbindungen galt es, klug zu nutzen. Er griff zum Telefon.

Die Ernüchterung folgte auf dem Fuß. Entweder ließen sich seine Verbündeten von ihren Sekretärinnen verleugnen, oder sie gaben vor, nichts zu wissen, was Koban weiterhelfen konnte. Ihm wurde geraten, nicht in allen Ecken und Enden Verschwörungen zu sehen, sich mal freizunehmen, auszuspannen.

Gegen halb elf verließ er die Kanzlei. Im Vorbeigehen informierte er seine Sekretärin, dass er erst am Nachmittag zurückkehren würde. Ihm war bewusst, dass sie die Lüge dahinter sofort erriet. Seine Sekretärin war schlau und wusste über das Verhältnis mit Dagmar Bescheid, da war er sich sicher. Es blieb dennoch ein unausgesprochenes Geheimnis zwischen ihnen. Sie drückte ihm kommentarlos den *Wiener Boten* in die Hand. »Seite neun.«

In der Garage stieg er in den Porsche und schlug die Seite auf. Seine Sekretärin hatte den Artikel rot umrandet. Diese Journalistin war klug genug, eine direkte Verbindung zwischen Mord und der Verhandlung nicht offen anzusprechen, die Vermutung ließ sich zwischen den Zeilen herauslesen. Aber wer las schon zwischen den Zeilen? Der ganze Bericht war aufgeblasen und nichtssagend, auch fand er in dem ganzen Report kein Zitat von Baumann oder Dagmar. Es schien, als habe diese Pauli von den beiden auch kein Interview erhalten. Zufrieden legte er die Zeitung auf den Beifahrersitz. Er fühlte sich etwas besser. Wenn er noch eine Weile durchhielt und nichts Unvorhersehbares passierte, würde die Geschichte mit Glück bald vergessen sein. Er startete seinen Wagen. Der Klang des Motors und das Wissen, dass ihn viele um sein Gefährt beneideten, stimmten ihn milde.

Der Anruf von Birgit Pohn fiel ihm wieder ein. Was glaubte Monika Billichs Freundin zu wissen, und welche Beweise wollte sie ihm vorlegen? Er nahm sich vor, sie am Montag anzurufen. Heute hatte er keine Lust dazu, er wollte ihr auch nicht sofort seine Aufmerksamkeit schenken. Ein sofortiger Rückruf stärkte den Gegner. Außerdem hatte er im Moment keinen Nerv für Freundinnen von Mordopfern. Sie stahlen ihm wertvolle Zeit. Vom Auto aus rief er jenen Richter an, der den Fall Weninger bearbeitete. Er wollte wissen, wie das Berufungsverfahren lief. Er hoffte, dass der Richter das bestehende Urteil bestätigte und die Berufung ablehnte. Es überraschte Koban zu hören, dass dieser den Fall an einen Kollegen abgegeben hatte.

»Weshalb?«

»Es ist besser so, Karlheinz.«

»Erklär mir, warum?«

»Meine private Freundschaft zu deinem Schwiegervater.«

»Das hat bisher niemanden gestört.«

»Du sagst es, Karlheinz. Bisher. Wo kein Kläger, da kein Richter. Jetzt hat es jemanden gestört, und du weißt so gut wie ich, dass mir das als Befangenheit ausgelegt werden könnte.«

Koban seufzte.

»Und noch etwas. Soweit ich weiß, hat mein Kollege der Berufung stattgegeben. Frau Doktor Jurit hat allem Anschein nach gute Argumente eingebracht.«

»Welche Argumente?«

»Der Bescheid wird dir sicher nächste Woche zugeschickt.« Er machte eine kurze Pause, dann seufzte er laut. »Du hast dir Baumann zum Feind gemacht, Karlheinz. Das ist nicht gut, gar nicht gut. Der Mann hat Einfluss.«

»Als wenn ich das nicht wüsste. Ist dir etwas zu Ohren gekommen, was ich wissen sollte? Spuck's aus!«

Aus dem Richter war nicht mehr herauszuholen. Leider gehörte er nicht zu den Männern, die Koban einen Gefallen schuldeten.

Ohne über sein Ziel nachzudenken, war er am Naschmarkt angekommen. Er parkte seinen Wagen auf der Linken Wienzeile und ging ins Toko-Ri Sushi essen. Er fand einen leeren Tisch vor dem Lokal. Während er aß, beobachtete er die Menschen, die an ihm vorbeieilten. Ob einige von ihnen in ihm den bekannten Anwalt Koban erkannten? Es verblüffte ihn, dass er sich darüber Gedanken machte. Sein Selbstvertrauen musste dringend gestärkt werden. Er wusste auch, wie. Er sah auf die Uhr. Es war eins. Mit etwas Glück erreichte er Dagmar. Er zahlte und griff zum Handy. Auf dem Weg in die Wohnung kaufte er einen Strauß blassrosa Rosen.

*

Aufgeregt stöckelte Conny Soe durch Sarahs Bürotür. Hinterher hechelte Sissi, die versuchte, mit ihrem Frauchen Schritt zu halten. »Stell dir vor, Sarah!« Die Society-Reporterin war außer Atem. »Ich habe gerade einen Anruf bekommen.«

Sie hielt sich am Schreibtisch fest und schnappte nach Luft. Ein Anruf war nun noch lange kein Grund, in Euphorie oder Schrecken zu verfallen, schon gar nicht in einer Zeitungsredaktion. Etwas Außergewöhnliches musste passiert sein, denn so aufgeregt hatte Sarah die Löwin selten erlebt. Genau genommen nur dann, wenn ein besonderer Gast sein Kommen angesagt hatte. Connys Kleidung nach zu urteilen, war dies nicht der Fall, denn sie trug für ihre Verhältnisse ganz normale Alltagsklamotten: Jeans, weiße Tunika, Jacke im Tigerlook und die dazu passenden High Heels. Bürokleidung. Ihre mahagonirote Löwenmähne fiel wie immer offen über ihre Schultern.

»Ich hab's gewusst. Ich hab's doch gewusst!«, kam es schließlich im Brustton der Überzeugung.

»Was hast du gewusst?« Allmählich machte Conny auf Rätselkönigin, und das konnte Sarah nicht leiden. »Ich hab's euch doch gestern gesagt. Die Hände. Er hat sie berührt.«

Sarah strich eine widerspenstige Strähne aus dem Gesicht. Jetzt begriff sie. Es ging um Karlheinz Koban und diese Dagmar Jurit. »Möglich, dass das ein Zufall war«, erwiderte Sarah.

Conny schüttelte energisch ihre rote Lockenmähne. »Das war kein zufälliges Aneinanderstreichen. Er hat Jurits Hand gedrückt. Ganz kurz. Ich hab's gesehen. Und ich hab vor zehn Minuten einen Anruf bekommen. Die beiden treffen sich gerade in der Wohnung an der Wienzeile. Du weißt schon, beim Naschmarkt. Dort hab ich den Koban doch erst kürzlich zufällig gesehen.«

»Und wer hat dich angerufen?«, fragte Sarah.

»Anonym. Ein Zettel lag auf meinem Tisch, als ich von einem Termin außer Haus zurückkam. Die Telefonistin hat den Anruf entgegengenommen. Sie sagte, eine Frau sei am Apparat gewesen. Vielleicht seine eigene? Wer weiß? Irgendwann hat jede Ehefrau die Affären ihres Mannes satt und setzt sich zur Wehr.«

»Den Mann an die Presse verpfeifen ist eine komische Art, sich zur Wehr zu setzen. Findest du nicht?«

»Jeder wie er kann und wie er will.« Sie betrachtete ihre Fingernägel. Die Vermutung lag nahe, dass der Termin außer Haus bei der Maniküre stattgefunden hatte. »Und wenn's hilft«, fügte sie hinzu.

»Glaubst du wirklich, dass du die beiden jetzt in flagranti erwischst?«

Conny zuckte mit einem süffisanten Lächeln im Gesicht die Schultern. »Im Bett erwisch ich die beiden natürlich nicht. Ich hoffe, dass die Verabschiedung vorm Haus herzlich ausfallen wird. Simon ist schon vor Ort.«

»Und was brauchst du jetzt von mir?«

»Mir ist zu Ohren gekommen, dass du an einer brisanten Story recherchierst, die mit diesem Weninger zu tun hat.«

Sarah hob die Augenbrauen. Der *Wiener Bote* war ein Dorf, das bestätigte sich immer wieder.

»Jetzt wollte ich meine Geschichte mit deiner abstimmen. Ich mein, es wäre doch blöd, wenn wir beide gleichzeitig veröffentlichen und uns gegenseitig die Geschichten abschießen«, riss Conny sie aus ihren Gedanken.

»Was, wenn die Jurit und der Koban nur einen gemeinsamen Mandanten in dem Haus besuchen?«

Conny verdrehte die Augen. »Gemeinsamer Mandant.« Sie tippte sich an die Stirn. »Den Mist glaubst du selbst nicht, oder? Der Koban und die Jurit mimen seit Jahren berufliche und private Feindschaft. Ausgerechnet die beiden werden plötzlich öffentlich gemeinsame Sache machen.«

»Und da gab es nie ein Gerücht?«, hakte Sarah nach. »Wir wissen doch alle, wie schnell sich Neuigkeiten herumsprechen, irgendwer weiß immer irgendwas über irgendwen.« Sie dachte an das Gemauschel über sie und David. Jene Stimmen, die sich laut Gedanken darüber machten, warum Sarah nach Hildes Tod das Büro der ermordeten Kollegin bekommen hatte, wo ein Einzelbüro anderen, langgedienten Kollegen vor Sarah zugestanden wäre. Im Geiste hörte sie die bösen Stimmen: »Klar, wenn man mit dem Chef ins Bett geht.«

Conny schüttelte den Kopf. »Es handelt sich hier sicher nicht um ein Gerücht. Die beiden sind gute Schauspieler, haben ihr Verhältnis bis heute sehr gut geheim halten können«, antwortete Conny ungeduldig. »Ohne meine Spitzel da draußen«, sie deutete Richtung Fenster, »wäre die Sache vielleicht niemals aufgeflogen.« Ihr Gesichtsausdruck verriet die diebische Freude an der ganzen Angelegenheit.

»Im Mittelalter wärst du als Hexe verbrannt worden«, sagte Sarah. Ihr fiel augenblicklich der Volksglaube ein, dass, wenn man die Hand einer Hexe berührte, man nach deren Ableben gleichfalls hexen müsse. Vielleicht sollte sie bei Gelegenheit ganz bewusst Connys Hand berühren?

»Schon möglich. Also, wie weit bist du mit deiner Sache?«

»Noch nicht so weit, dass ich an die Öffentlichkeit kann. Ich lasse dir also gerne den Vortritt.«

Conny zeigte sich zufrieden. »Dann mach ich mich jetzt Richtung Naschmarkt auf.« Im Hinausgehen schüttelte sie amüsiert den Kopf. »Warum können diese Kerle nie ihre Hände im Zaum halten?«

Das Mysterium Hand.

Sarah hatte soeben die Headline für den nächsten Artikel zum Thema Aberglaube gefunden.

Dann schoss ihr ein anderer Gedanke durch den Kopf. Der Naschmarkt wurde zur Drehscheibe: die Leiche, Kobans Wohnung, die Studentenparty. Das alles glich einem großen Puzzle. Es passte zusammen. Man musste nur Geduld haben, und die Teile fügten sich ineinander.

Ihr Apparat am Schreibtisch läutete. Dem Klingelton zufolge ein internes Gespräch. Gabis Durchwahl leuchtete auf. Sarah hob ab.

»David will, dass du zu ihm kommst.«

»Sag ihm, ich bin außer Haus.«

»Geht nicht, er weiß, dass du da bist. Ist zufällig Conny bei dir? Sie hebt in ihrem Büro nicht ab. Sie soll ebenfalls kommen. Er will mit euch beiden reden.«

»Sie hat einen Tipp bekommen und ist zum Naschmarkt gefahren. Angeblich trifft Koban dort seine Geliebte.«

»Ist nicht wahr! Poah.« Gabi war hörbar begeistert. »Schade, dass ich nur Sekretärin bin. Warte kurz!« Sarah hörte die vertraute Musik der Warteschleife und dann wieder die Stimme ihrer Kollegin. »Kleine Sitzung um 16 Uhr in Davids Büro. Ich schicke Conny eine SMS.«

»Was will er denn?«

»Das hat er nicht gesagt.«

17

Dagmar hatte immer Zeit für ihn.

Die Anwältin traf eine halbe Stunde nach ihm ein. Er öffnete die Tür und sah ihr ernst in die Augen. Ein Blick genügte, so schien es, und sie wusste, wonach ihm der Sinn stand. Schweigend schob sie sich an ihm vorbei in die Wohnung. Er stieß die Tür zu und folgte ihr. Im Wohnzimmer stieg sie, noch immer schweigend, aus ihren Kleidern, nahm die Spange aus dem Haar, schüttelte ihre Locken zurecht, legte kommentarlos eine CD von Black Sabbath ein und ließ sich von hinten nehmen. So lange, bis er sich brüllend vor Lust in ihr ergoss. Fünf Minuten lang Gebieter sein. Er brach über ihrem Rücken zusammen und umklammerte mit seinen Händen ihren schlanken Bauch.

»Geht's dir jetzt wieder gut?«, fragte sie, während sie sich aus seiner Umklammerung löste. Er nickte schwach. Diese Frau wusste, was Sex für ihn bedeutete. Trotzdem machte sie kein Geheimnis daraus, dass ihr diese Art von Geschlechtsverkehr missfiel und sie es nur ihm zuliebe tat. Und auch nur, wenn er nicht zu oft danach verlangte.

»Ich geh rasch duschen.« Sie legte ihm ein Papiertaschentuch hin. Kurz darauf hörte er Wasser rauschen. Er trocknete sein Glied ab und wartete, bis sie aus dem Badezimmer kam, dann ging auch er sich waschen.

Dagmar Jurits Haltung hatte etwas Majestätisches, wenn sie vor ihm saß und mit ihm redete. Auch wenn sie, wie jetzt, nur ein Badetuch um ihren Körper geschlungen hatte. Vielleicht lag es auch an dem Glas Sekt, das sie in der linken Hand hielt, als wäre es ein Teil von ihr selbst. Sie machte ihn nervös. Er trug Shorts, fühlte sich nackt. Gerichtssaal und Bett. Darauf war ihre Beziehung reduziert.

Die Privatperson Dagmar Jurit kannte er kaum.

Koban ging hinter die Bar und nahm ein Mineralwasser aus dem Kühlschrank. »Der Berufung wird stattgegeben.«

»Hast du etwas anderes erwartet?«

»Wenn ich ehrlich bin, ja.«

Sie lächelte milde. »Hast wohl nicht damit gerechnet, dass es einen Richterwechsel gibt?«

»Du hättest mich warnen können.«

Sie sah ihn belustigt an. »So wie du mich davor gewarnt hast, dass deine Überraschungszeugin ein hieb- und stichfestes Alibi für deinen Mandanten vorweisen kann?«

»Wir schlafen miteinander.«

»Du weißt genauso gut wie ich, dass das eine nichts mit dem anderen zu tun hat. Schnaps ist Schnaps und Bier ist Bier. Außerdem haben wir auch vor der Verhandlung Weninger miteinander geschlafen.«

Dagmar war ihm ähnlicher, als er gedacht hatte.

»Welche Argumente willst du vorbringen, welche Beweise widerlegen?«

»Damit eins klar ist, mein Lieber. Ich werde hier und jetzt nicht mit dir über den Fall reden und dir einen Wissensvorsprung in die Hand spielen.« Sie nahm genussvoll einen Schluck und beobachtete ihn durchs Glas. »Lass dich überraschen und gratulier mir später.«

»Kannst du dir vorstellen, dass Baumann etwas gegen mich unternehmen will?« Er wandte sich von ihr ab, ging zum Fenster und sah auf den Naschmarkt hinunter.

»Bist du überrascht? Ich hab dich gewarnt, Karlheinz. Jeder findet seinen Meister. Baumann ist nicht irgendwer. Er hat Beziehungen und Prinzipien. Du wirst den Prozess in zweiter Instanz verlieren, das ist so klar wie das Amen im Gebet. Möglicherweise auch den einen oder anderen Mandanten, wenn er mit dir fertig ist. Darüber wirst du dir doch keine Gedanken machen? Das wäre ja ein ganz neuer Wesenszug an dir.«

Er drehte sich zu ihr um. »Die wenigen Mandanten, die danach in deine Kanzlei wechseln, sind mir egal. Die kann ich verkraften.« Er zuckte locker die Schultern. »Das ist das Geschäft. Der Berufung sehe ich gelassen entgegen. Du weißt, dass ich die ganze Sache wie einen persönlichen Rachefeldzug gegen meinen Mandanten aussehen lassen kann«, antwortete er streng. »Das alles ist Nebensache. Was ich meine, ist … richtig etwas unternehmen?«

Sie sah ihn erstaunt an, lachte. »Was soll er denn unternehmen? Dich umbringen?«

Koban blieb ernst. »Nein. Nicht mich. Monika Billich.«

Es schien, als müsste Dagmar Jurit diesen Namen erst zuordnen. Dann wurde sie ernst, forschte sekundenlang in Kobans Gesicht nach Anzeichen, die ihr bewiesen, dass er sie gerade auf den Arm nahm. Sie fand keine. »Blödsinn. Warum sollte er deine Zeugin umbringen? Mal abgesehen davon, dass Baumann Geschäftsmann und kein Mörder ist.«

»Ein Geschäftsmann, der seine Finger in jedem dreckigen Geschäft hat. Das weißt du genauso gut wie ich. Jemanden umbringen zu lassen, kostet ihn nur einen Anruf, und niemand würde jemals davon erfahren. Du hast soeben selbst von seinen guten Beziehungen gesprochen.«

Dagmar Jurit schwieg.

»Du weißt, dass ich recht habe. Außerdem hat er mir offen gedroht, gleich nach der Verhandlung.«

»Das passiert dir doch laufend. Seit wann nimmst du solche Äußerungen ernst? Außerdem hat er nicht dich, sondern angeblich deine Zeugin ermordet. Es hätte dich erwischen müssen, wenn man deinen verrückten Anschuldigungen folgen möchte.« Die Anwältin leerte ihr Glas, stellte es auf dem Couchtisch ab, lehnte sich zurück, schlug die Beine übereinander und musterte ihn. »Ist etwas passiert, wovon ich nichts weiß? Oder was veranlasst dich, solche Beschuldigungen auszusprechen? Bist du paranoid? So kenne ich dich gar nicht.«

»Ein Mord ist passiert. Ist das in deinen Augen nicht genug?« Warum kam er sich plötzlich wie bei einem Verhör vor?

»Du weichst mir aus, mein Lieber. Die Tote hat man am Dienstag gefunden. Seither habe ich dich wie oft getroffen? Vier Mal? Und du warst wie immer.« Sie lächelte milde. »Na ja, bis auf das eine Mal.«

Er wusste, worauf sie anspielte, spürte, wie sich seine selbstsichere Persönlichkeit veränderte. Der ehrgeizige, selbstsüchtige, erfolgreiche Anwalt verwandelte sich in ein nachdenkliches, paranoides Wesen. Plötzlich war da wieder das Arbeiterkind, das von allen ausgelacht wurde, weil es den Traum hatte, nach ganz oben zu kommen.

»Ich bin mir sicher, dass etwas vorgefallen ist. Erzähl's mir, Karlheinz! Was beschäftigt dich?« Ihre Stimme klang sanft.

»Ich weiß, dass Baumann etwas mit dem Tod der Studentin zu tun hat«, behauptete Koban fest.

Dagmar Jurit stellte ihre Beine wieder nebeneinander auf den Boden und beugte sich vor. »Du meinst das tatsächlich ernst. Sag mal!« Sie tippte mit dem Finger an ihre Stirn. »Drehst du jetzt durch?« Die Anwältin schüttelte den Kopf, als habe sie ein kleines Kind vor sich, dem sie zum wiederholten Mal erklären musste, dass man keine heiße Herdplatte berühren darf.

»Ich hoffe, du hast diesen Schwachsinn der Polizei gegenüber nicht erwähnt. Apropos, ein Inspektor Stein war heute bei mir. Ein ziemlich unangenehmer Kerl, hat mich wegen deiner Zeugin genervt.«

»Er war auch in meiner Kanzlei.«

»Und? Hast du ihm Baumann als potenziellen Täter serviert?«

Koban schwieg.

»Also gut. Spielen wir die ganze Sache einmal logisch durch. Wie kommst du auf die abstruse Idee, Baumann könnte deine Zeugin umbringen oder umbringen lassen? Was wäre das Motiv?«

Sollte er ihr von dem Foto der Leiche erzählen? Davon, dass ihr drei Finger fehlten? Was war mit den Fingern geschehen? Sie waren bis heute nicht aufgetaucht. Koban beschloss, diesen Teil nicht zu erwähnen.

»Monika Billich hat gegen seine Tochter ausgesagt.«

Dagmar stand auf und begann im Raum auf und ab zu gehen. »So gesehen wäre es denkbar, dass jeder Mensch, der in einem Prozess nach einer Zeugenaussage verliert, zum Mörder wird. Willst du mir das damit erklären?«

»Ich könnte der Nächste sein.«

»Das ist völlig idiotisch!« Ihre Stimme klang mild. Koban kannte diesen Tonfall aus dem Gericht. Da war sie plötzlich: Dagmar Jurit, die Gottesanbeterin. »Sag mal! Nimmst du irgendein Zeug? Muss ich mir Sorgen machen?«

Koban entzog sich der Antwort wie das Männchen, das befürchtete, nach der Paarung aufgefressen zu werden.

Eine halbe Stunde später verließen sie gemeinsam die Wohnung. Vor dem Haus blieb Dagmar nachdenklich stehen. Vielleicht hatte er sie doch überzeugen können, überlegte Koban. Jedenfalls sah er ihr an, dass sie über seine These nachdachte. Sie wandte sich ihm zu und küsste ihn plötzlich auf den Mund. »Auch Krisen gehen vorbei, mein Lieber.«

*

David saß hinter seinem Schreibtisch und blätterte in Unterlagen, während Herbert Kunz nervös auf und ab wanderte. Conny Soe lehnte lässig auf der Couch und lächelte zufrieden. Sissi saß neben ihr und ließ sich den Kopf kraulen. Der Triumph stand der Society-Reporterin ins Gesicht geschrieben. »Die Jurit und der Koban, wer hätte das gedacht?« Sie schüttelte den Kopf, hörte auf, dem Mops den Kopf zu kraulen. »Die beiden haben jahrelang die Erzfeinde vor Gericht gespielt, und in Wahrheit gehen sie miteinander ins Bett.« Die Society-Löwin lachte heuchlerisch. »Ob sie dort über ihre Fälle sprechen?«

»Ich hab ein bisschen im Archiv gekramt, während du unterwegs warst«, erklärte Sarah. »Die häufigsten Fälle, die die beiden ausgestritten haben, waren Vergewaltigungsfälle. Und die meisten davon hat Koban gewonnen. Der Mann scheint sehr erfolgreich in seinem Job zu sein. Wenn man seinen Werdegang verfolgt, gewinnt man den Eindruck, dass er seinen Gegnern immer um einen Schritt voraus ist.«

»Der Mann ist extrem ehrgeizig, hat sich meines Wissens von der Arbeiterklasse hochgedient. Die Hochzeit mit der Tochter des ehemaligen Außenministers brachte ihm weitere Bonuspunkte. Um fair zu bleiben, muss ich erwähnen, dass er schon sehr weit oben war. Die Heirat brachte ihm den Zugang zu neuen Mandanten und zu Kreisen, die ihm verwehrt geblieben wären. Und er war ein beliebter Interviewpartner für Medien. Der Bursche hat etwas vorzuweisen«, warf Kunz ein.

»Ich kenne solche Typen«, sagte Conny verächtlich, und jeder im Raum wusste, dass sie auf die Fotosammlung in ihrem Schreibtisch anspielte. »Einflussreich. Machtverwöhnt. Angesehene Staatsbürger. Ihre Affären sind doch nichts anderes als eine weitere Demonstration ihrer Macht. Und wir reden hier nicht davon, wer liegt oben und wer liegt unten.«

»Sondern?«

»Davon, dass einige von denen Dinge verlangen, die sie ihrer eigenen Ehefrau nicht zumuten würden. Wenn du verstehst, was ich meine?«

»Wer erzählt dir so was?«, fragte Sarah.

»Schon vergessen? Ich bin die Klatschspaltentante. Mit mir redet man nicht über Politik oder Wirtschaft. Außerdem reden Frauen mindestens genauso oft und ungeniert über Sex wie Männer.«

»Und Koban ist so einer?«

Conny fuhr sich mit den Fingern durch ihre Lockenmähne. »Das weiß ich nicht. Seine bisherigen Affären haben leider nicht aus der Schule geplaudert.«

»Woher weißt du dann, dass er Affären hatte?«

»Schatzi, so etwas weiß man. Die Leute reden, und wie wir alle hier wissen, ist an jedem Gerücht ein kleines Fünkchen Wahrheit.«

Und manchmal ist weniger dran, als die Leute hinter

vorgehaltener Hand erzählen, dachte Sarah und fragte: »Was wissen wir über die Jurit?«

»Über sie weiß ich gar nichts. Die Dame hält sich bedeckt«, gab Conny zu.

»Sie ist sehr erfolgreich im Job«, sagte Kunz. »Wenngleich es in letzter Zeit Gerüchte gibt: Angeblich läuft ihre Kanzlei nicht gut. Etwas, das überrascht, denn wenn man dem Glauben schenkt, was erzählt wird, ist ihr einziger Gegner, den sie bis dato nicht knacken konnte, Koban.«

»Na, dann hoffen wir für die Dame, dass er im Bett genauso gut ist wie vor Gericht«, kam es aus Connys Ecke.

»Wie du schon erwähntest, Conny. Ihr Privatleben hielt sie bisher bedeckt«, ergänzte Herbert Kunz.

»Keine Affären, keine Skandale. Nichts, worüber sich zu berichten lohnt«, fügte Conny hinzu. »Und wir wissen jetzt auch, warum.«

»Wird Zeit, dass wir uns das Leben dieser Dame etwas genauer ansehen. Das berufliche Leben«, fügte Sarah hinzu. »Ich werd mich darum kümmern.«

Als wäre dies das Stichwort gewesen, schob David die Schriftstücke, mit denen er sich beschäftigt hatte, zur Seite. »Die Fotos, die Simon gemacht hat, sind echt gut.« Er tippte mit dem Finger auf den Bildschirm. »Schau mal!« Sarah stellte sich hinter ihn. Auf dem ersten Bild waren Karlheinz Koban und Dagmar Jurit zu sehen, wie sie gemeinsam aus einem Haus traten. Auf dem nächsten griff sie nach seiner Hand, und danach folgte ein Kuss – und Kobans Hand auf Jurits Hinterteil. »Das wird Connys Aufhänger«, bemerkte David, während er auf das Foto tippte. »Morgen gehen wir damit raus.«

»Eine extra Society-Seite mit Fotos, ein wenig Text und einem großen Fragezeichen«, ergänzte Conny. »Das sind wir unserem Staranwalt doch schuldig, oder etwa nicht?« Sie grinste hämisch. Die Bluthündin war von der Leine gelassen.

Während Sarah die Fotos betrachtete, ging ihr ein Spruch des amerikanischen Schauspielers Rock Hudson durch den Kopf: »Ein Star ist ein Mensch, von dem alle wissen, was er gerade tut, ausgenommen seine Frau und seine Kinder.« Sarah warf Conny einen schnellen Blick zu. »Hast du ihn beschattet, oder bist du tatsächlich einem anonymen Anruf nachgegangen?« Sie konnte sich nicht vorstellen, dass es Menschen gab, die in Zeitungsredaktionen anriefen, um zu vermelden, dass ein Prominenter gerade im Begriff war, seine Frau zu betrügen. Andererseits – warum nicht? Immerhin gab es auch Mitmenschen, die freizügig über ihr Sexualleben mit Society-Reportern plauderten.

»Sagen wir beides«, gab Conny zu. »Man darf sich in so einem Fall nicht auf den Zufall verlassen, sondern muss dem Glück ein wenig auf die Sprünge helfen. Und wenn man sich ab und zu auf dem Naschmarkt herumtreibt, sieht man das eine oder andere«, gab sie kryptisch von sich.

Gib mir die Kurzfassung, dachte Sarah. Sie kannte Connys ausschweifende Erzählweise zur Genüge. Sie wollte nichts mehr von irgendwelchen Eskapaden prominenter Leute hören.

»Ich hab mich umgehört. Weißt ja, die Leute tratschen gerne.«

»Bring's bitte auf den Punkt.« David erwartete kurze Infos im Schlagzeilenstil. Lange Erklärungen waren ihm zum Glück ein Gräuel.

Conny machte ein beleidigtes Gesicht. »Karlheinz Koban ist in der Szene als Schwerenöter bekannt.«

»Das wissen wir«, behauptete David.

»Seit einem Dreivierteljahr hat er angeblich keine Affären mehr. Klar, weil er seitdem mit der Jurit rummacht, und den beiden gelang es, die Sache absolut geheim zu halten. Nicht einmal der Hauch eines Gerüchtes ging durch die Gesellschaft. Die Wohnung am Naschmarkt wurde im November vergangenen Jahres von ihm gemietet. Er hat es nicht der Mühe wert gefunden, den Mietvertrag auf einen anderen Namen laufen zu lassen. So sicher ist sich der Kerl.«

David verdrehte die Augen.

»Jedenfalls treffen sich die beiden laut meinen Informanten unregelmäßig, jedoch mehrmals die Woche. War das jetzt kurz genug?«

Sarah ging um den Schreibtisch herum und ließ sich auf einen freien Stuhl fallen. »Und was hat das alles mit mir zu tun?«

David drehte sich herum. »Wie weit bist du in deiner Sache? Können wir hier vielleicht gleich mit dem Fall Weninger nachschießen?«

Sarah sah in die Runde. »So etwas dauert. Ich kann schlecht zu Weninger hingehen und ihn bitten, ein Geständnis zu unterschreiben.«

Herbert Kunz tigerte noch immer nervös auf und ab. »Natürlich nicht. Dennoch sollten wir demnächst etwas vorlegen, nicht dass uns am Ende die Konkurrenz deine Story wegschnappt.«

Du hast nicht das Zeug zur Enthüllungsjournalistin, schoss es Sarah durch den Kopf. »Was willst du mir damit sagen?«, fragte Sarah in Herbert Kunz' Richtung.

»Die Konkurrenz schläft nicht, Sarah.«

»Natürlich werden sich die anderen vorerst auf die Affäre der beiden stürzen«, verdeutlichte David. »Aber es wird nicht lange dauern, bis jemand die Vergewaltigungssache mit Weninger noch einmal aufrollt und schneller ist als wir. Dann könnte es passieren, dass wir Zweiter sind, obwohl wir uns jetzt einen Vorsprung herausarbeiten.«

Wut machte sich in Sarahs Körper breit. »Mag schon sein … wenn wir ohne hieb- und stichfeste Beweise mit der Geschichte rausgehen … entschuldigt, Leute, dann reißt uns Koban den Arsch auf«, blaffte sie in die Runde. »Und da wir nun auch noch sein Liebesverhältnis zur Jurit auffliegen lassen, wird er uns hassen. Ist euch das klar? David?«

»Ist schon klar.« Davids Stimme blieb ruhig. »Was Herbert meint, ist, dass wir …«

»Ich weiß, was Herbert meint«, unterbrach sie den Herausgeber schroff.

Alle schwiegen.

Es gab Journalisten, die alles, was sie wussten, veröffentlichten. Ohne Rücksicht auf Verluste. Es gab nichts, was deren Meinung nach nicht veröffentlicht werden sollte. Egal welche Konsequenzen das für die Menschen, die es betraf, die Zeitschrift oder sie selbst hatte. Für Sarah war diese Einstellung anstößig. Sie wollte keinen Schnellschuss nur um der Sensation willen, nur um schneller zu sein als die anderen. Das widersprach ihrem ethischen Empfinden.

»Heute Abend werd ich hoffentlich mehr wissen«, unterbrach sie schließlich die Stille.

»Was hast du vor?«, fragte David.

»Ich gehe auf eine Party.«

18

Im Haus brannte Licht.

Die Nachbarn musste jemand vorgewarnt haben, oder man hatte sie eingeladen, denn bereits im Stiegenhaus standen etliche junge Leute, redeten, rauchten und machten jede Menge Lärm. In der Wohnung verhielt es sich nicht anders. Dort vermischten sich die Plaudergeräusche mit lauter Musik.

Die Studentenbude entpuppte sich als 150 Quadratmeter große Wohnung und Wohngemeinschaft von vier Studenten, drei Männer, eine Frau. Die Namen der drei fand sie an der Türglocke.

Birgit Pohn schien einige von den Partygästen zu kennen, sie wurde immer wieder mit Wangenküssen oder Schulterklopfen oder einer freundschaftlichen Umarmung begrüßt. Einige sprachen sie auf Monikas Tod an. Chris verschwand bald in der Menge, nachdem er einigen enttäuschten Mädels erklärt hatte, dass seine Begleitung lediglich seine Schwester sei. Irgendwann hatten sich Birgit Pohn und Sarah auf der Suche nach Norbert Weninger durch das Gewühl der ersten beiden Zimmer gedrängt. »Vielleicht ist er ja noch gar nicht hier«, bemerkte Sarah, nachdem sie ihn nirgends entdeckten.

»Fragen Sie doch Ihre Freunde nach ihm.«

Birgit Pohn streckte ihr die Hand entgegen. »Birgit.«

Sarah schlug ein. »Sarah.«

»Sich auf einer Studentenparty zu siezen ist blöd«,

bemerkte Birgit, während sie sich die Hand schüttelten. »Sonst können wir gleich allen erzählen, dass Sie ... also du Journalistin bist.«

Hände schütteln auf einer Party ist auch blöd, lag Sarah auf der Zunge. Sie schluckte die Bemerkung hinunter. Die beiden Frauen ließen einander los, und Chris drückte ihnen im Vorbeigehen zwei Bierdosen in die Hand. »Dann fällt nicht auf, dass du für diese Art von Party eigentlich zu alt bist«, hauchte er Sarah grinsend ins Ohr.

»Übrigens hab ich auf meinem Kalender nachgesehen«, meinte Birgit, »am 24. Februar hatte die Uni geschlossen.«

»Also kein Eintrag«, schloss Sarah aus der Erklärung.

»Kein Eintrag.«

»Vielleicht eine Party?«

»Partytermine schreib ich selten in meinen Kalender. Dort stehen eigentlich nur Unitermine.«

»Schade. Einen Versuch war's wert. Vielleicht fällt dir etwas ein.«

»Ja, vielleicht.« Birgit griff nach Sarahs Oberarm und hielt sie fest. »Schau mal! Dahinten steht er.« Sie deutete durch Kopfnicken in eine bestimmte Richtung. Tatsächlich. Im Nebenraum stand Norbert Weninger mit einem Glas Wein in der Hand gegen eine Wand gelehnt und redete mit einer blonden jungen Frau. Das Gespräch schien intim zu sein, denn die beiden achteten nicht auf ihre Umgebung, sondern fixierten sich mit Blicken, wenngleich Weningers Blick regelmäßig in den Ausschnitt der Frau rutschte. Ihr schien das zu gefallen, denn sie sendete typische Signale aus: Kurz mit der Zunge über die Lippen streichen, Lachen an den richtigen Stellen, Haare zurückstreichen. Der Jäger und seine Beute. Norbert Weninger umgab die Aura eines selbstgefälligen Arschlochs. Sarah konnte sich lebhaft vorstellen, wie die nächste Anbahnungsstufe aussehen würde. Das galt es zu verhindern. Immerhin musste sie mit dem Kerl ein Gespräch führen, und das würde nicht funktionieren, wenn er mit seiner Beute verschwand. Sie musste für Ablenkung sorgen. Verdammt. Wo war eigentlich Chris? Wenn man Brüder mal brauchte … In diesem Moment reichte ihr jemand eine weitere Bierdose über die Schulter. »Hab euch Mädels noch was zu trinken besorgt.« Chris drückte auch Birgit eine Dose in die Hand.

»Sag mal, willst du uns abfüllen?« Sarah stellte die Dose auf einem Regal ab. »Kennst du die Blonde?«, fragte sie und deutete in Weningers Richtung.

Chris nickte.

»Dann lass mal deinen halbitalienischen Charme raus und lenk sie ab. Ich will mit dem Typen sprechen. Allein.«

»Ist das Weninger?«

»Ja.«

Chris verdrehte die Augen und rümpfte die Nase. »Ausgerechnet. Die bringst du nicht mehr an.«

»Hast du etwa?«

Er zuckte mit den Achseln. »Sie hing tagelang im *Panorama* rum.«

»Logisch, da musstest du den Samariter spielen.« Sarah überlegte, ob ihr die Frau schon einmal in der Wohnung über den Weg gelaufen war. »Bei uns war sie nicht, oder? Denn sonst erkennt sie mich womöglich und erzählt Weninger, dass ich Journalistin bin.«

»Nein, war sie nicht. Ich erzähl auch nicht jeder, dass meine große Schwester Journalistin ist.«

»Und danach hast du sie abserviert wie die anderen? Es geht doch nichts über aufrechte Gefühle«, bemerkte

Sarah spitz. »Egal. Da musst du jetzt durch, mein Lieber. Das nennt man ausgleichende Gerechtigkeit. Man trifft sich eben immer zwei Mal im Leben und manchmal auch öfter. Denk das nächste Mal daran.«

»Schau!«, sagte Birgit. »Sie verschwindet.« Sie sahen ihr nach.

»Toilette. Das ist unsere Chance. Hast Glück gehabt, Bruderherz. Versuch sie uns dennoch vom Hals zu halten, und frag sie, seit wann sie diesen Weninger schon kennt.«

»Ist das wichtig?«

»Natürlich ist das wichtig. Jede Information ist wichtig.«

Birgit und Sarah steuerten auf Norbert Weninger zu. Sarah hatte sich nicht überlegt, wie sie den Studenten ansprechen sollte. Sollte sie ihren Beruf erwähnen?

»Auch hier?«, rutschte es ihr heraus. Toller Spruch.

Ein Lächeln huschte über Norbert Weningers Gesicht, ohne seine leicht geröteten Augen zu erreichen. Sarah konnte ihm ansehen, wie er in seinen Gehirnwindungen danach forschte, woher er sie kannte. »Wie ihr sehen könnt.« Er hatte keine passende Antwort gefunden. Sarah warf einen Blick Richtung Toilette und sah, wie Chris die Blonde ansprach. Das Lächeln in ihrem Gesicht und ihre offene Körperhaltung signalisierten Bereitschaft, mit Chris zu plaudern. Sie konnte sich doch auf ihren jüngeren Bruder und seinen umwerfenden Charme verlassen. Dennoch mussten sie schnell machen, denn Chris' Geduld ließ sich nicht überstrapazieren. Wenn er sich langweilte, würde er sie stehen lassen, war sich Sarah sicher.

Norbert Weninger bückte sich. Erst jetzt bemerkte Sarah, dass eine halbvolle Flasche Wein zu seinen Füßen stand. Er schenkte sich sein Glas voll. Sarah warf Birgit einen auffordernden Blick zu.

»Hast du das mit Monika schon gehört?«, begann Birgit.

Norbert Weninger streckte sich. »Monika?«

»Monika Billich.«

Er sah abwechselnd von Sarah zu Birgit und wieder zurück. Seine Mimik war ein einziges großes Fragezeichen. »Sollte ich die kennen?«

Birgit erklärte ihm in kurzen Worten, wer Monika Billich war und welche Rolle sie in seinem Leben gespielt hatte, gespickt mit diversen Zwischenbemerkungen und einem gefährlichen Unterton in der Stimme. Norbert Weningers Alkoholpegel war bereits so weit vorangeschritten, dass es nicht weiter verwunderlich war, dass er länger brauchte, um zu kapieren. »Ah!« Er grinste breit. Es schien, als hebe die Erinnerung den Nebelschleier, und vor seinem inneren Auge nahm die Nacht mit Monika Gestalt an. »War das die, die mir einen geblasen hat, während die andere im Badezimmer auf mich wartete?« Er grinste selbstgefällig.

Großer Gott, was für ein Arsch! Sarah sah Birgit an, dass sie knapp davor war, dem Scheißkerl sein verdammtes Glas in den Hals zu rammen. Sie würde ihr gerne dabei assistieren. Vorher brauchten sie noch eine wichtige Information für ihre Recherchen.

»Du weißt hoffentlich, von wem wir reden. Sie wurde ermordet, ihre Leiche wurde am Naschmarkt gefunden.« Sarah hatte soeben beschlossen, ihren Beruf nicht zu erwähnen. Der Kerl war kein offizielles Interview wert.

Das Grinsen verging ihm. Langsam bewegte er den Kopf auf und ab, so als müsste er darüber nachdenken, ob er nicken sollte. »Hab schon gehört, was passiert ist«, versuchte er halbwegs normal zu klingen. »Tut mir echt leid.«

»Davor hat sie doch noch für dich vor Gericht ausgesagt?« Sie klang doch wie eine Journalistin.

»Ihr Tod hat nichts mit mir zu tun. Ich kannte sie ja eigentlich nicht. Also nicht gut genug … ich hab sie ja nur ein Mal …« Er vollendete den Satz nicht. »Versteht ihr? Wir haben einfach nur Spaß miteinander gehabt. Mein Gott, wenn ich das geahnt hätte.«

Verfiel der Kerl jetzt etwa in Selbstmitleid?

»Monika war eigentlich nicht der Typ für eine schnelle Nummer zwischendurch«, bemerkte Birgit spitz.

Norbert Weninger kniff die Augen zusammen. »Was willst du mir damit sagen?«

»Nichts«, kam es unschuldig zurück.

»Wir wundern uns nur, dass sie nichts von dir erzählt hat.«

Die Verwandlung vom Arschloch zur Jammergestalt ging nahtlos ineinander über. »Ich hab ihr nichts getan, wenn ihr das glaubt.« Er nahm einen großen Schluck aus seinem Glas. »Und macht aus dem einen Mal jetzt bitte keine große Nummer. Es hat sich halt so ergeben, nichts weiter.«

Sarah hätte ihm noch gern eine reingehauen, und sie sah Birgit an, dass diese die gleiche Lust verspürte. Sie hoffte, dass Chris sich niemals so abscheulich benehmen würde. Sie warf einen kurzen Blick zu ihrem Bruder, der seinerseits zu ihr rübersah. Sein Gesicht drückte Unmut aus. Lange würde er nicht mehr durchhalten.

»Wann war das denn?«

Kurz blitzte Misstrauen in Weningers Gesicht auf. »Warum wollt ihr das wissen?«

Den Bruchteil einer Sekunde suchte Sarah nach einer

passenden Antwort. »Neugier?« Das stimmte sogar. Sie war neugierig, wollte wissen, was für ein Typ dieser Weninger war, und das Datum von ihm bestätigt haben.

»Wer seid ihr eigentlich?«

»Ich bin ihre beste Freundin.« Birgit fixierte seine Augen.

»Und ich bin ihre Freundin«, log Sarah. »Wir versuchen gerade herauszufinden, was genau passiert ist.« Sie lächelte falsch, neigte ganz leicht den Kopf nach unten und schenkte ihm einen Blick, als müsste sie ihn über Brillengläser hinweg ansehen.

»Und das wollt ihr ausgerechnet von mir wissen?«

»Du hast angeblich mit ihr eine Nacht verbracht. Stand jedenfalls in der Zeitung, und ich wundere mich halt, warum ich nichts darüber weiß«, erklärte Birgit. »Weil ich sonst alle ihre Lover kannte. Sie hat jedenfalls von allen erzählt, die es gebracht haben. Von dir hat sie nichts erzählt«, setzte Birgit noch eines drauf. »Vielleicht warst du nicht der Rede wert?«

Sein Gesicht versteinerte sich.

Bingo. Das hatte gesessen. Männer und ihr Ego. So berechenbar.

Sarah beglückwünschte Birgit wortlos.

»Also war sie doch der Typ für eine schnelle Nummer.« Weninger sah Birgit herausfordernd an. Sarahs Augen flehten Birgit stumm an: Lass ihn reden!

»Nimm's nicht so schwer«, stieg Birgit ein. »Monika war schon sehr anspruchsvoll, und so ein Quickie … mehr war's doch nicht, denk ich. Na ja, den vergisst man halt schnell.« Sie lachte versöhnlich.

Norbert Weninger plusterte sich auf.

»Was ihr nicht sagt. Und warum wollte sie dann unbedingt wenige Tage später noch ein zweites Mal?«

Sarah lächelte. Jetzt war er genau dort, wo sie ihn haben wollte. Erstaunlicherweise genoss sie das Spiel. »Vielleicht dachte sie, das erste Mal war nur eine verpatzte Generalprobe«, warf sie ein.

»Sie hat dich angerufen?«, fragte Birgit.

Norbert Weninger sah sich nach der Blonden um. Die stand noch immer bei Chris. Das Gespräch schien nett zu sein, denn sie lachte immer wieder. Möglicherweise brachte das das Fass zum Überlaufen. Weninger fasste Birgit am Ärmel und zog sie nah zu sich heran. Sein Atem roch nach Wein. »Klar hat sie mich angerufen. Und wenn du willst, zeig ich dir, wie ich es ihr besorgt hab. Vielleicht schreist du dann genauso laut wie sie.«

Birgit riss sich los und warf Sarah einen Blick zu, der sagte: Der Kerl lügt wie gedruckt. »Danke. Ich verzichte. Ich wollte eigentlich nur wissen, wann du mit ihr geschlafen hast und wo.«

»Wozu?«

Sarah lenkte die Aufmerksamkeit auf sich und zuckte mit den Achseln. »Einfach nur so, weil wir beide eine Wette laufen haben und Birgit nicht glaubt, dass ihr tatsächlich etwas miteinander hattet. Du bist so gar nicht ihr Typ.«

»Was heißt hier nicht glauben?«

»Wir glauben, dass Monika gar nicht für dich vor Gericht ausgesagt hat«, mischte sich Birgit wieder ein.

Weninger sah ungläubig von einer zur anderen. »Ihr seid doch bescheuert«, kam es heftig.

Sarah legte ihre Hand beruhigend auf seinen Unterarm. »War das nicht die Nacht vom 24. auf den 25. Februar?«

Es half. Weninger beruhigte sich und dachte nach. »Ja, sicher! Es war genau die Nacht. Auf der Party von Jutta ist es passiert. Das war am 24. Februar. Die Jutta hat ihren

Geburtstag gefeiert. Das war ein Fest … Hut ab! Irgendwann sind die Leute heimgegangen und …« Er grübelte kurz nach. »Die Monika und ich haben uns ins Schlafzimmer von Juttas Eltern zurückgezogen. Mein Gott! Was ist denn schon dabei? Die Jutta ist dann durchgedreht.« Er tippte mit dem Zeigefinger gegen seine Stirn. »Total bescheuert.«

Sarah war zufrieden. »Direkt bei Jutta Baumann zu Hause?«

»Ja, was glaubst du denn? Deshalb ist die Jutta sauer und hat mich angezeigt. Sie hat gehofft, dass ich mir sie vornehme an dem Abend. War doch schon lange hinter mir her.«

Selbstgefälliges Arschloch.

»Und das hast du nicht?«

»Nein, das hab ich nicht. Sagt mal, was genau wollt ihr von mir?«

Die Blonde tauchte neben ihnen auf. Sie drängte sich zwischen Sarah und Weninger, der sofort seinen Arm um ihre Hüften legte. Das Gespräch war beendet.

Kaum waren sie außer Hörweite, sagte Birgit: »Sag ich doch. Monika und dieses Arschloch haben sich nicht gekannt. Monika wäre niemals zu einer Party von Jutta Baumann eingeladen worden. Das war nicht ihre Welt.« Sie nickte Richtung Weninger. »Und mit dem Typen wäre Monika um kein Geld der Welt ins Bett gestiegen.«

Nicht für Geld ins Bett steigen? Auch für 5000 Euro nicht? Dieser Gedanke war Sarah nicht gekommen. Vielleicht wollte Weninger sich nach der Verhandlung auf besondere Weise bedanken und verlangte eine Zugabe vor der Bezahlung. Entweder wehrte sie sich, oder es ging etwas schief. Manchmal hatten gerade die Schönlinge ganz besondere sexuelle Vorlieben, die sie bei ihren normalen Bettgeschichten nicht ausleben wollten oder konnten, weil sich so etwas natürlich herumsprach. Jemanden dafür zu bezahlen, das verpflichtete im Normalfall zum Schweigen.

Sarah sah Birgit irritiert an.

*

Etwa zur selben Zeit durchforstete Koban gemeinsam mit Behrens das Archiv nach bestimmten Akten.

Sie brauchten nur die alten Aufzeichnungen einzusehen, von den jüngeren Fällen wussten sie auswendig, welche Gerichtsverfahren es betraf. Die Suche nach etwaigen Fehlern in den Unterlagen konnte ihm im Falle einer Hausdurchsuchung den Kopf retten. Es würde Stunden dauern. Die Kanzlei war mit Schnellheftern, Ordnern, Sammelmappen und Papieren reichlich ausgestattet. Dieses durchaus geordnete Durcheinander barg Notizen, Aufzeichnungen, Hinweise, und es galt, jedes noch so winzige Blatt Papier nach verräterischen Randbemerkungen durchzusehen. Koban wünschte, dass Behrens recht behielt und sie keine Ungereimtheiten finden würden. Dann konnte sie nur die Aussage eines Zeugen zu Fall bringen. Das Strafausmaß für sein Vergehen betrug bis zu drei Jahren Gefängnis. Im günstigsten Fall konnte er nach eineinhalb Jahren nach Hause gehen. Nur würde er dann kein Zuhause mehr haben. Keine Familie, keinen Job, keine Zukunft.

Dieser Kerl will nicht meine Frau. Er will mein Leben.

Wie stellte es sich sein Gegner vor, ihn in die Knie zu zwingen? Ermittlungen gegen einen Anwalt in die Wege leiten zu lassen, war ein mühevoller Weg. Würde er versuchen, einen Zeugen zu finden? Woher sollte Baumann wissen, wer der richtige Bürge war?

Allmählich kehrte Kobans Selbstsicherheit zurück.

Auf gut Glück geführte Telefonate mit Richtern und Anwälten, die ihm wohlgesinnt waren, brachten zwar keine Erkenntnis darüber, ob Gerüchte über ihn im Umlauf waren. Jedoch wusste er nun mit Sicherheit, dass ihn niemand mit dem Mord an der Studentin in Verbindung brachte. Auch gab es keinerlei Hinweise, dass jemand zwischen dem Mord und der Verhandlung einen Zusammenhang sah. Natürlich traute man Norbert Weninger die Tat zu. Wo genau das Motiv lag, konnte niemand eindeutig beantworten. Diese Journalistin wagte zwar einen Vorstoß, Großartiges hatte sie jedoch nicht geschrieben. Dass Monika Billich zuvor für Norbert Weninger ausgesagt hatte, wusste nun fast jeder, der sich für diesen verdammten Fall interessierte.

Vermutlich würde er in einem Jahr über seine Ängste und Bedenken lachen. Je länger er über die Sache nachdachte, desto absurder kam sie ihm vor. Da draußen rannte jemand herum, der glaubte, es mit Doktor Karlheinz Koban aufnehmen zu können. Diesen Jemand würde er zertreten wie eine lästige Wanze, auch wenn dieser Jemand Baumann hieß. Niemand würde ihm nachweisen können, dass er Zeugen für ihre Aussage bezahlt hatte. Es gab keine Aufzeichnungen, keine Belege, keinen Schriftverkehr. Auch wenn es Baumann gelingen würde, einen davon zu einer Aussage vor Gericht zu überreden. Wo blieb der Beweis, dass tatsächlich Geld geflossen war? Zufrieden mit sich selbst und seiner Arbeit schlug er die letzte Akte zu.

Kobans Handy läutete. Er hob ab und hörte laute Musik und Stimmengewirr.

»Hallo«, brüllte er.

»Hallo, hier Weninger.«

Augenblicklich sah Koban auf seine Uhr. Halb zwölf Uhr nachts. Was wollte dieser Scheißkerl um diese Uhrzeit? Hatte er etwa schon wieder seinen Schwanz nicht unter Kontrolle halten können? Diesmal würde er ihm nicht aus der Patsche helfen. Diesmal nicht!

»Was ist passiert?«, fragte Koban in bemüht sachlichem Ton.

»Diese Tussi von der Zeitung war hier.«

»Wo? Bei Ihnen zu Hause?«, zeigte sich Koban überrascht. Er wusste sofort, von welcher Tussi die Rede war.

»Nein. Ich bin auf der Party eines Freundes. Zuerst wusst ich nicht, mit wem ich da rede.« Die Musik wurde lauter.

»Was haben Sie gesagt?«, brüllte Koban ins Telefon. »Ich verstehe Sie ganz schlecht.«

Behrens sah Koban fragend an. Dieser formte lautlos den Namen seines Gesprächspartners. Behrens rollte mit den Augen.

»Diese Journalistin war hier auf der Party«, brüllte nun Weninger gegen die Lautstärke an. »Sarah Pauli. Sie hat sich als Freundin von dieser Monika ausgegeben. Ein Studienkollege von ihrem Bruder hat sie erkannt.« Seine Stimme klang aufgebracht.

»Gehen Sie verdammt noch einmal aus der Wohnung raus«, brüllte Koban. »Ich verstehe kein Wort.« Er hörte, wie sich Weninger bewegte. Es wurde hörbar leiser.

»Hören Sie mich jetzt besser?«

»Wesentlich besser. War sie allein?«

»Nein. Sie war mit einer Freundin hier.«

»Freundin? Was für eine Freundin?«, hakte Koban nach. Er kritzelte die Notiz auf einen Zettel: Die Journalistin vom *Wiener Boten* hat Weninger getroffen. Er schob das Papierstück Behrens zu.

»Sie heißt Birgit. Wie sie mit Nachnamen heißt, weiß ich nicht.«

»Birgit«, wiederholte Koban nachdenklich. »Was wollten sie?«

»Mit mir über die Nacht mit Monika plaudern.«

»Was haben Sie denen erzählt?«

»Nichts. Das Übliche. Außerdem wollten sie das Datum wissen, an dem es passiert ist.«

»Welches Datum?«

»Na wann ich mit der Billich rumgemacht hab.«

»Und?«

»Ich hab's den beiden gesagt. Ist ja kein Geheimnis.«

»Warum wollten die das Datum wissen?«, fragte Koban mehr sich selbst als Norbert Weninger.

»Das weiß ich doch nicht. Finden Sie's raus! Ich hab Ihnen gesagt, dass Sie mir die Presse vom Leib halten sollen! Ich will diese Schlampe auf keiner Party mehr sehen.«

Was stellte sich dieser Grünschnabel vor? Das Telefonat würde den Vater des Burschen eine Stange Geld kosten, nahm sich Koban vor.

»Ist Sarah Pauli Ihnen gegenüber handgreiflich geworden?«

»Nein.«

»Hat sie Ihnen gedroht?«

»Nein.«

»Hat sie sonst irgendetwas getan, was straf- oder zivilrechtlich bedenklich wäre?«

Schweigen am anderen Ende der Leitung.

»Dann kann ich nichts für Sie tun, Herr Weninger. Ich wünsche Ihnen einen angenehmen Abend. Auf Wiedersehen.«

Er legte auf. Das Gespräch war beendet. Koban fühlte sich gut. Darüber, dass dieser kleine Pisser ihn zu Fall bringen konnte, wollte er nicht nachdenken. Der Schnösel bedachte hoffentlich, dass er, wenn er die Klappe aufriss, ebenso drinhängen würde.

»Lass uns auf ein Bier gehen, Horst.«

*

Die Idee, ins *Sala* zu gehen, war Birgit gekommen, nachdem Weninger den Geburtstag von Jutta Baumann erwähnt hatte. In der Aufregung hatte sie nicht schon eher daran gedacht, und jetzt wollte sie absolute Gewissheit, bevor sie Sarah darüber berichtete.

Tim blätterte umständlich in seinem Kalender, schaute zwischendurch immer wieder auf. »24. Februar sagst du?« Er blätterte weiter. »Was willst du eigentlich genau wissen?«

»Ob da irgendwas Besonderes los war.«

»Und warum willst du das wissen?« Tims Blick wanderte vom Kalender zum Eingang des Lokals und wieder zurück zum Kalender.

»Ich versuche herauszufinden, wo Monika und ich an diesem Abend waren.«

»Aha«, entfuhr es Tim. »Spielst du noch immer Polizei?« Wieder wanderte sein Blick Richtung Eingangstür.

»Erwartest du jemanden?«

»Nein. Warum?«

»Weil du immer zur Tür schaust. Hat sich eigentlich dieser Typ wieder blicken lassen?«

Tim runzelte die Stirn. »Welcher Typ?«

»Na, der da an der Bar saß, als ich hier war und dir das mit Monika erzählt hab.«

Tim schüttelte den Kopf. »Nein, der war seitdem nicht mehr da.« Er lächelte sie verschwörerisch an. »Wieso? Hattest du was mit dem?«

»Blödsinn.«

Endlich fand Tim den gesuchten Tag im Kalender.

»Da war nichts, leider«, behauptete er schnell. Zu schnell, fand Birgit. Sie lugte über den Rand des Buches. Er klappte es wieder zu.

»Da stand doch etwas von einer geschlossenen Gesellschaft, Tim.« Sie entwendete ihm mit einer raschen Handbewegung den Kalender. »Zeig mal her!«

»Lass das, Birgit!« Tim griff nach dem Buch. Aber sie war schneller und hatte den Eintrag sofort gefunden.

»Wusste ich's doch. Was machst denn so ein Geheimnis drum? Da waren wir alle hier, eine tolle Party, dein Geburtstag.«

Tim machte ein verzweifeltes Gesicht und riss den Kalender an sich.

»Hast wohl am Finanzamt vorbeikassiert? Hallo! Ich bin's, die Birgit! Ich verrate dich nicht.« Sie schüttelte den Kopf. »Also wirklich, Tim. Ein bisschen besser solltest du mich schon kennen.«

»Wieso ist das so wichtig?«

»Weil dieser Weninger doch allen Ernstes behauptet, in genau dieser Nacht mit Monika zusammen gewesen zu sein und mit ihr geschlafen zu haben.« Sie lachte auf. »Und ich kann jetzt beweisen, dass dieser Arsch gelogen hat.«

Sie wandte sich zum Gehen. Tim legte ihr seine Hand auf die Schulter. »Was heißt das? Du kannst beweisen, dass er gelogen hat? Und wer zum Teufel ist dieser Weninger?«

»Lange Geschichte.«

Er drückte sie auf den Barhocker und ging selbst hinter die Bar. »Ich habe Zeit und bin neugierig.« Er zapfte zwei kleine Biere und stellte eines davon vor Birgit hin. »Erzähl!«

Birgit nahm das Glas und erzählte vom Treffen mit Norbert Weninger auf der Party. Dass Monika für ihn vor Gericht gelogen haben soll. Tim hörte schweigend zu. Je mehr sie erzählte, desto mehr merkte sie, wie gut ihr das Reden tat. Sie bezog auch Details mit ein und erzählte von dem Jobangebot.

Am Ende der Geschichte und zwei weitere kleine Biere später ging Tim um die Theke herum und nahm Birgit in den Arm.

»Und du glaubst, dass dieser Norbert Weninger etwas mit Monikas Tod zu tun hat?«

»Da bin ich mir absolut sicher.«

Viertel nach zwei kam Birgit nach Hause. Etwas angeheitert und mit sich selbst zufrieden zog sie sich aus und legte Pullover, Jeans und Socken über den Stuhl in der Küche. In Slip und BH schenkte sie sich ein Glas Rotwein ein. »Auf dich, Monika! Jetzt sind wir einen Schritt weiter.« Sollte sie die Journalistin gleich anrufen? Sie sah auf die Uhr, verschob dann das Telefonat auf den nächsten Tag, leerte das Glas in einem Zug, ging ins Badezimmer, putzte sich die Zähne und lag wenige Minuten später im Bett.

An Schlaf war nicht zu denken. Welches Geheimnis würde sie als nächstes lüften? Hatte sich Monika tatsächlich mit den falschen Leuten eingelassen, oder wurde lediglich ihr Name missbraucht? Warum musste sie sterben? Über all diesen Gedanken döste Birgit doch irgendwann ein. Bis sie unterbewusst ein Geräusch vernahm.

Sie fuhr erschrocken auf und hielt den Atem an. Ihr Herz klopfte. Sie lauschte in die Dunkelheit. Da war etwas an der Wohnungstür. Es klang so, als mache sich jemand daran zu schaffen, als schlage Metall auf Metall. Bleib ruhig, schrie ihre Vernunft. Sie versuchte, leise zu atmen, und schälte sich vorsichtig aus dem Bett.

Ich wünsch Ihnen viel Glück beim Überleben.

Was, wenn jemand in die Wohnung eingedrungen war, um sie umzubringen? Die Angst kroch aus dem Bauch hoch und schnürte ihr die Luft ab. Ihre Hände zitterten. Ihr Körper signalisierte zuerst Panik, dann Flucht. Dennoch blieb sie sekundenlang starr vor Angst einfach mitten im Raum stehen, hielt den Atem an und lauschte. Lieber Gott, lass mich nicht sterben, betete sie still vor sich hin. Sie musste die Polizei anrufen. Wo lag das Handy? Ihr Blick blieb an der Schlafzimmertür hängen. Sie erinnerte sich. Es lag in der Küche. Was sollte sie tun? Licht anmachen? Sich schlafend stellen? Sich verstecken?

War da noch ein Geräusch, oder spielte ihr die Einbildung einen Streich? Sie sah sich im Schlafzimmer nach einem Versteck um. Irgendwie schaffte sie es, sich aus der Starre zu lösen. Sie machte einen Schritt Richtung Kleiderschrank und fand sich Sekunden später am Boden des Schranks zwischen ihren Schuhen sitzend. Wie ein kleines Kind umklammerte sie ihre Knie, kauerte sich zusammen, bis ihre Stirn die Knie berührten, schloss die Augen und atmete durch den Mund. Noch nie hatte sie so eine Todesangst gehabt. Ihr wurde schwindelig.

Sie konnte nicht sagen, wie lange sie in ihrem Versteck ausharrte. Nach einer halben Ewigkeit hatte sie das Gefühl, nicht mehr in Gefahr zu sein. Die Stille ihrer Umgebung machte sie mutiger, und schließlich kroch sie auf allen vieren aus dem Schrank. Als Waffe hielt sie einen Holzkleiderbügel in der Hand. So leise wie möglich tappte sie durch die dunkle Wohnung. Licht zu machen, traute sie sich nicht. In der Küche legte sie den Kleiderbügel auf der Anrichte ab und bewaffnete sich mit einer Pfanne, die auf dem Herd stand, obwohl sie wusste, dass sie sie im Notfall vor Schreck eher fallen lassen als gegen den Feind einsetzen würde. Dann passierte es. Sie stolperte über einen achtlos liegen gelassenen Schuh im Flur. Die Pfanne glitt ihr aus den Händen, knallte laut scheppernd auf dem Boden auf, und Birgit stieß einen gellenden Schrei aus.

Jetzt bist du tot.

Augen zu. Atem anhalten.

Nichts passierte. Offensichtlich war niemand außer ihr selbst in der Wohnung. Mit zitternden Fingern tastete sie nach dem Lichtschalter. Sekunden später erstrahlte der Flur im hellen Licht der Lampe. Erschöpft ließ sie sich auf dem Fußboden nieder, rollte sich zusammen und blieb liegen. Übelkeit stieg in ihr hoch.

Nicht jetzt!

Sie wollte einfach nur liegen bleiben. Bis ans Ende ihrer Tage. Sie versuchte, gleichmäßig zu atmen, und starrte dabei ihre Wohnungstür an. Etwas war anders. Sie sah genauer hin. Da lag eine weiße Papierrolle vor ihr auf dem Boden. Jemand musste sie durch den Briefschlitz geworfen haben. Ihr Verstand meldete sich zurück. Metall auf Metall. Natürlich. Das war das Geräusch gewesen, das sie geweckt hatte. Birgit rappelte sich auf, kroch zur Tür, nahm die Papierrolle und hielt sie einen Moment in der Hand. Das schwarze Band, das die Rolle fixierte, war eindeutig ein Trauerflor.

Nichts Gutes ahnend, zog sie langsam das Band von der Rolle, wickelte das Papier auf und sah Monika. Fremd, blass, tot. Unfähig, den Blick abzuwenden, betrachtete sie das Bild eine Weile. Dann kam der Schock. Monikas rechter Hand fehlten drei Finger. Am unteren Ende des Bildes stand ein Wort in roten Lettern: Naschmarkt.

Was war das hier? Eine Warnung, eine Drohung oder nur ein böser Scherz?

Samstag, 29. Mai

19

Das Klingeln an ihrer Wohnungstür riss Sarah unsanft aus dem Schlaf. Im gleichmäßigen Takt, immer der gleiche Ablauf. Lang. Pause. Lang. Die reinste Folter. Wieder läutete es. Eindringlich. Chris, schoss es ihr durch den Kopf. Hoffentlich war ihrem Bruder nichts zugestoßen. Seitdem ihre Eltern tot waren, fürchtete sie auf der Welt nichts mehr, als auch Chris zu verlieren.

Sie machte Licht und sah auf den Wecker. Sechs Uhr. Sie stieg aus dem Bett, warf sich den Bademantel über und ging zur Tür. Es läutete noch einmal.

»Ich komme!«

Lass es nicht die Polizei sein, flehte sie stumm. Einen Moment zögerte sie, dann öffnete sie mit Schwung.

»Mein Gott, was ist passiert?«, rief sie aus.

Kreidebleich, am ganzen Körper zitternd, mit zerzausten Haaren und verquollenen Augen stand Birgit Pohn vor ihr. Ein Stoffbeutel hing schlaff über ihrer Schulter. Sarah war vollkommen perplex. Dann griff sie Birgits Hände, zog sie in die Wohnung und versetzte der Tür einen Stoß mit dem Fuß, damit sie zufiel.

»Woher weißt du ... ich meine ... meine Adresse?«, stammelte Sarah, weil sie nicht wusste, was sie sonst sagen sollte.

»Telefonbuch.«

»Wie siehst du denn aus? Komplett aufgelöst! Erzähl schon, was ist passiert?«, fragte sie beunruhigt.

Die Wohnungstür wurde wieder geöffnet. Es war Chris, und zum Glück kam er ohne Begleitung. Er hielt ein Papiersackerl in die Höhe. »Frühstück!« Es schien, als könnte er erst jetzt die Szene, die sich ihm darbot, richtig einschätzen, denn er senkte langsam die Hand und sah abwechselnd Sarah und Birgit an. »Ist was passiert?«

»Weiß ich nicht. Birgit ist gerade gekommen. Machst du uns bitte einen Tee? Ich hol eine Decke. Sie ist völlig durchgefroren.«

»Draußen ist es nicht kalt«, erwiderte Chris, während er den Blick auf Birgit ruhen ließ. »Sieht eher nach Schock aus.« Er ging auf sie zu, nahm ihre Hand und fühlte den Puls. »Ist nicht so schlimm.« Dann legte er einen Arm um Birgits Schultern und zog sie sanft mit sich in die Küche. »Hol trotzdem eine Decke!« Sarah schaute den beiden nach und dachte plötzlich, dass Chris eines Tages bestimmt mal ein guter Arzt sein würde. »Schnell!«

Sarah setzte sich in Bewegung. Aus ihrem Zimmer holte sie eine dicke Wolldecke und ging ins Bad. Dort nahm sie ein frisches Handtuch aus dem Schrank. Marie verließ indessen ihren Schlafplatz, marschierte mit erhobenem Schwanz Richtung Küche und forderte lautstark ihr Frühstück. Sarah hörte Chris mit dem Wasserkocher hantieren, während er Marie erklärte, sie müsse noch etwas Geduld haben. Er hatte die Kaffeemaschine in Gang gesetzt, denn in der Wohnung verbreitete sich Kaffeeduft. Eine angenehme Erinnerung überkam sie.

Der Kaffee ist fertig.

Mit diesem Song von Peter Cornelius lockte ihr Vater am Sonntagmorgen seine Familie gern an den Frühstückstisch.

Als Sarah in die Küche kam, saß Birgit auf einem Stuhl, ihre Beine lagen auf einem zweiten. Sie starrte auf den

Boden. Sarah wickelte die wärmende Decke um sie und schlug ihre Haare in das Handtuch ein. Chris deckte den Tisch und warf dabei immer wieder einen prüfenden Blick auf Birgit.

»Nun erzähl!« Sarah nahm neben Birgit Platz. Chris stellte eine Tasse Tee auf den Tisch. Er selbst nahm sich Kaffee. »Jetzt lass ihr doch noch Zeit.«

Chris drückte Birgit die Teetasse in die Hand. Sie umfasste sie mit beiden Händen und wärmte ihr Gesicht über dem heißen Dampf. Dann nahm sie vorsichtig einen Schluck und schloss für einen Moment die Augen.

Sarah saß da, sagte nichts, wartete. Chris kontrollierte noch einmal Birgits Puls.

Es dauerte weitere zehn Minuten, bis Birgit bereit war zu sprechen.

»Ich kann beweisen, dass Monika am 24. Februar nicht auf der Party von der Baumann war«, begann sie stockend zu erzählen.

»Ich war im *Sala*. Tim hat mir den Kalender gezeigt.« Sie sah Sarah direkt an. »Kennst du das? Diese Ahnung, dass man etwas vergessen hat. Etwas, das ungemein wichtig ist? Zuerst erinnert man sich nicht, dann plötzlich, wie aus dem Nichts, weiß man, wohin man gehen muss, um die Lösung zu finden?«

»Kenne ich«, bestätigte Sarah.

Chris strich Butter und Honig auf die Semmelhälften, legte sie auf ein Holzbrett und stellte das Brett auf den Tisch. »Ihr solltet etwas essen.« Er nahm sich ein Stück, lehnte sich gegen die Anrichte und biss ab.

»Tja, und so ist es mir mit diesem blöden Datum ergangen«, fuhr Birgit fort. »Ich konnte mich dunkel daran erinnern, dass Monika und ich irgendwann mal im Winter Tims Geburtstag gefeiert haben. Es lag Schnee, und es war kalt. Wann genau das war, wusste ich nicht mehr. Wir sind an diesem Abend zufällig ins *Sala* geplatzt. Wir wollten fortgehen, waren im ersten Bezirk unterwegs und sind irgendwann bei Tim gelandet wie meistens, wenn wir eine Lokaltour gemacht haben. Eine offizielle Einladung gab's bei Tims Festen nie, weil er nie richtig feierte, sondern einfach die Gäste, die an so einem Abend im *Sala* waren, spontan einlud. Jeder, der wollte, konnte mitfeiern. Es waren meistens nur Stammgäste da. Monika und ich wunderten uns noch, dass wir beide Tims Geburtstag vergessen hatten, weil wir ihn ja nicht zum ersten Mal gefeiert haben … und jetzt hab ich einfach nicht mehr daran gedacht. Ich mein, wer denkt denn an eine Geburtstagsfeier, die Monate zurückliegt, wenn die beste Freundin ermordet wird?«

»Und jetzt ist es dir wieder eingefallen?«, hakte Sarah nach.

»Ja. Eigentlich war es dieser Weninger, der mich darauf gebracht hat. Er hat uns doch von dieser Geburtstagsparty erzählt, und da ist mir dann Tims Party wieder eingefallen. Und irgendwie hat eins das andere ergeben …«

»Das war in der Nacht vom 24. auf den 25. Februar?«, fragte Sarah etwas ungeduldig.

»Ja.«

»Schenkst du mir Kaffee ein, Chris?« Sarah hatte plötzlich keine Lust mehr auf Kräutertee. Chris nahm eine weitere Tasse aus dem Küchenschrank und goss Kaffee ein.

»Wie lange wart ihr unterwegs?«

»Ziemlich lange. Ich kann mich erinnern, dass es hell war, als wir das *Sala* verließen. Wir sind danach gleich zu McDonald's frühstücken gegangen.«

»Das ist aber nicht der Grund, dass du so aufgeregt

bist«, konstatierte Chris, reichte Sarah eine Tasse und hielt Birgit aufdringlich die Hälfte einer Semmel unter die Nase. Die nahm sie wie ein gut erzogenes Kind und biss ab. »Nein. Das ist nicht der Grund«, sagte sie mit vollem Mund und legte die Semmel auf das Holzbrett. »Gibst du mir mal meine Tasche?«

Chris griff nach dem Beutel auf dem Boden und reichte ihn Birgit. Sie kramte ein Foto hervor und legte es auf den Tisch. »Jemand hat mir das heute Nacht durch den Briefschlitz geschoben.«

Sarah blickte erschrocken zwischen dem Foto, Chris und Birgit hin und her. Dann sprangen ihr die kleinen roten Buchstaben am unteren Bildrand ins Auge. Auch Chris richtete seine Aufmerksamkeit darauf. Mit dem Zeigefinger tippte er auf die Nachricht, die nur aus einem Wort bestand. »Naschmarkt«, las er laut. »Dort wurde deine Freundin gefunden, oder?«

»Genau«, bestätigte Birgit. Sie legte den Trauerflor neben das Foto. »Damit war's zugeschnürt.«

»Was soll diese Inszenierung?«, fragte Sarah. »Kein Wunder, dass du so durch den Wind bist. Wer macht so was?«

»Möglicherweise derselbe Mann, der mich angerufen hat.«

»Dich hat jemand angerufen?«

»Ich glaube, es war der Typ aus dem *Sala*.«

»Jetzt mal der Reihe nach. Welcher Typ aus dem *Sala*?«

Birgit fasste die Ereignisse der letzten Tage zusammen: die Begegnung mit dem Mann in Tims Lokal und der Anruf.

»Weißt du, wer es ist?«

»Keine Ahnung.«

Sarah reckte sich ein wenig und überlegte. Sollte sie

Birgit sagen, dass die Finger auf ihrem Schreibtisch gelandet waren? Dann zeigte sie auf das Foto und erzählte Birgit von dem Paket. Minutenlang saß die junge Frau da und starrte Sarah ungläubig an. »Warum? Was soll das?«

»Der Täter wünscht sich Publikum«, erklärte Sarah knapp. »Wir sollten die Polizei informieren. Ich ruf Stein an, und du schläfst dich aus. Bist ja völlig erschöpft. Leg dich in mein Bett. Chris bleibt da, du bist also nicht alleine.«

»Ich bin in meinem Zimmer, das ist gleich neben Sarahs«, erklärte er, dann sah er Sarah an. »Fährst du weg?«

»Ja, in die Redaktion.«

»Es ist Samstag!«

»Journaldienst«, erläuterte Sarah.

Birgit stand auf. »Kann ich bei euch duschen?«

»Klar! Letzte Tür am Gang«, erklärte Sarah.

Nachdem Birgit im Badezimmer verschwunden war, ergriff Chris Sarahs Oberarm und zog sie zu sich. »Du weißt mehr, als du erzählst. Ich hab's dir angesehen. Was ist es? Raus mit der Sprache.«

»Gib mir noch etwas Zeit, Chris. Ich muss einige Infos in einen Zusammenhang bringen, bevor ich mich festlegen kann.«

»Du bringst dich aber nicht wieder in Gefahr!«

»Ich hab mich noch nie in Gefahr gebracht!«, brauste sie auf.

Er hob die Augenbrauen.

»Ich bin nicht bei Rot über die Straße gelaufen, Chris. Mich hat ein Wahnsinniger bedroht, das kann jedem passieren.« Warum nur tat jeder so, als sei sie schuld gewesen, dass sie am Hütteldorfer Friedhof bedroht worden war?

»Das kann nicht jedem passieren. Entschuldige, Sarah,

du weißt, warum es ausgerechnet dir passiert ist!«, gab Chris im gleichen Tonfall zurück.

Sie widersprach ihm nicht.

»Wer gibt dir die Gewissheit, dass diesmal kein Wahnsinniger hinter dir her ist? Eine Leiche auf dem Naschmarkt zu deponieren, ihr die Finger abzuzwicken, diese dann per Post durch die Gegend zu schicken und jetzt ein Foto der Leiche einer Freundin durch den Briefschlitz zu stecken, das scheinen mir nicht Handlungen eines völlig normalen Menschen zu sein.«

Chris und sie stritten nicht oft. Wenn es passierte, dann laut.

Sarah wollte vermeiden, dass Birgit etwas von dem Gespräch mitbekam, deshalb lenkte sie ein.

»Ich passe auf mich auf, mache nichts, was mich in Gefahr bringt. Versprochen.« Sie befreite sich aus Chris' festem Griff und gab ihm einen Kuss auf die Wange.

Birgit kam zurück. »Das Bad ist frei.« Ihrem Gesichtsausdruck nach zu urteilen, hatte sie von dem Streit nichts mitbekommen. Sarah holte ihre Kleidung aus dem Schlafzimmer und überließ Birgit das Bett.

»Ich weiß nicht, ob ich jetzt schlafen kann.«

»Versuch's! Ich komme am späten Nachmittag zurück, dann reden wir in Ruhe über alles, was passiert ist. Dann treffen wir uns mit Inspektor Stein. Okay?« Sarah umarmte Birgit. »Alles wird gut«, murmelte sie, obwohl sie wusste, dass es nie mehr gut werden würde. Ihr fiel im Augenblick nichts anderes ein. Dann ließ sie Birgit allein und ging ins Bad. Als sie aus der Dusche stieg, war es in der Wohnung ruhig geworden. Chris und Birgit schliefen.

Ein Grund dafür, dass Sarah gerne am Wochenende arbeitete, war die Ruhe im Haus. Das Gebäude war dann nahezu verlassen, keine Anrufe oder sonstige Störungen, die einen immer wieder aus der Arbeit rissen. Keine nervigen Kollegen, die auf einen Tratsch vorbeikamen. Am Wochenende reduzierte sich alles aufs Wesentliche. Jeder wollte schnell mit seiner Arbeit fertig werden und wieder nach Hause fahren. Sie schnappte sich die Samstagsausgabe des *Wiener Boten* vom Zeitungsständer, als David Gruber das Foyer betrat. Er sah für einen Samstagmorgen viel zu gut aus. Seine Kleidung verriet, dass er keinen wichtigen Termin hatte. Das weiße Hemd hing locker über dem Bund seiner Jeans. Freundlich lächelnd hielt er die Lifttür auf. Ihr Herz schlug bis zum Hals. Warum konnte man bestimmte Gefühle nicht kontrollieren? »Danke. Ich gehe ganz gern zu Fuß.«

Er blieb stehen, hielt weiterhin die Tür auf. »Gehst du mir aus dem Weg?«

Die Frage traf sie unvorbereitet. Sarah errötete. Sie dachte an jene Situation, als David und sie gemeinsam Lift gefahren waren. Wäre damals die Kollegin von der Kultur nicht dazugestoßen, hätte David sie geküsst. Da war sich Sarah sicher. Das war vor gut einem Jahr. Seitdem versuchten sie, die Finger voneinander zu lassen.

Sie richtete ihren Blick auf den Boden. In der schmalen Liftkabine würde er ihr sehr nah sein. Sie würde ihn riechen, ihn unweigerlich berühren, und das würde sie verzweifeln lassen, wenn er nicht endlich den ersten Schritt tat. In dieser Hinsicht war sie altmodisch. Sie würde sich zurückhalten, bis David bereit war. Auch wenn sie sich insgeheim längst hemmungslosen Sex mit ihm wünschte. Warum nur waren diese Spiele zwischen Mann und Frau so kompliziert? Im 21. Jahrhundert. Warum sagte sie nicht einfach: Ja, ich gehe dir aus dem Weg, weil es mir weh tut, dich mit einer anderen Frau zu sehen.

»Nein. Wie kommst du auf die Idee?«

Feigling.

»Ist nur so ein Gefühl.« Er ließ die Lifttür zufallen. »Dann begleite ich dich zu Fuß, obwohl ich heute schon eine Stunde laufen war.« David ging regelmäßig joggen, was man seinem Körper ansah. »Ich möchte wissen, wie's auf der Party lief.«

Während sie nebeneinander die Stufen zu Sarahs Büro hochstiegen, erzählte sie David in kurzen Worten von dem Gespräch auf der Party und davon, dass es einen Beweis dafür gab, dass Norbert Weninger und damit leider auch Monika Billich vor Gericht gelogen hatten.

»Darauf steht Gefängnis.«

Der Gedanke, dass den Menschen im Mittelalter bei Meineid die Zunge herausgeschnitten wurde, drängte sich Sarah auf.

»Hat sie's freiwillig getan, oder hat er sie dazu genötigt?«

»Ehrlich gesagt, ich weiß es nicht. Noch nicht. Nach dem Gespräch mit diesem Schnösel und dem, was Birgit mir erzählt hat, hat dieser Weninger nie und nimmer besagte Nacht mit Monika Billich verbracht. Meines Erachtens ist er einer von diesen Dampfplauderern. Du verstehst? Viel Wichtigtuerei, nichts dahinter. Wenn du mich fragst, hat er Jutta Baumann sehr wohl vergewaltigt.«

»Was wir nur vermuten und nicht beweisen können.«

»Birgit Pohn kann bezeugen und beweisen, dass sie und ihre Freundin am 24. Februar auf einer anderen Geburtstagsfeier waren, was den Fall natürlich in ein völlig anderes Licht rückt.« Sie blieben vor Sarahs Bürotür stehen. Sarah sah ihren Chef direkt an. Das hätte sie nicht tun sollen. Seine dunklen Augen waren Gift für ihr Seelenheil. Schnell! Sag was!

»Da ist noch etwas passiert heute Nacht«, begann sie.

»Jemand hat Birgit eine Art Drohbrief durch den Briefschlitz gesteckt. Ein Foto mit Monika Billichs Leiche darauf, fixiert mit einem Trauerflor. Man sieht deutlich, dass ihr drei Finger fehlen. Außerdem hat der Absender Naschmarkt draufgeschrieben. Dürfte sich um einen Witzbold mit ziemlich schrägem Humor handeln.«

David sah sie nachdenklich an. »Klingt nicht gut.«

»Klingt gar nicht gut«, pflichtete sie ihm bei. »Ich werde mit Stein darüber reden.«

»Wo ist Birgit Pohn jetzt?«

»Bei mir zu Hause. Sie schläft.«

»Warum ausgerechnet bei dir? Warum ist sie nicht zu einer Freundin oder zur Polizei?«

»Das musst du sie selber fragen.«

»Sie soll bei dir in der Wohnung bleiben, das erscheint mir im Moment das Beste zu sein. Lass sie auf keinen Fall in ihre Wohnung zurückkehren, wer weiß, womöglich passiert noch etwas.«

»Das sehe ich auch so.«

»Dir ist klar, dass die Geschichte jetzt raus muss.«

»Ist mir schon klar. Ich möchte nur Birgits Namen draußen lassen.«

»Ändere den Namen. Oder lass ihn raus. Mach, was du willst. Morgen steht die Geschichte groß im *Wiener Boten*.«

Sarahs Handy läutete. Sie winkte David schnell zu, stieß, während sie abhob, die Tür zu ihrem Büro auf.

»Pauli.«

»Ich hoffe, ich habe Sie nicht geweckt, Frau Pauli«, flötete Dagmar Jurit.

»Nein. Ich bin bereits in der Redaktion.«

»Dann ist es ja gut. Ich wollte nur fragen, ob Sie mit Ihren Recherchen vorankommen.«

»Danke der Nachfrage. Ich hab ein paar Dinge zusammenbekommen«, antwortete Sarah ausweichend.

»Also mit anderen Worten, Sie sind noch nicht sehr weit«, schlussfolgerte Jurit.

»Stimmt. Ich stehe relativ am Anfang«, log Sarah.

»Gut. Wahrscheinlich ist es wirklich zu früh nachzufragen. Ich rufe Sie nächste Woche noch mal an. In der Zwischenzeit schaue ich, ob ich Ihnen mit Informationen unter die Arme greifen kann. Schönen Samstag noch. Auf Wiederhören …«

Sarah legte die aktuelle Ausgabe des *Wiener Boten* auf den Schreibtisch. Hatte die Frau sie noch nicht gelesen? »Darf ich Sie etwas fragen, Frau Doktor Jurit?«, hielt Sarah die Anwältin davon ab aufzulegen.

»Bitte.«

»Warum tun Sie das?«

»Was?«

»Mir Informationen zuspielen? Sie wissen, dass Sie damit eventuell einem Kollegen schaden.«

Jurit zögerte einen Moment. »Meine Mandantin ist stark selbstmordgefährdet. Wenn wir keine Fakten auf den Tisch legen, weist das Gericht den Berufungsbescheid mangels weiterer Beweise ab. Ich denke, Frau Pauli, dass diese beiden Gründe Motivation genug sind, hier tätig zu werden. Um Doktor Koban machen Sie sich keine Sorgen. Mein Kollege hat sich darauf verlassen, dass sein Mandant ihm gegenüber ehrlich war und ihm Namen glaubhafter Zeugen nannte. Wir Anwälte müssen unseren Mandanten glauben. Wir können nicht hellsehen, auch wenn das manchmal von uns erwartet wird. Wie sollten wir sie sonst vor Gericht vertreten, wenn wir ihnen nicht trauen? Sie sehen, Doktor Koban trifft überhaupt keine Schuld.«

Mehr gab es dazu nicht zu sagen, und sie beendeten das Gespräch.

Am liebsten hätte Sarah noch gefragt, warum sie nicht mit Koban über ihren Verdacht redete, ihm reinen Wein einschenkte, wo sie doch so intim miteinander waren. Sie ahnte die Antwort. Kobans Macht war kein Geheimnis. Überall an den wichtigen Schaltstellen saßen seine Freunde. Er nahm, wenn es um den Sieg ging, keine Rücksicht auf sie. Dagmar Jurit musste verdeckt im Hintergrund arbeiten, wenn sie den Fall gegen ihn gewinnen wollte. Dagmar Jurit schien Sarah nicht die Frau zu sein, die wegen einer Affäre auf den Sieg verzichtete. Auch wenn ihr inzwischen ein guter Ruf als Anwältin vorauseilte, konnte man dieses Verfahren mit dem Kampf zwischen David und Goliath vergleichen. Naturgemäß würde die Sache anders aussehen, wenn Jurit beweisen könnte, dass Norbert Weningers Zeugin einen Meineid geleistet hatte. Möglicherweise würde Koban dann das Mandat zurücklegen, wenn es keinen Funken Hoffnung mehr gab, den Fall in zweiter Instanz auch zu gewinnen. »Für Koban ist sein berufliches Standing eine Art Aphrodisiakum«, hatte Conny behauptet, in ihren ganz persönlichen Worten: »Der kriegt doch nur einen hoch, wenn er wieder wen vernichtet hat.«

Dann ging Sarah noch etwas durch den Kopf.

Was, wenn Dagmar Jurit ein lügnerisches Spiel trieb und Sarah mit falschen Informationen versorgte? Nach außen vertritt sie die Interessen ihrer Mandantin, lässt Sarah an ihren Nachforschungen teilhaben, und Sarah wiederum gibt das Ergebnis ihrer Recherche an Dagmar Jurit weiter. So würde sie immer auf dem neuesten Stand bleiben und könnte ihrem Geliebten wichtige Informationen zukommen lassen. Zwei Fliegen mit einer Klappe.

Der ideale Zeitpunkt, sich mit der Dame näher zu befassen. Immerhin hatte sie das gestern ihren Kollegen versprochen.

Inzwischen stapelten sich in ihrem Büro alte Artikel und Zeitschriften, die sie aus dem Archiv holen ließ. Alle Berichte, die mit Baumann, Koban, Jurit und Weninger zu tun hatten, lagen verstreut auf dem Boden. Sie nahm jedes Blatt zur Hand, blätterte, studierte jede noch so kleine Meldung und sortierte die Informationen auf ihrem Schreibtisch nach verschiedenen Schwerpunkten: Arbeit, Privates, öffentliches Leben – und natürlich kam alles, was den Fall Weninger/Baumann betraf, auf einen eigenen Stapel. Danach schrieb Sarah alle Namen auf ein Blatt Papier, stellte die einzelnen Verbindungen der Beteiligten zueinander durch Pfeile her und heftete das Stück Papier an die Wand neben dem Schreibtisch. Weninger und Billichs Namen verband sie mit der Zahl 5000. Sie kam sich vor wie in einem Agatha-Christie-Film, wenn Miss Marple oder Hercule Poirot alle Verdächtigen um sich versammelten, um den wahren Täter zu entlarven.

Über Jurit war kaum etwas Persönliches geschrieben worden. Der Stapel mit dem Vermerk »privat« war der kleinste. Sarah setzte sich an den Schreibtisch, wandte sich dem Stoß »Arbeit« zu und begann zu lesen.

Im ersten Artikel klagte die Angestellte eines internationalen Konzerns über sexuelle Nötigung am Arbeitsplatz. Ihr Chef verlangte eine körperliche Gegenleistung für eine Gehaltserhöhung. Das Gericht gab der Frau Recht und verdonnerte den Mann zu einer saftigen Geldstrafe. Dagmar Jurit vertrat die Sekretärin vor Gericht und verurteilte in einem Statement jegliche Gewalt gegen Frauen. Der Artikel war fünf Jahre alt. Sarah legte ihn beiseite. Es folgten ähnliche Beispiele, bis hin zu einer Frau, die von ihrem Vater jahrelang missbraucht worden war. Aus einer Art Instinkt heraus machte Sarah eine Strichliste. In insgesamt 20 Artikeln wurde Dagmar Jurit in den letzten fünf Jahren als Anwältin der klagenden Partei erwähnt. Es handelte sich dabei ausschließlich um Sexualdelikte. 15 Prozesse konnte sie für sich und ihre Mandantinnen verbuchen. Fünf Fälle verlor sie gegen Koban, darunter befand sich auch der Fall Baumann.

Sarah legte die zuletzt angesehene Zeitschrift auf den Stapel zurück. Es gab nur drei anders gelagerte Gerichtsfälle, über die der *Wiener Bote* berichtet hatte. Jedoch brachte sie diese Erkenntnis keinen Schritt weiter. Genervt warf sie den Kugelschreiber auf das soeben beschriebene Blatt Papier und stöhnte. Sie schaute auf ihre Armbanduhr. Zehn Uhr. Es blieb genug Zeit, bevor sie sich mit Jutta Baumann treffen würde.

Stepan von der Chronik rief an.

»Auch Journaldienst?«, begrüßte Sarah ihren Kollegen.

»Hast du einen Fernseher im Büro?«

»Ja.«

»Dann schau dir den ORF-Teletext an.«

Sarah griff zur Fernbedienung, die auf dem Schreibtisch lag, und drückte auf den roten Einschaltknopf. »Was gibt's denn so Spannendes?« Der Schirm flimmerte augenblicklich auf.

»Wirst gleich sehen.«

Mit einem Handgriff drehte Sarah den Ton ab und ging auf die Teletextseite. Sie überflog die Schlagzeilen auf der ersten Seite und erkannte auf den ersten Blick, welche Meldung Stepan meinte. Die Headline war eindeutig. »Neues von der Toten am Naschmarkt.« Schlagartig wurde Sarah heiß. Sie rief die Bildschirmseite mit dem gesamten Text auf.

»Sie haben es auch im Radio gebracht.«

»Wer zum Teufel hat da die Klappe nicht gehalten?«

»Von der Chronik war's niemand. Da lege ich meine Hand ins Feuer.«

Im gleichen Moment öffnete sich die Bürotür. David trat ein. Seine Mimik verriet, dass er Bescheid wusste.

20

Es war still im Haus.

Silvia schlief, und Fabian spielte im Sandkasten mit seinen Matchboxautos. Karlheinz Koban warf immer wieder einen Blick auf seinen Sohn, während er den Tisch auf der Terrasse deckte. Er freute sich darauf, im Garten zu frühstücken. Die Sauftour mit Horst am Vorabend hatte ihm gutgetan. Sie waren wie zwei enge Freunde von Lokal zu Lokal gezogen und schließlich knapp nach eins mit dem Taxi nach Hause gefahren. Für eine Nacht lang fühlte er sich in seine Studentenzeit zurückversetzt.

Koban rief seinen Sohn. Fabian kam angerannt und setzte sich an den Tisch. Die Hände waren voll Sand.

»Erst Hände waschen«, ermahnte Koban ihn und war überrascht, als Fabian ohne Widerspruch vom Stuhl sprang und im Haus verschwand.

Zufrieden breitete Koban eine Tageszeitung über den halben Tisch aus und las mit der Kaffeetasse in der Hand. Monika Billich beherrschte die Schlagzeilen nicht mehr. Die Polizei hatte Norbert Weninger ordentlich in die Mangel genommen. Der Student erzählte nicht viel, nur von dieser einen Nacht in der Wohnung einer Studienkollegin, und Koban konnte ihn vorerst aus den Meldungen heraushalten.

Es würde sich alles wieder beruhigen.

Fabian kam zurück, drehte die Hände in der Luft hin und her. »Sauber!« Koban goss Kakao in eine Tasse und schmierte seinem Sohn eine Semmel mit Nutella. Dann widmete er sich wieder der Zeitung.

Auch Fabian schnappte sich ein Magazin, das auf dem Tisch lag, und las oder tat vielmehr so, als ob er lesen würde, war sich Koban sicher. Denn welche Zeitungsartikel würden einen Achtjährigen interessieren?

»Ich will eine schwarze Katze«, sagte Fabian plötzlich.

Koban blickte hoch. »Wie kommst du denn auf die Idee?«

»Schwarze Katzen bringen Glück.«

»Da, lies!« Sein Sohn reichte ihm die Wochenendbeilage des *Wiener Boten*.

Koban las laut: »Eine schwarze Katze bringt dem Haus Glück.« Koban schüttelte den Kopf. »Blödsinn.« Er gab die Zeitschrift zurück.

Fabians Gesicht verzog sich zu einer weinerlichen Miene. »Ich will eine schwarze Katze haben. Mama hat ja gesagt.«

»Du hast mit der Mama schon darüber gesprochen? Wann?«

»Schon lang.«

»Lass uns später reden, wenn die Mama aufgestanden ist. Okay?« Koban hatte keine Lust auf Diskussionen mit seinem Sohn. Für Unangenehmes war schließlich Silvia zuständig. Er war der Papa, der, wenn ihm Zeit blieb, die selbstgebauten Burgen aus Lego bewunderte oder sich Geschichten von Rittern und Räubern ausdachte. Er war ganz bestimmt kein Vater, mit dem man über Prinzipielles diskutieren konnte. Eine Katze kam ihm auf keinen Fall ins Haus. Um seinen guten Willen zu demonstrieren, nahm er noch einmal die *Lesezeit* zur Hand, die ihm Fabian mit strahlenden Augen wieder entgegenhielt in der Hoffnung, seinen Vater überzeugen zu können. Koban überflog die Überschrift: »Wer eine Katze tötet, hat Unglück.«

Hatte er nicht kürzlich … auf der Heimfahrt?

Eigentlich wollte Koban nur gute Miene zum bösen Spiel machen, damit man ihm nicht vorwerfen konnte, er interessiere sich nicht für die Anliegen seines Sohnes. Aber die Headline weckte nun doch seine Neugier. Er las, wer den Artikel verfasst hatte, wenngleich er Journalisten nicht mochte und ihn die Namen der Schreiberlinge nicht die Bohne interessierten. Sarah Pauli. Das war doch diese junge Frau, die ihn auf der Veranstaltung seiner Frau angesprochen hatte. Er begann die Seite aufmerksam zu lesen, allein deshalb, weil er wusste, dass Fabian ihn beobachtete. Als er begriff, dass der Beitrag lediglich von Katzen im Zusammenhang mit Aberglauben handelte, lächelte er zwar, las zur Unterhaltung weiter und kam schließlich zu dem Schluss: Er hatte keine Katze getötet, jedenfalls nicht absichtlich. Es war ein blöder Unfall gewesen.

Silvia trat auf die Terrasse. Sie trug Jeans und eines seiner alten weißen Hemden. Die Kleidung stand ihr, sie machte sie jünger. Fabian flog in die Arme seiner Mutter. Koban legte das Magazin beiseite.

»Ich krieg eine Katze! Ich krieg eine Katze!«, sang Fabian in einem gleichmäßigen Tonfall. Silvia gab ihrem Sohn einen Kuss auf die Stirn.

»Hast du etwa den Papa überzeugen können? Na dann ist's ja gut.«

Fabian hüpfte und sang auf der Terrasse, dann schien er sich wieder an seine Matchboxautos zu erinnern, und weg war er.

»Guten Morgen.« Silvia setzte sich an den Tisch. »Du hast Frühstück gemacht?«

»Warum nicht?«, gab Koban zurück.

»Weil du das nie machst. Ist etwas passiert?« Sie schlug die Beine übereinander.

Nur eine tote Zeugin und jemand, der unser Leben ruinieren will. »Nein. Mir war einfach danach.«

»Und die Katze?«

»Ich wollte nicht mit ihm diskutieren.«

»Dachte ich's mir doch.« Ihrer Stimme war die Enttäuschung anzuhören, dass er wieder ein Gespräch über die Anschaffung eines Haustiers verweigerte. »Es ist zu spät, mein Lieber. Fabian bekommt nächste Woche eine zum Geburtstag.«

»Und da sprichst du nicht vorher mit mir darüber?«

»Nein.« Sie lächelte kalt.

»Warum? Wir haben Dinge, die mit dem Haushalt zu tun haben, immer besprochen.«

»Eine Katze ist ein Lebewesen und kein Haushaltsgerät.«

»Das weiß ich. Dennoch ist es etwas, das eine gewisse Veränderung in unser Leben bringt.«

Silvia legte die Stirn in Falten. »Eine Katze bringt Veränderung in dein Leben?«, fragte sie kopfschüttelnd. »Was soll ich dann sagen? Mein Mann bringt Unruhe in mein Leben?«

»Ich verstehe dich nicht. Wenn du die Sache mit Monika Billich meinst …«

»Nein, die meine ich nicht.«

»Dann weiß ich nicht, was du mir sagen willst.«

»Nein? Dann helfe ich dir auf die Sprünge.«

Sie griff nach dem *Wiener Boten,* blätterte und schlug eine Seite auf. Er starrte auf das Blatt, sah sich und Dagmar, wie sie einander küssten, seine Hand ruhte auf ihrem Hinterteil.

Die Überschrift stach ihm entgegen: »Kontrahentenliebe?«

Aufgemotzt war der Artikel mit Fotos von der Gala. Eine Aufnahme zeigte ihn und Silvia. Darunter stellte man die Frage: »Weiß Silvia Koban von der Geliebten ihres Mannes?« Daneben ein Bild von Baumann: »Man kann eine wunderbare, engagierte Frau nicht dafür bestrafen, dass sie sich den falschen Ehemann ausgesucht hat.« Gekennzeichnet als Zitat von Baumann. In diesem Stil ging es über eine halbe Seite.

»Du hast es nicht nur geschafft, mich vor der ganzen Gesellschaft zu blamieren. Du hast auch erreicht, dass meine Veranstaltung durch die Anwesenheit deiner Geliebten ins Lächerliche gezogen wird.«

Koban wurde heiß. Wie konnte das passieren? Sie waren doch immer sehr diskret vorgegangen, hatten das Haus niemals gemeinsam verlassen. Doch in diesem Moment fiel es ihm ein. Gestern hatten sie nicht aufgepasst. Dieses eine Mal hatte er seine eigenen Regeln missachtet und sie auf offener Straße geküsst. Es war ihm in diesem Moment ein Bedürfnis gewesen, auch weil sie sich erstmalig gefühlsmäßig nähergekommen waren. Sie hatten nicht nur miteinander geschlafen und während des Ankleidens über einen aktuellen Fall diskutiert, sondern etwas Persönliches preisgegeben. Über ihre Vorlieben, Ängste und das Leben an und für sich gesprochen. Er hatte sich ihr bislang noch nicht so nahe gefühlt.

»Du bist ein verdammtes Arschloch«, riss Silvia ihn aus seinen Gedanken. Ihre Stimme klang ruhig, fast zu ruhig. Er erwartete Tränen, einen hysterischen Anfall. Silvia blieb gelassen.

»Seit wann weißt du es?«

»Ich habe vor 20 Minuten einen Anruf bekommen. Du

kannst dir sicher vorstellen, wie peinlich es ist, wenn man an einem Samstagmorgen am Telefon erfährt, dass der eigene Mann in der Gegend herumfickt und diese Überraschung dann auch noch in der Zeitung steht.« Ihre Stimme wurde laut. Fabian schaute auf. Silvia winkte ihm lächelnd zu.

Wie sie das Wort Samstagmorgen betonte, entbehrte nicht einer gewissen Komik. Es klang, als wäre ihr jeder andere Wochentag recht, nur eben der Samstag nicht. So sollte es nicht klingen, denn Silvia rang sichtlich um Fassung. »Was soll ich den Leuten erklären?«, zischte sie verächtlich. »Was, denkst du, werden sie hinter meinem Rücken sagen? Ich kann mich doch nirgendwo mehr blicken lassen. Vielleicht hättest du daran auch einmal einen Gedanken verschwenden sollen, bevor du deine Kollegin fickst und es der ganzen Welt mitteilst.«

Koban war erstaunt. Das Wort ficken aus Silvias Mund war ihm fremd. Auch irritierte ihn, dass es hier sichtlich nicht um ihre Beziehung ging, sondern darum, was die anderen über Silvia und ihre Ehe dachten und redeten. Der Skandal wog schwerer als die Tatsache, dass er sie betrog. Zum Glück hatten ihre Telefone Geheimnummern. Nicht auszudenken, wie viele Journalisten gerade versuchten, ihn zu erreichen.

»Zuerst benimmst du dich der Tochter meines Hauptsponsors gegenüber wie ein Arschloch, und jetzt das hier.« Ihre Stimme klang fremd.

Warum behaupteten nur alle um ihn herum, dass er sich Jutta Baumann gegenüber wie ein Monster benommen hatte? Zum Teufel. Er war Anwalt und kein Samariter. Er zwang sich zu einem ruhigen Ton. »Ich habe mich nicht wie ein Arschloch benommen, sondern lediglich meinen Mandanten verteidigt. Und dafür, besser als all die anderen Verteidiger zu sein, muss ich mich bei niemandem entschuldigen. Ich habe hart für meinen Erfolg gearbeitet, Silvia.« Er nannte seine Frau immer beim Vornamen. Nie kam ihm bei ihr ein Kosewort wie Liebling oder Schatz über die Lippen. »Härter als die von ihren Vätern hochgehievten Söhne aus deiner ach so tollen Gesellschaft, deren Meinung dir so wichtig ist. Nur weil ich so ein Arschloch bin, führst du ein angenehmes Leben, und wir haben all das hier.« Er machte eine Handbewegung, die das gesamte Anwesen mit einbezog. »Also beschwer dich bitte nicht, wenn ich meine Prozesse gewinne.«

»Das alles hättest du nicht, wenn mein Vater nicht wäre«, konterte sie.

Er konnte sich das plötzlich aufsteigende Gefühl selbst nicht erklären. Er hatte weder das Bedürfnis, sich bei Silvia zu entschuldigen, noch, eine Erklärung abzugeben. Es war ihm egal, dass ab sofort ganz Wien wusste, dass er seine Frau betrog. Hätte sie sich besser um ihn gekümmert, wäre das alles vielleicht nicht passiert. Bekanntlich beschäftigte sich Silvia nur mit Fabian oder ihren Benefizveranstaltungen. Sie beide als Paar gab es schon lange nicht mehr.

Silvia goss sich seelenruhig Kaffee ein und sagte leise: »Ich kann nur hoffen, dass es die Sache wert ist und sie dich aufnehmen wird, denn wenn mein Vater mit dir fertig ist, bist du erledigt.« Sie stellte die Kanne wieder auf den Tisch zurück und sah ihn direkt an. Koban suchte vergeblich einen Ausdruck der Verzweiflung in ihren Augen. Vielmehr schien sie ihn abgrundtief zu hassen und froh zu sein, ihn auf diese einfache Weise loszuwerden.

»Ich will die Scheidung.«

Koban hob kommentarlos die Augenbrauen.

»Meine Eltern werden in einer halben Stunde hier sein. Mein Vater hat schon mit einem befreundeten Anwalt telefoniert«, bemerkte Silvia theatralisch und tupfte sich mit der Serviette eine imaginäre Träne aus den Augenwinkeln. Er hasste diese Geste.

»So schnell? Habe ich kein Recht auf Anhörung?«

»Du zerstörst meine Freundschaften«, platzte es aus ihr heraus.

»Ich tue was?« Dieser Vorwurf war neu.

»Freundschaften zerstören. Wie viele alte Freunde sind uns geblieben? Wenn ich nicht regelmäßig die Benefizgalas organisieren würde, säßen wir hier alleine in unserer Villa. Niemand kommt uns besuchen, niemand lädt uns ein.«

Er dachte an das vergangene Jahr, ging die wenigen gemeinsamen Aktivitäten durch, betrachtete die Angelegenheit mit diesem Abstand. Sie waren tatsächlich selten eingeladen gewesen. Es machte ihm nichts aus, bei diversen Leuten nicht mehr auftauchen zu müssen. Für ihn waren sie allesamt Langeweiler, Besserwisser, Aufschneider.

»Das liegt nicht an mir.«

»Natürlich liegt das an dir. An dir und deinem Sturkopf, an deinem Misstrauen, deiner Art, andere von oben herab zu behandeln, obwohl du eigentlich wissen müsstest, wie es sich anfühlt, unten zu sein.« Das Gift des letzten Satzes traf. »Ich will, dass du gehst! Sofort!«

Vielleicht machte das die ganze Sache leichter. Obwohl sein Schwiegervater schon dafür sorgen würde, dass er einige Mandanten und mit Sicherheit auch die Villa verlieren würde. Daran wollte er jetzt nicht denken. Er brauchte dringend Abstand zu all dem hier, musste die Sache regeln. Einer inneren Ahnung nachgebend, stellte er die einzige Frage, die ihm wichtig erschien. »Wer hat dich heute Morgen angerufen?«

Sie zögerte. Ihre Augen verengten sich unmerklich, so als habe ihr Mann sie mit dieser Frage aus dem Konzept gebracht.

»Wer?«, wiederholte er mit Nachdruck. »Eine Freundin? Dein Vater? Wer?«, brüllte er schließlich. Inzwischen war es ihm egal, ob Fabian den Streit mitbekam.

»Baumann.«

Er will deine Frau.

Koban warf seine Serviette auf den Tisch und stand auf. »Ich bin in der Kanzlei.« Er begriff langsam. Die Geschosse gegen ihn wurden subtil eingesetzt. Sie trafen immer ihr Ziel. Nur wann und wo die heimtückische Kugel traf, konnte er nicht berechnen. Eines war klar: Wenn er nicht bald etwas dagegen unternahm, ließ sich der freie Fall nicht mehr aufhalten.

*

Birgit schlief tief, aber zu kurz.

Sie schreckte aus einem Traum hoch, in dem sie von einem schattenhaften Wesen mit einem Messer in der Hand über den menschenleeren Naschmarkt gejagt wurde, bevor sie zwischen zwei Gewürzständen erschöpft zusammenbrach. Als das Wesen bedrohlich näher kam, erwachte sie.

Bewegungslos blieb sie im Bett liegen, starrte an die Decke und versuchte sich zu orientieren, während sie sich allmählich beruhigte. Langsam erinnerte sie sich. Das fremde Zimmer. Sie lag in Sarah Paulis Bett. In der Wohnung war es still. Sie sah auf die Uhr. Elf. Es waren gerade vier Stunden vergangen, seit sie ins Bett gegangen war. Den Versuch weiterzuschlafen konnte sie sich ersparen. Es würde ihr nicht gelingen. Nach wie vor erholungsbedürftig schlug sie die Bettdecke zurück, kroch aus dem körperwarmen Bett, stellte die Beine auf den Boden und streckte sich.

Im Flur blieb ihr Blick auf einem Plakat an der Wand hängen. Darauf war das Skelett eines Menschen abgebildet, und jemand hatte mit einem Marker einen Spruch darauf geschrieben: *Journalisten klopfen einem ständig auf die Schulter auf der Suche nach der Stelle, wo das Messer am leichtesten eindringt.*

Birgit vermutete, dass der Schreiber Sarahs Bruder war.

Marie kam mit hocherhobenem Schwanz auf sie zu, strich um ihre Beine und machte sich auf den Weg in die Küche. Ob sie der Katze etwas zu fressen geben sollte? Sie folgte ihr, suchte in der Küche zuerst nach Katzenfutter, danach zog sie einige Schubläden auf, um einen Dosenöffner zu finden. Geduldig beobachtete die Katze die Bemühungen des Gastes, das Futter in die Schüssel zu bekommen.

Birgit hätte gern das Radio eingeschaltet, nur um das Gefühl zu haben, dass jemand mit ihr sprach. Wenn sie laut genug aufdrehte, würde sie Chris wecken. Sie drehte am Knopf. Augenblicklich erklang Musik. Birgit wartete, machte sich eine Tasse Kaffee, wartete. Nichts passierte. Nach einer Viertelstunde drehte sie das Radio wieder ab und ging ins Badezimmer.

Sie betrachtete sich im Spiegel. Deutlich zeichneten sich tiefe Ringe unter ihren Augen ab. Rasch zog sie sich aus und stellte sich unter die Dusche. Wohin hatte sie das Leben nur geführt? Vor wenigen Tagen noch war alles anders gewesen. Sie war unbeschwert gewesen, eine Studentin, die auf Partys ging und mit ihrer besten Freundin nächtelang durchplauderte. Jetzt befand sie sich mitten in einem Alptraum.

Sie drehte das Wasser ab, wickelte ein Badetuch um ihren Körper und machte sich auf die Suche nach einem Fön.

Ihr Handy läutete.

Als Birgit im Schlafzimmer ankam, schaltete sich bereits die Sprachbox ein. Sie kramte das Handy aus ihrem Beutel hervor. Unterdrückte Nummer. In diesem Moment läutete es wieder. Wieder meldete das Display einen unbekannten Anrufer. Birgit wusste, wer sich am anderen Ende der Leitung befand. Sie holte tief Luft und hob ab.

»Hallo Birgit.«

Der Typ aus dem *Sala*.

Birgits Beine zitterten.

»Geht's dir gut?«

Sie sank aufs Bett und schwieg.

»Mir ist zu Ohren gekommen, dass du eine Nachricht bekommen hast.« Es klang wie eine harmlose Frage unter Freunden. Birgits Blick überflog die Bilder an der Wand. Hauptsächlich Aufnahmen von Sarah mit ihrem Bruder. Sie blieb an einem Foto hängen. Ein Mann und eine Frau. Vermutlich die Eltern. Sollte sie Sarahs Bruder wecken?

»Du sagst gar nichts dazu? Also habe ich recht. Wieder einmal. Aber darauf kommt es nicht an, Birgit. Stimmt's?« Seine Tonlage schwankte zwischen freundlich und gefährlich. »Vielmehr zählt doch die Tatsache, dass du noch herumschnüffelst. Hab ich dir nicht gesagt, du sollst das bleiben lassen? Hab ich dir das nicht gesagt?« Der letzte Satz klang, als rede er mit einem Kleinkind, das nicht und nicht hören wollte. Sie reagierte nicht, hielt die Luft an. Horchte in die trügerische Stille. Ein, zwei, drei Sekunden lang. Hoffte, dass er einfach auflegen und sie in Ruhe lassen würde. Diesen Gefallen tat er ihr nicht. »Hat's dir die Sprache verschlagen? Bist doch sonst eher gesprächig.« Sein Lachen war ein einziger Hohn.

Birgit schluckte trocken und spürte, wie ihre Hände zu zittern begannen.

»Ich werde zur Polizei gehen.« Ihr fiel nichts anderes ein.

Schallendes Lachen war die Antwort. »Damit hast du bei unserem letzten Telefonat schon gedroht, und wir wissen beide, dass du es nicht tun wirst, Birgit. Und du weißt auch, warum.« Er legte eine kurze Pause ein, als wollte er Birgit Zeit geben, über den Blödsinn nachzudenken, den sie soeben von sich gegeben hatte. »Die Polizei kann dir nicht helfen. Sie werden dir keinen Polizisten an die Seite stellen, der dich vor diesen Leuten schützt. Sie werden deine Aussage protokollieren und dich nach Hause schicken, und dort, meine Liebe, dort warten sie dann auf dich. Vielleicht in deinem Wohnzimmer oder im Schlafzimmer. Mal sehen, wo's ihnen besser gefällt. Ich weiß, wovon ich spreche, Birgit. Sag nicht, ich hätte dich nicht gewarnt. Monika wollte mir auch nicht glauben.«

»Sie haben Monika gewarnt?«

»Natürlich.«

»Wer sind die?«

Keine Antwort.

Birgit setzte alles dran, ihre Angst in den Griff zu bekommen. Sie atmete tief ein und kämpfte gegen das Gefühl der Ohnmacht.

»Wer sind die?«, wiederholte sie.

»Das bringt doch nichts, Birgit. Du kannst sie nicht besiegen. Sie haben Einfluss, gute Beziehungen und sind extrem gefährlich.«

In Birgits Kopf drängten sich Bilder eines Geheimbundes. Ihre Großmutter hatte häufig vor den Freimaurern gewarnt.

»Warum erzählen Sie mir das alles?«, fragte sie leise.

»Weil ich verhindern will, dass dir etwas passiert. So ein hübsches junges Mädchen, wie du es bist. Pass ein bisschen auf dich auf. Ach ja, bei dieser Gelegenheit«, fügte er hinzu. »Wie gefällt's dir bei dieser Journalistin? Hat sie eine schöne Wohnung? Stehst du gerade in ihrem Schlafzimmer?«

Birgit fuhr herum. Beobachtete er sie? Stand er vor dem Haus? Sie könnte in die Küche gehen und aus dem Fenster direkt auf den Yppenplatz hinunterschauen. Der einzige Platz, von wo aus man das Haus gut einsehen konnte. Ihre Beine gehorchten nicht, klebten am Boden fest. Sie konnte sich nicht bewegen. Wieder schluckte sie trocken, und er lachte. Sie hörte ein Geräusch. Augenblicklich zog sie die Bettdecke über ihren Kopf. Ihr war zum Weinen zumute oder zum Davonlaufen oder beides. Stattdessen saß sie wie gelähmt auf der Bettkante. Sie fühlte, wie sich Verzweiflung in ihr breit machte, jeden Millimeter ihres Körpers in Besitz nahm. Hörte das denn nie auf? Ihre Schläfen pochten. Sie schloss die Augen, versuchte, einen normalen Herzschlag zu erzwingen.

»Hättest nicht gedacht, dass ich weiß, wo du dich aufhältst.« Wieder dieses Lachen, das augenblicklich erstarb. »Ich behalte dich im Auge. Denk dran: Wenn du nicht aufhörst herumzuschnüffeln, bist du so gut wie tot, und ich kann dir nicht helfen.« Marie kam durch die angelehnte Tür herein.

Birgit nahm all ihren Mut zusammen. »Ich will Sie treffen!«

Stille. Mit diesem Vorschlag hatte der Anrufer offensichtlich nicht gerechnet. Birgit zählte: 21, 22, 23, 24 …

»Ich will mit Ihnen reden.«

… 26, 27, 28, 29 …

»Nein. Das ist zu gefährlich.«

»Was ist gefährlich? Mit Ihnen zu reden?«

»Dass man uns miteinander sieht. Ich überlege mir etwas.«

Die Verbindung wurde unterbrochen. Birgit drückte auf den roten Knopf und schleuderte ihr Handy aufs Bett. Dann durchwühlte sie leise Sarahs Kleiderkasten nach frischer Kleidung. Aufs Haareföhnen verzichtete sie, das machte zu viel Lärm. Vor wenigen Minuten hatte sie noch gehofft, Chris wecken zu können, nur um nicht alleine sein zu müssen. Nun wollte sie ihm unter keinen Umständen über den Weg laufen. Wie sollte sie ihm ihren eiligen Aufbruch erklären? Während sie sich anzog, suchte sie nach Stift und Papier. Sie hinterließ eine hastig hingekritzelte Nachricht auf dem Küchentisch.

Kurz danach war sie zur Tür hinaus.

21

Sarah starrte auf den Bildschirm, als handle es sich bei dem Bericht um eine Kriegserklärung an Österreich.

Sie konnte einfach nicht glauben, was sie las. Da hatte doch tatsächlich jemand dem ORF die Information zugespielt, dass der Toten am Naschmarkt drei Finger fehlten. Aus dem Bericht ging hervor, dass der Redaktion ein Beweisfoto vorlag. Die Polizei gehe derzeit nicht von einem Ritualmord aus, hieß es weiter in dem Artikel, könne sich den Grund für die abgetrennten Finger jedoch nicht erklären. Am Ende des Artikels mutmaßte der Redakteur, dass es sich vielleicht doch um einen Ritualmord handelte, über den die Polizei keine Details verraten wollte. Oder der Täter hatte damit eine Art Unterschrift hinterlassen. Dann müsste man mit weiteren Opfern rechnen. Dass die Finger per Post auf Sarahs Schreibtisch gelandet waren und sie sehr wohl eine Erklärung dafür hatte, stand nirgendwo. Auch war Sarah nicht von den Kollegen des öffentlichen Fernsehens kontaktiert worden. Entweder hatte Stein keinen Kommentar dazu abgegeben, oder er hatte, falls er interviewt worden war, dieses Detail verschwiegen. Denn dass der ORF die Polizei nach Auftauchen des Fotos kontaktierte und um eine offizielle Stellungnahme bat, war sicher. Wie Sarah Stein einschätzte, ließ der dem öffentlich rechtlichen Sender ein förmliches Antwortschreiben über die Pressestelle zukommen, ohne Einzelheiten preiszugeben. Wäre die Erklärung der Polizei eine offizielle Pressemeldung gewesen, hätte Sarah dieses Schreiben ebenfalls erhalten.

»Stein hätte mich warnen können«, schmollte sie.

»Kannst du dir vorstellen, wie der ORF an die Info und das Foto kommt?«, fragte David.

»Ich weiß es nicht. Von mir haben sie's nicht«, verteidigte sich Sarah, obwohl sie weder ein Foto von der Leiche besaß, noch David Gruber oder Herbert Kunz ihre Loyalität dem *Wiener Boten* gegenüber anzweifeln würden. Wo war der Chef vom Dienst eigentlich?

»Ist Herbert nicht im Haus?«

»Er hat das Wochenende frei und ist mit seiner Frau auf Wellnessurlaub oder so. Sonst wäre er schon längst in der Redaktion. Nach dieser Meldung.« David sah Sarah nachdenklich an.

Gott, diese Augen! Dieser Mann schaffte es, mit einem Blick seine Umwelt zu entwaffnen, zu beschwören und zu verzaubern. Jedenfalls traf dies auf Sarah zu.

»Warum schickt der Täter Fotos der Toten herum?«, fragte David in ihre Gedanken hinein.

»Du denkst, dass der Täter die Bilder der Leiche verschickt?«, zeigte sich Sarah verwundert.

»Wer denn sonst?«

»Ein Zeuge der Tat?«

»Das ergibt keinen Sinn. Ein Zeuge würde zur Polizei gehen«, behauptete David.

»Vielleicht will jemand Geld damit verdienen?«, schlug Sarah vor.

»Dann hätte sich der Absender davor bei verschiedenen Medien gemeldet und eine gewisse Summe für das Foto verlangt oder zumindest auf einer Veröffentlichung bestanden.« Er schüttelte sich, angewidert von dem Gedanken. »Aus welchem Grund auch immer. Dann hätte derjenige auch die Printmedien kontaktiert, und wenn das geschehen wäre, wüsste ich das – und der ORF hat für derartige Bilder niemals bezahlt.«

Sarah stützte den Kopf auf, massierte schweigend ihre Schläfen. Die Haare fielen ihr ins Gesicht. Sie strich sie zurück. Schließlich sah sie David unverwandt an. »Du hast recht. Der Kerl will unter allen Umständen eine Veröffentlichung erreichen. Deshalb hat er mir die Finger geschickt. Es ging nicht nur um die Botschaft an und für sich. Der Absender war davon überzeugt, dass ich die Sache sofort groß rausbringe. Auch muss er davon ausgegangen sein, dass ich gleich kapiere, dass Monika Billich gelogen hat. Aus welchem Grund sonst hat er die Finger in meine Kolumne über den Eid gewickelt? Dass ich aus dem Ganzen nicht sofort eine große Story mache, damit hat er nicht gerechnet.«

David Gruber stützte sich am Schreibtisch ab und beugte sich vor. »Hättest du sicher getan, wenn Stein dich nicht darum gebeten hätte, es nicht zu tun. Weil du bis jetzt nicht reagiert hast, änderte er seinen Plan und wendete sich an ein anderes Medium.« Er lehnte sich wieder zurück. »Und damit hat er Monika Billich wieder in die Schlagzeilen gebracht.«

»Das erklärt nicht, warum er wollte, dass außer dem ORF auch Birgit das Foto bekommt«, grübelte Sarah.

»Er will Aufmerksamkeit. Er will vermeiden, dass der Mord in Vergessenheit gerät«, erörterte David. »Vielleicht ein Narzisst, der versucht, seine Umwelt zu manipulieren? Was weiß denn ich? Nur eines muss dir klar sein, Sarah. Da nun die Katze aus dem Sack ist, halten wir uns mit der Berichterstattung nicht mehr zurück.« David Gruber dachte eine Sekunde nach. »Eine ganze Seite. Kriegst du das hin?«

»Und Stein?«

»Vergiss Stein. Wir haben lange genug stillgehalten, Sarah.« Er schüttelte den Kopf. »Ich frage mich manchmal, was dieser Idiot über uns denkt. Wie auch immer. Die Story mit den abgetrennten Fingern wirst du morgen in ganz Österreich lesen können. Wir werden noch ein Schäuflein drauflegen.«

»Dann wird nach Erscheinen des Artikels bei uns in der Redaktion die Hölle los sein. Erinnere dich, wie sich die Kollegen von den Konkurrenzblättern nach Hildes Tod aufgeführt haben.«

David stand auf, wanderte nachdenklich im Raum umher, hielt beim Fenster an und schaute auf die Mariahilfer Straße hinunter. »Natürlich weiß ich, was sich hier abspielen wird. Sie alle werden sich um ein Interview mit dir reißen. Herbert und ich werden dir zur Seite stehen. Verdammt. Du bist Journalistin, Sarah. Und jetzt schreib den Artikel.«

Sarah atmete schwer. »Damit spielen wir Baumann und Jurit direkt in die Hände.«

»Es geht hier nicht nur um Jurit und Baumann. Es geht darum, dass du eine gute Geschichte in der Lade hast und noch immer zögerst.«

David wandte sich vom Fenster ab, kam zu ihr und lehnte sich gegen den Schreibtisch. »Sarah. Es handelt sich hier nicht um eine Bitte, sondern um eine Anweisung. Du schreibst den Artikel, und du erwähnst darin, dass die drei Finger auf deinem Tisch gelandet sind und dass Monika Billich vor Gericht falsch ausgesagt hat. Wenn wir es nicht tun, wird es nächste Woche ein anderer tun, und wir sind draußen.«

Sarah öffnete den Mund, um zu antworten. Davids Blick ließ sie verstummen. Kein Zauber lag in seinen

Augen. Jetzt war er ganz Herausgeber einer großen Tageszeitung. »Wir haben eine Informantin, die vor Gericht aussagen würde. Was willst du noch? Wovor hast du Angst?«

Sarah wich seinem Blick aus. Die letzte Frage konnte sie ihm nicht beantworten. Die Neugier hatte die Angst noch nicht ganz besiegt.

Sie hatte Geister heraufzubeschwören, mit denen sie nicht fertigwurde. Sie wollte keine Fehler machen, wollte verhindern, dass Koban eine Möglichkeit fand, sie bloßzustellen. Sie war nicht so tough, wie Hilde Jahn es gewesen war. Doch dies alles sagte sie nicht, weil sie wusste, dass sie gut in ihrem Job war und David ihr Selbstmitleid nicht durchgehen lassen würde.

Es war kurz vor zwölf. »Ich treffe mich um eins mit Jutta Baumann im Café Ritter. Bis dahin habe ich locker die Rohfassung fertig. Ich verlange aber, dass du sie liest.«

»Gut. Schick sie auf meinen PC und komm nach dem Treffen zu mir ins Büro.« David Gruber warf ihr einen langen Blick zu. Es schien, als wollte er ihr noch etwas sagen. Sarah wartete. Ihr schlug das Herz bis zum Hals. Schließlich verließ er ohne ein weiteres Wort das Büro. Sarah schimpfte sich idiotisch, naiv, blauäugig. Wie konnte sie nur annehmen, dass sich zwischen David und ihr mehr entwickeln würde als eine rein berufliche Beziehung? Denk logisch: Der Herausgeber und eine Angestellte. Ernüchternd war nur die Tatsache, dass das schon einmal funktioniert hatte. David und ihre ermordete Kollegin Hilde. Gott! Warum hatte er sie damals im Lift nicht geküsst? Sie seufzte. Eine weitere Analyse ihrer Gefühle für David ließ sie nicht zu. Das Feld war zu weit. Sie hoffte, dass Jutta Baumann noch keine Nachrichten gehört oder den *Wiener Boten* gelesen hatte. Sarah klickte den Artikel, an dem sie vorhin gearbeitet hatte, weg und begann mit der Rohfassung des aktuellen Berichtes.

Jutta Baumann wartete bereits im Café Ritter. Die Studentin hatte einen Platz im hinteren Nichtraucherbereich gewählt. Garantiert wollte Jutta Baumann nicht mit Sarah gesehen werden.

»Wir hätten uns auch in der Redaktion treffen können.«

Die junge Frau hob abwehrend ihren dünnen Arm. »Passt schon!« Ihre Stimme klang fest, ihr Blick war direkt und standhaft. Vor Sarah saß eine ganz andere Jutta Baumann als im *Do & Co*. Eine hübsche selbstsichere Frau, nicht das verschreckte Küken, das Sarah vor wenigen Tagen kennengelernt hatte. Ihre rotblonden Haare hatte sie im Nacken zusammengefasst.

Sarah legte ihren Notizblock und einen Kugelschreiber auf den Tisch. Der Kellner kam. Sarah knurrte der Magen. Sie bestellte Eiernockerl mit grünem Salat und ein Glas Mineralwasser. Jutta Baumann wollte nur einen Verlängerten.

»Warum wollten Sie mit mir allein sprechen?«

Der Kellner brachte die Getränke. Jutta Baumann nahm den kleinen Löffel und rührte ihren Kaffee um.

»Ich will, dass Sie verstehen, was mir passiert ist. Mein Vater ist der Meinung, dass es wenig Sinn macht, offen über die Sache zu reden. Ich bin da anderer Meinung.«

»Und Ihre Mutter?«

»Meine Mutter behütet mich seit dem Vorfall wie ein kleines Kind.«

Das konnte Sarah gut verstehen. Sie deutete auf Jutta Baumanns Hals. »Eine schöne Kette haben Sie.«

Die Studentin griff danach. »Ein Geschenk.«

»Das blaue Auge. Hilft gegen den bösen Blick.«

»Sie glauben an so etwas?«

Sarah lächelte verlegen. »Ein wenig. Jedenfalls beschäftige ich mich mit solchen Dingen. Welche Farbe wofür steht. Blau steht für Gerechtigkeit, Treue und Wahrheit.«

Jutta Baumann nahm ihre Hand von der Kette.

Sie schwiegen eine Weile.

»Was meinen Sie genau damit: Sie wollen, dass ich verstehe?«, knüpfte Sarah an das Gespräch an. Jutta Baumann nahm ein Taschentuch aus ihrer Handtasche und begann es zu kneten. Es fiel ihr sichtlich schwer, offen mit einer Fremden darüber zu sprechen.

»Wissen Sie eigentlich, wie viele Frauen pro Jahr vergewaltigt werden?« Jutta Baumann schaute Sarah eine Weile an, ehe sie selbst antwortete. »Die Zahl der geschätzten Vergewaltigungen liegt in Österreich bei 5000 Frauen pro Jahr.«

Sarah erschrak. »So viele?« Sie notierte sich die Zahl auf ihrem Block. 5000 Frauen macht einen Euro pro Frau für Monika Billich, dachte sie.

»Man geht davon aus, dass in Österreich alle zwei Stunden eine Frau vergewaltigt wird. Ist das nicht schrecklich?«

So viel zur Insel der Seligen. »Schrecklich«, bestätigte Sarah ernst.

»Eine Vergewaltigung ist ein Akt der Aggression. Nicht das Ergebnis eines unkontrollierten sexuellen Triebes. In manchen Ländern wird eine Vergewaltigung heute noch als Foltermethode eingesetzt.« Sie machte eine kurze Pause.

Sarah wartete schweigend auf die Fortsetzung.

»Wissen Sie, dass nur eine von zehn Vergewaltigungen überhaupt angezeigt wird?«

Der Kellner brachte die Eiernockerl. Sarah war der Appetit vergangen.

Lustlos stocherte sie in ihrem Essen herum.

Sarah zwang sich zu essen. Sonst würde ihr am Nachmittag schlecht werden vor Hunger.

»Sehr oft ist der Lebenspartner der Täter. Dann scheuen viele Frauen eine Anzeige. Manchen ist es ganz einfach peinlich, dass ihnen so etwas passiert«, fuhr Jutta Baumann fort.

»Sie haben sich intensiv damit auseinandergesetzt?«

Jutta Baumann nahm einen Schluck Kaffee. »Natürlich habe ich mich damit auseinandergesetzt. Sonst hätte es mich umgebracht. Eine Vergewaltigung verletzt nicht nur den Körper, sondern auch die Seele.«

Sarah erinnerte sich, dass Jutta Baumann unter Depressionen litt und laut Dagmar Jurit selbstmordgefährdet war.

»Stimmt es, dass Sie bei sich daheim vergewaltigt wurden?«

»Sie glauben mir?« Die junge Frau lächelte erleichtert.

»Ja, ich glaube Ihnen«, sagte Sarah. »Ich hab Norbert Weninger zufällig auf einer Party getroffen.« Sie schob den leeren Teller beiseite. »Ehrlich gesagt, es war nicht rein zufällig. Mein Bruder ist Medizinstudent. Er wusste, dass Weninger auf dieser Party sein würde. Also bin ich hin, um mit ihm zu reden.« In wenigen Worten erzählte Sarah Jutta Baumann von dem Zusammentreffen. Auch davon, dass eine Freundin der Ermordeten einen Beweis dafür gefunden hatte, dass Norbert Weninger in besagter Nacht nicht mit Monika Billich zusammen war.

»Und worauf warten Sie dann noch? Schreiben Sie das in Ihrer Zeitung!«

»Das werde ich, glauben Sie mir, das werde ich. Der Artikel erscheint morgen.«

Jutta Baumann zeigte sich glücklich.

»Was haben Sie gefühlt, als Norbert Weninger freikam?«

»Ich war verdammt wütend.« Jutta Baumann seufzte laut. »Eine gute Strategie von Norbert, Doktor Koban als Verteidiger zu wählen. Der Großkotz hat den Ruf, über Leichen zu gehen, zum Wohl seiner Mandanten, versteht sich.« Sie ließ die Worte einen Moment lang auf Sarah wirken, ehe sie weitersprach. »Leider bleiben in Österreich sehr viele Vergewaltigungen straffrei. Im Durchschnitt werden nur 17 Prozent verurteilt.«

»Erzählen Sie mir Ihre Version der Geschichte.«

»Da gibt es nicht viel zu erzählen. Es war mein 22. Geburtstag. Wir haben im Haus meines Vaters gefeiert. Er war auf einer Geschäftsreise und hat es mir zur Verfügung gestellt, weil dort mehr Platz ist und es keine Nachbarn gibt, die laute Musik stört. Meine Wohnung ist im ersten Bezirk. Ich habe jede Menge Nachbarn.«

»War Weninger betrunken?«

»Nicht mehr als sonst.« Ihre Stimme klang härter. »Norbert ist auf Partys meistens betrunken und immer der Letzte, der nach Hause geht, wenn Sie wissen, was ich meine. Deshalb dachte ich mir nichts dabei, als er blieb und alle anderen gingen. Zwischendurch bot er mir an, beim Aufräumen zu helfen.«

»Ist früher schon einmal etwas zwischen Ihnen vorgefallen?«

Die Studentin legte die Stirn in Falten. »Sie meinen, ob wir etwas miteinander hatten? Nein. Norbert ist ein Frauenheld. Das stimmt. Aber weder bin ich sein Typ noch er meiner. Wir sind … waren einfach nur in derselben Clique.«

»Wie haben Ihre Freunde auf die Vergewaltigung reagiert?«

Jutta Baumanns Gesichtsausdruck wurde traurig. »Unterschiedlich. Einige waren entsetzt, weil sie's ihm nicht zugetraut haben, und andere meinten, ich bilde mir etwas ein.«

Sarah sah die junge Frau an, deren unsichere Seite wieder zum Vorschein kam. Jutta fingerte verlegen an ihrer Tasse herum, deutete dem Kellner, dass sie noch einen Verlängerten haben wollte.

»Warum hat niemand für Sie vor Gericht ausgesagt? Die anderen hätten doch wissen müssen, dass Monika Billich nicht auf der Party war.«

Jutta Baumann zuckte ihre schmalen Achseln. »Da waren gut 100 Leute, und es ist jede Menge Alkohol geflossen. Am Ende wusste keiner mehr, wer tatsächlich da war und wer nicht.«

»Wann genau ist es passiert?«, fragte Sarah.

»Gegen sechs Uhr morgens.« Jutta Baumann tupfte sich die Augen. »Es kam so plötzlich. Ich konnte kaum reagieren. Nicht nur, weil Norbert mir körperlich überlegen ist. Auch weil ich im Moment nicht realisierte, was da passierte. Er kam von hinten. Ich war gerade dabei, die Kissen vom Boden aufzuheben und aufs Sofa zu schmeißen. Er stieß mich auf die Couch, schob mein Kleid hoch und riss mir den Slip vom Leib. Ich bekam kaum Luft. Er presste meinen Kopf fest aufs Sofa. Natürlich hätte ich um mich schlagen oder laut schreien können. Was hätte es genutzt? Ich hab Ihnen ja gesagt, dass mein Vater keine Nachbarn hat. Das Haus ist abgelegen. Und im Haus war niemand mehr. Wer hätte mir also helfen sollen?« Sie machte eine kurze Pause, ehe sie fortfuhr. »Gegen Norbert hatte ich keine Chance. Also habe ich die Sache über mich ergehen lassen. Ich dachte, dann ist es schneller vorbei. Ich hatte solche Angst. Verstehen Sie?«

Sarah starrte ihr Gegenüber unangenehm berührt an, überlegte, ob sie den Arm der jungen Frau berühren sollte. Nur ganz leicht, als Geste des Verstehens. Würde Jutta Baumann diese Berührung in diesem Augenblick richtig auffassen? Egal, sie musste es tun.

Jutta Baumann begriff, versuchte ein Lächeln. »Wissen Sie, was grotesk ist? Nachdem er verschwunden war, stand ich auf, ging duschen, und danach habe ich mich ins Bett gelegt, als wäre nichts geschehen.«

»Wann haben Sie ihn angezeigt?«

Jutta Baumann straffte den Rücken. Die selbstbewusste Frau sprach wieder: »Eine Woche später. Als die Alpträume schlimmer wurden.«

»Entschuldigen Sie, wenn ich Sie das so direkt frage: Waren Sie bei einem Arzt? Der hätte doch in einem Attest die Vergewaltigung bestätigen können.«

»Nun ja, das ist bis zu einem gewissen Grad richtig. Zwischen der Vergewaltigung und der Untersuchung war aber schon zu viel Zeit vergangen. Ich hatte geduscht, damit waren die eindeutigen Spuren verschwunden. Außerdem hatte ich keine typischen Verletzungen wie Blutergüsse oder Würgemale. Ich hab Ihnen ja gesagt, dass ich vor lauter Angst still gehalten hab. Das wird dem Opfer bei einem Prozess negativ ausgelegt.« Sie sah Sarah traurig an. »Wer sich nicht wehrt, bleibt juristisch auf der Strecke.« Wieder zuckte sie mit den Schultern. »Und dann kam noch die Aussage dieser Monika Billich.«

»Wie geht es Ihnen jetzt?«

»Was in mir vorgeht, können Sie nicht verstehen, weil ich es selbst noch nicht verstehe. Ich bin in Therapie, werde auch meinen Studienplatz verlegen. Nach Paris. Ich muss Abstand gewinnen. Stellen Sie mir die Frage in einem Jahr noch einmal.«

»Darauf können Sie sich verlassen.«

Jutta Baumann kniff die Augen zusammen. »Ich will einfach, dass dieses Arschloch dafür bestraft wird. Sie müssen wissen, Norbert ist ein richtiges Ekelpaket. Selbstgefällig, überheblich und der Meinung, dass sein Vater alles für ihn richtet. So wie der Herr Sohn es gerade braucht. Und der feine Herr Architekt macht das auch noch. Für Norbert Weninger gelten keine Regeln.«

Ein Gedanke schoss Sarah durch den Kopf. War es möglich, dass mit dieser vordergründig zerbrechlichen Frau die Mörderin von Monika Billich vor ihr saß? Würde ein Kriminalist wie Stein das auf den ersten Blick erkennen? Das Motiv war einleuchtend, auch das Abtrennen der drei Schwurfinger.

»Seit wann kennen Sie Norbert Weninger?«

Wieder dieses Achselzucken vor der Antwort. »Seit fünf Jahren. Fragen Sie mich nicht, wie wir uns kennenlernten. Das kann ich nicht beantworten. Irgendwann war er da. Soweit ich mich erinnere, kam er zum ersten Mal mit einem Studienkollegen auf eine Party.« Sie schlug mit der flachen Hand auf den Tisch. Nicht fest. Ganz sachte. In ihrer Wut rang sie sichtlich um Contenance. »Es kann nicht sein, dass er mit einer Lüge davonkommt«, zischte sie.

»Und er hat davor nie versucht, mit Ihnen enger in Kontakt zu kommen?«

»Ich hab Ihnen doch schon erklärt, dass ich nicht sein Typ war«, kam es scharf. »Und um die nächste Frage gleich vorwegzunehmen. Ja, ich kenne Frauen, die mit ihm geschlafen haben. Soweit ich weiß, hat er es gerne auf die harte Tour.«

Sarah wollte nicht wissen, was mit harter Tour gemeint war. Jutta Baumann winkte dem Kellner. »Ich muss jetzt leider gehen, ich bin mit meiner Mutter verabredet. Sie hilft mir beim Packen, gestern war die Wohnungsübergabe, und nächste Woche übersiedle ich.«

»So schnell?«

»Die Entscheidung, nach Frankreich zu gehen, fiel bereits im März. Andere Umgebung, andere Freunde. Ich wollte jedoch dieses Jahr auf der Uni in Wien abschließen.«

Fieberhaft suchte Sarah nach Fragen, die sie noch nicht gestellt hatte. »Haben Sie heute schon Zeitung gelesen?«

»Sie spielen auf die Fotos mit Frau Doktor Jurit und Doktor Koban an? Ja, die habe ich gesehen.« Sie hob die Augenbrauen. »Spielt das noch eine Rolle?«

»Sagen Sie's mir!«

Schweigen.

»Mir ist bei meinen Recherchen aufgefallen, dass Frau Doktor Jurit sehr viele Vergewaltigungsfälle bestreitet. Hat das einen Grund? Hat sie sich darauf spezialisiert?«

Der Kellner kam, Jutta Baumann zahlte. Sie stand auf und reichte Sarah eine Visitenkarte. »Meine Adresse und Telefonnummer in Paris, falls Sie mich tatsächlich in einem Jahr fragen wollen, wie es mir geht.« Sarah nahm sie, behielt sie in der Hand.

Jutta Baumann zögerte einen Moment. »Ich weiß nicht, ob oder warum sich Frau Doktor Jurit auf solche Fälle spezialisiert hat. Das müssen Sie sie schon selbst fragen. Obwohl ich zugebe, dass es mir aufgrund ihrer Vergangenheit einleuchtet.«

»Vergangenheit?«, wiederholte Sarah. »Welche Vergangenheit?«

»Mir ist es egal, ob sie mit Doktor Koban ein Verhältnis hat oder nicht. Sie hat mich so gut wie möglich vertreten, und gegen Lügen und den Meineid einer Zeugin ist auch sie machtlos«, verteidigte Jutta Baumann ihre Anwältin. Dann legte sie die rechte Hand auf ihre Brust. »Ich habe mich für sie entschieden, weil sie selbst Opfer einer Vergewaltigung war. Damit ist Ihre Frage wohl beantwortet.«

22

Koban floh aus seinem eigenen Leben.

Hastig packte er einen Reisekoffer, küsste seinen Sohn auf die Stirn und verließ ohne ein weiteres Wort die Villa.

In der Garage klappte er das Dach zurück und raste wenig später die Pötzleinsdorfer Straße entlang. Der Motor des 911er röhrte. Die Musik im CD-Player war bis zum Anschlag aufgedreht. Black Sabbath – »Paranoid«. Er klopfte nervös aufs Lenkrad. Zum Rhythmus der Musik. Sang lautstark mit. »All day long I think of things, but nothing seems to satisfy!« Warme Frühlingsluft blies ihm ins Gesicht. Sollte Silvia doch der Teufel holen! Er war außer sich vor Zorn. Nicht, weil man seine Affäre entdeckt hatte. Vielmehr ärgerte ihn, dass Silvia nun das Recht auf ihrer Seite hatte, und das nutzte sein Schwiegervater mit Sicherheit aus. Diesen Prozess konnte er nur verlieren. Besser, er gab Silvia gleich alles, was sie verlangte.

Unmittelbar nach der Straßenbahnschleife Höhe Schlosspark schob sich ein Fußgänger in sein Blickfeld. Der Mann überquerte die Straße auf dem Schutzweg. »Verdammt noch mal!« Koban stieg auf die Bremse und kam knapp vor dem Zebrastreifen zum Stehen. »Bist deppert?!«, übertönte der Passant die Musik, schüttelte erbost den Kopf und zeigte ihm den Mittelfinger. Der Anwalt stieg aufs Gas. Der Motor heulte auf, die Reifen quietschten, und erst bei knapp 7000 Touren legte er den zweiten Gang ein. Innerhalb von fünf Sekunden war er auf 100, dann 120, 140. Parkende Autos, Häuser und Grünpflanzen flogen an ihm vorüber. Er spürte, wie der Porsche auf den Straßenbahnschienen leicht hin und her glitt, keinen rechten Grip fand. Schuld daran waren die breiten Reifen.

Karlheinz Koban sah die Straßenbahn rechtzeitig. Der 41er fuhr wenige Meter vor ihm direkt auf seiner Spur. Wer bremst, verliert. Außerdem barg es ein enormes Risiko, bei dem hohen Tempo auf den Schienen scharf zu bremsen.

Die Situation erforderte seine volle Konzentration. Rechts vorbeifahren schien unmöglich. Verbotenerweise zog er den Wagen auf die linke Seite der Garnitur und überholte im Höllentempo, rammte dabei beinahe ein aus einer Ausfahrt kommendes Fahrzeug. Zum Glück entdeckte ihn der Fahrer in letzter Sekunde und blieb sofort stehen. Im Vorbeifahren sah Koban sein wütendes Gesicht durch die Windschutzscheibe. Der Anwalt zeigte keine Regung, setzte sich mit seinem Wagen vor die Straßenbahn, nahm das Tempo ein wenig zurück, mahnte sich zur Ruhe und wischte sich mit dem Handrücken den Schweiß von der Stirn.

Er grinste zufrieden. Das war Millimeterarbeit gewesen. Was wäre das für ein absurdes Schicksal, nach diesem Morgen bei einem banalen Verkehrsunfall ums Leben zu kommen.

Als seine Aufgebrachtheit abgeklungen war, hielt er vor einer Trafik und kaufte sich den *Wiener Boten*. Dieses Schmierblatt brachte es tatsächlich fertig, ihn vorzuführen. Während er weiter Richtung Innenstadt fuhr, formulierte er im Kopf die Klageschrift gegen die Zeitung.

Sein Gegner strengte sich an, das musste er ihm lassen. Klar, dass man ihn inzwischen nahezu rund um die Uhr observierte. Da war es nur eine Frage der Zeit gewesen, bis jemand auch das Verhältnis mit Dagmar an die Öffentlichkeit zerrte. Das Foto von der Leiche fiel ihm ein, vor allem der Text auf der Rückseite: »Das Geheimnis hat ein Recht, an die Öffentlichkeit zu kommen.«

Dieses Geheimnis konnte damit unmöglich gemeint sein. Das wäre zu simpel. Schließlich hatte er bereits unzählige Affären gehabt. Darunter waren auch Politikerinnen und Diplomatengattinnen gewesen. Allesamt hatten sie ihm nicht geschadet, wären jedoch eine wesentlich brisantere Schlagzeile gewesen als Dagmar und er. Außerdem, wen lockte heute noch die Aufdeckung einer Liebschaft hinter dem Ofen hervor? Viele Ehen gingen in die Brüche. Mein Gott. Warum sollten er und Silvia die Ausnahme sein?

Er fuhr zuerst in seine Wohnung am Naschmarkt, lud den Koffer ab und machte sich danach direkt auf den Weg ins Büro. Er parkte den Wagen wie gewöhnlich in der Millöckergasse, sah sich um, bemerkte jedoch keine Spur eines Verfolgers. Er betrat das Haus. Im Aufzug schaltete er sein Mobiltelefon ein, sah, dass keine Anrufe eingegangen waren. Dennoch konnte er sich lebhaft vorstellen, wie seine Geschäftspartner, Gegner und Mandanten sich seit den frühen Morgenstunden das Maul über ihn zerrissen, mit der Idee rangen, ihn anzurufen, um zu fragen, ob an der Geschichte etwas Wahres dran sei: Doktor Karlheinz Koban hat eine Affäre mit seiner vermeintlich stärksten Kontrahentin. Sollte er Dagmar anrufen? Ob sie die Fotos bereits gesehen hatte? Er wählte ihre Nummer, kam auf die Sprachbox und widerstand der Versuchung, ihr eine Nachricht zu hinterlassen.

Gleich darauf betrat er die Kanzlei und steuerte sofort auf Behrens' Büro zu. Sicher arbeitete sein Kompagnon auch am Samstag. Der Raum war leer. Die Ordnung ließ Koban annehmen, dass zuletzt die Putzfrau hier gewesen war. Der Anrufbeantworter auf dem Schreibtisch seiner Sekretärin blinkte. Er drückte den Knopf zum Abspielen der Nachrichten. Fünf Anrufe waren eingegangen. Vier Journalisten wollten etwas über ihn und Dagmar wissen, fragten, ob Koban für ein Interview zur Verfügung stehe. Er löschte die Mitteilungen. Die fünfte Botschaft versetzte ihn in Alarmbereitschaft. Ein Redakteur vom ORF fragte, ob er ein Statement dazu abgeben wolle, dass der Leiche Monika Billichs drei Finger fehlten. Woher zum Teufel wusste der ORF davon? Gab die Polizei nach und nach Details an die Presse weiter? Seines Wissens tappte sie nach wie vor im Dunkeln. Half das wirklich bei den Ermittlungsarbeiten? Was erhoffte sich die Exekutive? In seinem Büro stellte er das Radio an und wartete auf die Nachrichten wie die Maus vor der Schlange. Die Meldung war kurz und unspektakulär. Ein Beweis dafür, dass die Pressemeute nicht genug Informationen hatte. Sonst würde sie die Geschichte groß aufblasen, hätte mit Kameras vor seiner Villa gewartet. Der Moderator erläuterte, dass die Polizei zahlreichen Hinweisen nachgehe, man nach wie vor keine Erklärung für die fehlenden Handteile der Toten habe. Keine O-Ton-Einspielung. Also verweigerte die Polizei jegliches Interview zum Thema. Das bedeutete, dass die Information an den ORF aus einer anderen Quelle kam.

Baumann!

Koban wählte Behrens' Nummer. Sein Kompagnon hob weder am Festnetz noch am Handy ab. Wo waren die Leute, wenn man sie brauchte?

In der Küche machte er sich eine Tasse Kaffee, versuchte sich zu beruhigen.

Ihm wurde klar, dass er noch immer keinen Plan, keine Taktik oder Strategie entwickelt hatte, die den Gegner in die Knie zwingen würde. Bis jetzt agierte Baumann wie ein Kriegsherr, der auf ihn eine absolute Macht ausübte. Dem musste er endlich etwas entgegensetzen. Das Problem war nur, dass es bis zu diesem Zeitpunkt keinen Beweis dafür gab, dass Baumann tatsächlich hinter all dem steckte. Wären sie sich vor Gericht begegnet, Auge in Auge, als Kläger und Angeklagter, hätte Koban mit der Situation umgehen können. Das bewies er täglich. Behauptung, Gegenargument, Widerlegung, Beweisgrundlage, Urteil. Sein Wirkungsbereich lief immer nach dem gleichen Muster ab. Paragrafen, Gesetzestexte und Gerichtssäle.

Auf diesem Parkett bewegte er sich ohne Sicherheitsnetz. Man konnte ihn mitten in der Nacht aus dem Bett holen, und er verteidigte augenblicklich einen Mandanten in einem schwierigen Fall. Dieses Können und Wissen verlor völlig an Wert in einem ungleichen Gefecht, bei dem der Angegriffene noch nicht einmal das Ziel der Schlacht kannte.

Nicht zum ersten Mal holte ihn der Gedanke ein, dass der programmierte Höhepunkt des Spiels sein Tod sein sollte.

Die Unruhe trieb ihn wieder hinaus und auf die Straße. Er musste dringend mit jemandem sprechen. Dagmar? Er stellte sich vor, wie sie ihn musterte. Ihre stumme Vorhaltung, nicht achtsam genug gewesen zu sein, obwohl sie ihn auf offener Straße geküsst hatte.

Damit, dass deine Frau dich beschatten lässt, musstest du irgendwann rechnen.

Nein, er wollte Dagmar jetzt nicht sehen. Später.

Zielstrebig fuhr er Richtung Porzellangasse. Behrens wohnte seit jeher in einer Wohnung im neunten Bezirk. Hier wurde er im AKH geboren und ging ins Lycée Français zur Schule. Sogar seine erste Studentenbude fand er in Wien Alsergrund. Koban fragte sich manchmal, warum sein Kompagnon nicht längst in ein Penthouse an den Stadtrand übersiedelt war. Das nötige Geld dafür besaß er längst. Egal wie erfolgreich die Kanzlei lief, es hielt den Wirtschaftsanwalt innerhalb des Gürtels von Wien. Zu viel Grün mache ihn verrückt, merkte er gewöhnlich an, wenn die Sprache darauf kam. Etwas, das Koban nicht verstehen konnte.

Der Anwalt parkte zwischen zwei Autos etwas abseits von Behrens' Wohnhaus auf der gegenüberliegenden Straßenseite. Er stieg aus und klappte das Dach zu. Sein Kompagnon würde überrascht sein, denn niemals zuvor hatte er Behrens privat aufgesucht.

Gerade als er die Straße überqueren wollte, öffnete sich die Eingangstür von Behrens' Wohnhaus und heraus trat – Dagmar. Sie trug ein weißes, enges Kleid mit Dekolleté und ebenso weiße Stöckelschuhe. Ihre dunkelblonden Haare fielen offen über die Schulter. Wie von der Tarantel gestochen blieb Koban stehen. Was zum Teufel tat sie in dieser Gegend? War sie etwa bei Behrens gewesen? Koban nahm sein Handy aus dem Jackett und rief sie an, während er rückwärts in den nächstgelegenen Hauseingang trat, im offenen Haustor stehen blieb und sie beobachtete.

Dagmar kramte umständlich ihr Mobiltelefon aus der Tasche und sah kurz aufs Display. Es schien, als überlegte sie abzuheben, dann kam: »Hallo.«

»Ich hab schon einmal versucht dich zu erreichen«, begann er vorwurfsvoll.

»Ach wirklich? Hab ich noch gar nicht gesehen, ich hatte das Handy ausgeschaltet.«

»Wo bist du?«

»Unterwegs.« Sie sah sich um, entdeckte ihn jedoch zum Glück nicht.

»Wo genau?«

Noch einmal sah sie die Straße entlang. »Was soll das, Karlheinz? Was willst du?«

»Hast du heute schon Zeitung gelesen?«

Sie sagte nichts.

»Hast du, oder hast du nicht?«

»Natürlich.«

»Und?«

»Was und? Was soll ich dazu sagen?«

Ein unschuldiges Frage-und-Antwort-Spiel.

»Bist du nicht entsetzt?«

»Klar bin ich entsetzt. Ich hoffe, dass meine Klienten die Sache nicht ernst nehmen.« Ihrer mürrischen Stimme war anzuhören, dass die Besorgnis nicht echt war.

»Silvia hat die Fotos vor mir gesehen.«

»Wie hat sie reagiert?«

»Sie will die Scheidung.«

»Mag sein, dass das jetzt drastisch klingt … war das nicht abzusehen, mein Lieber? Vielleicht hast du es sogar selbst provoziert.«

»Was?«

»Dass unser Verhältnis an die Öffentlichkeit kommt.« Er sah, dass sie lächelte. »Wirst du etwas dagegen unternehmen?«

»Ich klage.«

»Machst du's damit nicht noch schlimmer?«

»Sehen wir uns heute?«

»Weiß noch nicht. Obwohl …« Sie stellte ihre Handtasche auf das Dach ihres Autos, holte mit der freien Hand den Autoschlüssel hervor und öffnete den Wagen. »Ich denke, jetzt ist der ideale Zeitpunkt, unsere Kanzleien zusammenzulegen, findest du nicht? Lass uns darüber reden, heute Nachmittag in der Wohnung.«

Er legte auf. Sie sprach weiter. Dann betrachtete sie das Telefon, hob die Schultern und ließ sie wieder fallen. Sie rief ihn nicht zurück, sondern stieg ins Auto und fuhr davon.

Koban wartete, dann überquerte er die Straße und drückte auf Behrens' Klingelknopf. Ein Summton, und das Tor öffnete sich. Sehr leichtsinnig. Sein Kollege öffnete, ohne nachzufragen, wer um Einlass bat. Erwartete er, dass Dagmar zurückkam? Koban fuhr mit dem Lift in den vierten Stock. Behrens' Wohnungstür stand offen. Er betrat einen quadratischen großen Vorraum. Der dunkelbraune Dielenboden knarrte. Die Wohnung war groß und spartanisch mit teuren Möbeln eingerichtet. Eine Doppelschiebetür, die Verbindung ins Wohnzimmer, stand offen. Eine dunkelgraue Wohnlandschaft vor einem riesigen Flatscreen dominierte den Raum. In der Ecke stand ein antiker Schreibtisch. Die Küche, im gleichen Grau wie die Couchlandschaft, grenzte direkt an. Sie war blank geputzt. In der Arbeitsplatte aus Marmor konnte Koban sich spiegeln. Er bezweifelte, dass hier oft gekocht wurde. Sein Kollege stand mit dem Rücken zu ihm und starrte durch ein Panoramafenster auf die Porzellanstraße. Er trug lediglich ein Handtuch um die Hüften gebunden. In der rechten Hand hielt er eine Tasse Kaffee.

»Was vergessen?« Langsam, als könnte er sich nur schwer von dem Anblick, der sich ihm bot, lösen, wandte sich Behrens um und sah Koban direkt in die Augen.

*

Sarah ging die paar Schritte vom Café Ritter zur Redaktion zurück und versuchte, ihre Gedanken zu ordnen. Jutta Baumanns Wechsel zwischen unsicher und kämpferisch beschäftigte sie. Hatte sie die Studentin bei ihrem ersten Zusammentreffen falsch eingeschätzt?

Kurz danach stand sie vor Davids Büro. Sie brauchte eine Pause, gleichzeitig musste sie dringend mit jemandem über das soeben Erfahrene sprechen. Außerdem hatte David sie gebeten, nach dem Termin bei ihm im Büro vorbeizukommen. Dennoch. Ihr Herz klopfte wieder wie verrückt. Sie straffte sich. Es war an der Zeit, sich endlich wie eine erwachsene Frau zu benehmen. Um Himmels willen! David traf sich mit einer anderen. Mit ihnen beiden wäre es ohnehin nie etwas Ernstes geworden. Sie hob die Hand, um anzuklopfen. Noch bevor sie die Türklinke berührte, öffnete sich die Bürotür wie von Zauberhand.

»Ah, Sarah! Sehr gut. Komm rein! Deinen Artikel hab ich schon überflogen, wir gehen ihn gleich durch.«

Sarah nahm hinter David eine Bewegung wahr, und plötzlich stand die Schönheit vom Ball vor ihr. Na wunderbar!

»Entschuldigung. Ich wollte nicht stören.«

»Du störst nicht. Meine Cousine kennst du ja bereits.«

Die Frau reichte ihr die Hand. Cousine? Die Verblüffung musste Sarah anzusehen sein. »Erinnern Sie sich nicht mehr? Ich war mit David bei der Benefizveranstaltung. Er hat uns vorgestellt.«

»N…natürlich.« Sarah spürte, wie sie errötete.

»Ich hab nur schnell auf einen Kaffee vorbeigeschaut, ich wollte David überreden, zur Erstkommunion meines Sohnes zu kommen.«

»Gute Idee.« Mehr fiel Sarah dazu nicht ein. »Wusste

gar nicht, dass du katholisch bist.« Sie zwinkerte ihrem Chef zu.

»Auf dem Papier. Das werde ich bald ändern. Dann bleiben mir solche Anfragen erspart.« Er legte den Arm um die Frau.

»Erst nach der Erstkommunion«, befahl die Schönheit.

»Mal sehen. Ich überleg's mir.« Er schob sie sanft zur Tür hinaus und küsste sie zum Abschied auf beide Wangen. Dann schloss er die Tür hinter ihr, wandte sich breit grinsend an Sarah und stand eine Weile einfach nur da.

»Was ist?«

»Gib's zu. Du hast nicht gewusst, dass sie meine Cousine ist.« Er lachte. »Du hast sie im Rathaus gesehen und dachtest, ich habe etwas mit ihr. Ich hab's dir an der Nasenspitze angesehen.«

»Ich? Also ... nein ... wieso sollte ich das denken? Wie kommst du auf diese absurde Idee?«, versuchte Sarah sich zu verteidigen. »Außerdem geht's mich nichts an. Was ist jetzt mit dem Artikel?«, lenkte sie ab.

David hörte jedoch nicht auf, sie dämlich anzugrinsen, kam näher, ergriff ihre Hände und schaute ihr direkt ins Gesicht. »Du musst lernen, über deinen Schatten zu springen.«

Am liebsten hätte Sarah die Augen geschlossen, doch sie hielt seinem Blick stand. Als die Spannung unerträglich wurde, entzog sie sich seinem Griff. »Kann ich einen Kaffee haben?«

Sarah setzte sich auf den Besucherstuhl. Ihr war schwindlig.

David kam mit zwei Plastikbechern Kaffee zurück, reichte Sarah einen davon und nahm hinter seinem Schreibtisch Platz.

»Der Artikel ist sehr gut«, sagte er. »Nur erkenne ich –

und damit auch der Leser –, dass du dir noch nicht ganz sicher bist. Deine Formulierungen sind zu vorsichtig. Leg mehr Schärfe in deine Behauptungen. Immerhin kannst du beweisen, dass Norbert Weningers Zeugin einen Meineid geleistet hat. In diesem Fall brauchst du nicht höflich oder zurückhaltend sein. Gib den Lesern, was sie wollen: einen Skandal!« Er verschränkte die Hände hinter seinem Kopf.

»Ich dachte, das ist gegen die Philosophie des *Wiener Boten*, ein Skandal.«

»Konstruierte und erfundene Skandale sind in diesem Haus verboten«, fasste David zusammen. »Ein echter Skandal hingegen darf auch so benannt werden. Und dieser hier«, er tippte auf Sarahs Manuskript, »dieser hier stinkt zum Himmel. Eine bezahlte Zeugin. Wo gibt's denn so was?«

»Denkst du, sie war die Einzige?«

»Wenn es mehr bezahlte Zeugen gibt, werden wir ihm das nicht beweisen können.« Sie nahm ihm gegenüber Platz. Gemeinsam gingen sie den Bericht durch, verbesserten die eine oder andere Stelle, strichen Unnötiges und wählten die Bilder aus. Simon hatte Fotos geschossen von dem Paket, in dem die Finger eingewickelt waren. Natürlich gab es auch Fotos von den Fingern. Jedoch waren sich Sarah und David darüber einig, diese nicht zu veröffentlichen. Die Geschichte barg auch so genug Grausamkeiten.

»Und was hat dein Treffen mit der Baumann-Tochter ergeben?«

Sarah erzählte. Auch dass Dagmar Jurit laut Jutta Baumanns Aussage selbst ein Vergewaltigungsopfer war. »Ich werde sie heute noch anrufen.«

»Du kannst ihr gern erzählen, was du weißt. Vor Montag kann sie damit nichts anfangen, und deine Story geht morgen raus. Vielleicht wirst du so endlich das Gefühl los, für sie gearbeitet zu haben.« Er hatte sie durchschaut. »Obwohl du schon sehr gute Vorarbeit für die Frau Anwältin geleistet hast. Wenn ihr Birgit Pohn die Angaben noch vor Gericht bezeugt, hat sie eine gute Chance, gegen Weninger in zweiter Instanz zu gewinnen.«

»Jutta Baumann trug das blaue Auge um den Hals.«

»Das blaue Auge …«, wiederholte David verständnislos.

»Es schützt vor dem bösen Blick wie meine Corni.«

»Aha.«

»Oh Gott!«, entfuhr es Sarah auf einmal. »Ich habe vergessen, Stein anzurufen.«

David schob ihr seinen Festnetzanschluss über den Tisch. Sarah nahm den Hörer ab, und David drückte eine Speichertaste. Sie erreichte den Inspektor in seinem Büro. »Machen Sie's kurz! Ich habe gleich eine Besprechung.«

Sarah erzählte Stein von dem Foto und dem Trauerflor.

»Sie soll in Ihrer Wohnung bleiben. Ich schaue später vorbei.« Mehr sagte er nicht dazu. »Das Gleiche gilt auch für Sie. Spielen Sie diesmal nicht die Heldin, sondern warten Sie, bis ich mir das angesehen habe. Verstanden?«

»Verstanden.«

»Noch etwas?«

»Inzwischen hat auch der ORF ein Foto der Leiche zugespielt bekommen. Ich vermute, dass es sich hier um das gleiche handelt, das Birgit Pohn bekommen hat. Wer schickt die aus?«

»Wissen wir noch nicht.«

»Noch nicht? Gibt's eine erste konkrete Spur?«

»Kein Kommentar.«

Sarah lächelte. Man konnte hören, wenn jemand am

anderen Ende der Leitung lächelte. »Kommen Sie, Stein. Sie sprechen mit Sarah Pauli. Erinnern Sie sich? Ich habe die Finger der Toten auf den Tisch bekommen. Ich hätte auch an die Öffentlichkeit gehen können, statt Sie zu informieren. Sie wissen, was es in meinem Job bedeutet, wenn man zu lange den Mund hält. Ich habe ein Recht darauf, ein bisschen mehr zu wissen als die anderen.«

Stein räusperte sich. »Einen Scheißdreck haben Sie.« Die Worte klangen hart, seine Stimme jedoch mild.

»Ich verspreche auch, erst darüber zu schreiben, wenn die Sache konkret ist.«

Stein räusperte sich.

»Ausnahmsweise«, betonte er. »Laut Zeugenaussagen hat sich Monika Billich einige Stunden vor ihrem Tod mit einem Mann getroffen.«

»Wo?«

»Das werde ich Ihnen nicht verraten. Auch werden Sie von mir den Namen des Mannes nicht hören.«

»Das heißt, Sie kennen den Namen?«

»Ja, wir wissen, wer der Mann ist.«

»Hat er etwas mit dem Mord zu tun?«

»Das müssen wir noch herausfinden.«

»Wer ist es?«

»Keinen Namen, Sarah. Nur so viel: Es ist nicht irgendwer, sondern ein angesehenes Mitglied unserer Gesellschaft.«

»Koban?«

»Kein Kommentar.«

»Wird der Mann überwacht?«

»Kein Kommentar.«

»Kann ich wenigstens schreiben, dass die Polizei eine konkrete Spur verfolgt?«

»Das können Sie. Mehr nicht.«

»Und Sie rufen mich sofort an, sobald der Name freigegeben wird? Noch bevor die offizielle Pressemeldung rausgeht?«

»Mach ich!«

Sie verabschiedeten sich.

»Sie haben einen Mann im Visier, aber sie geben den Namen noch nicht bekannt. Es handelt sich um ein angesehenes Mitglied unserer Gesellschaft«, wiederholte sie Steins Worte. Sie ging in die Redaktionsküche, holte zwei Tassen Tee, kam wieder zurück und drückte ihrem Chef eine Tasse in die Hand.

»Warum bezahlt ein angesehener Anwalt Zeugen? Kannst du mir das erklären?«

David stellte die Tasse auf dem Schreibtisch ab. »Reputation? Ansehen? Der Erfolg deiner Kanzlei wird an deinen Siegen vor Gericht gemessen. Und mit steigendem Erfolg ändert sich auch die Klientel der Auftraggeber. Plötzlich stehen Promis, Geldadel oder große Unternehmen auf der Matte.«

»Das leuchtet mir schon ein. Nur warum lässt sich so jemand bewusst auf so eine Sache ein? Ich meine, wenn alles auffliegt, landet er im Gefängnis, und die ganze Reputation ist dahin. Ist es das wirklich wert?«

»Koban ist ein Gewinnertyp. Der will um jeden Preis der Welt immer höher hinaus. Ihn treibt die Angst, irgendwann nicht mehr besser zu sein, zu verlieren. Was für Menschen wie ihn einer Katastrophe gleichkommt.«

»Verstehe ich nicht. Als Anwalt vertrete ich das Recht. Oberstes Gebot muss doch die Gerechtigkeit sein.«

David Gruber lächelte milde. »Ich beneide dich um deine Naivität. Also den Anwälten, die ich kenne, geht es nicht darum, dem Recht zum Sieg zu verhelfen, sondern selbst zu gewinnen und ihre Kanzleikassen zu füllen.«

»Dieses Gen scheint mir zu fehlen. Weshalb ich mir auch nicht einmal ein Viertel von dem leisten kann, was Koban besitzt.«

David kniff die Augen zusammen. »Bezahle ich dich so schlecht?«

Sarah strich eine Strähne aus der Stirn und grinste. »Eine Villa in Döbling geht sich bei meinem Gehalt nicht aus.« Sie wählte die Nummer von Jurits Büro.

In der Kanzlei meldete sich der Anrufbeantworter, und auch am Handy gelangte sie auf die Sprachbox. Sie bat um Rückruf.

»Dieser Teil meiner Arbeit wäre für heute erledigt. Jetzt kann ich mich endlich wieder meinem nächsten Thema für die *Lesezeit* widmen.«

»Das da wäre?«

»Die Hand. Du weißt, das ist jener Teil der Extremitäten, den Männer nicht im Zaum halten können. Behauptet jedenfalls Conny.«

»Womit sie womöglich Recht hat.« Der Herausgeber lehnte sich vor und griff über den Schreibtisch nach Sarahs Hand. Sarah spürte, wie ihre Wangen heiß wurden. Sie bemühte sich, einen gleichgültigen Gesichtsausdruck zur Schau zu tragen. Es gelang ihr nicht. Schweigend sah er sie an.

Ihr Handy klingelte und schubste sie augenblicklich von Wolke sieben. David ließ ihre Hand los und lehnte sich wieder zurück.

Dagmar Jurit war dran. Sarah informierte sie über den Artikel und sprach die Anwältin auf ihre Vergangenheit an.

»Und jetzt wollen Sie mit mir darüber reden?«

Sarah bejahte. Jurit zögerte einen Moment, schlug schließlich ein Treffen am Sonntag vor. Kaum hatte sie das Gespräch beendet, meldete sich ihr Handy erneut. Diesmal war es Chris.

»Birgit Pohn ist verschwunden. Sie hat eine Nachricht hinterlassen.«

»Welche Nachricht?«

»Dass sie noch etwas erledigen muss, dass sie sich Kleidung geborgt hat und sich bei dir meldet.«

23

Birgit wollte einen klaren Kopf bekommen. Sollten, wider jede Logik, Profikiller hinter ihr her sein, würden die sie überall und jederzeit aufspüren. Also konnte sie auch genauso gut auf offener Straße umgebracht werden. Woher sie plötzlich diese Gleichgültigkeit hernahm, blieb ihr selbst ein Rätsel. Sie wollte sich nicht verkriechen. Sie hatte niemandem etwas getan.

Am Yppenplatz tummelten sich Mütter mit Kindern, Alte und Junge aller Nationen. Der Duft von türkischem Kaffee und exotischen Früchten und Gewürzen lag in der Luft. Vielleicht bildete sie sich das auch nur ein, weil sie es so wollte. Wörter in einer Sprache, die sie nicht verstand, begleiteten sie auf ihrem Weg. Ihre Tasche hielt sie wie ein Schutzschild fest an die Brust gedrückt, den Blick geradeaus gerichtet ging sie bis zur Thaliastraße.

Birgit war eine loyale Frau. Darauf konnten sich ihre Freunde verlassen. Schon als Kind stand sie felsenfest hinter ihren Schulkameraden, egal ob diese etwas ausgefressen hatten oder nicht. Es war vorgekommen, dass sie den Lehrern in der Schule lautstark ungerechtes Verhalten vorwarf, wenn diese einen ihrer Freunde ungebührlich behandelten. »Gerechtigkeitsfanatikerin« oder »freche Göre« hatten die angesprochenen Pädagogen sie damals beschimpft und zumeist wegen aufsässigen Benehmens nachsitzen lassen. Egal wie oft sie dafür bestraft wurde – sie hatte nie aufgehört, sich für andere einzusetzen, zu hinterfragen, ob die Strafe gerechtfertigt oder ungerecht gewesen war. Sie glaubte nicht an die Fehlerlosigkeit von Erwachsenen. Vielleicht studierte sie deshalb Philosophie, die Liebe zur Weisheit, deren Kerngebiete unter anderem die Logik als Wissenschaft des folgerichtigen Denkens und die Ethik als Wissenschaft des rechten Handelns waren. Nein. Sie konnte nicht einfach so aufgeben und sich davonschleichen. Mit jedem Schritt wuchs ihre Entschlossenheit. Sie würde nicht aufhören, in Monikas Fall nach der Wahrheit zu suchen.

Als sie den Gürtel überquerte und sich kurz danach auf der Lerchenfelder Straße wiederfand, kam ihr der Gedanke, gleich zur Polizei zu gehen. Die Visitenkarte von Inspektor Stein hatte sie dabei.

Sie stieg in die nächste U-Bahn und fuhr zum Polizeikommissariat in die Roßauer Lände.

Chefinspektor Stein schien wenig überrascht, als Birgit in seinem Büro auftauchte und ihm das Foto auf den Tisch legte. »Ihre Freundin Sarah hat mich informiert.« Die Polizei und der ORF hatten dieselben Bilder bekommen.

»Da will jemand, dass der Mord an Ihrer Freundin nicht vergessen wird«, behauptete der Inspektor.

»Das soll er auch nicht.« Birgit überlegte.

»Da ist noch etwas, oder?«, fragte Stein.

Birgit seufzte und begann zu erzählen.

Von der Geburtstagsfeier bei Tim, davon, dass Monika unmöglich zur gleichen Zeit bei Jutta Baumanns Party gewesen sein konnte, davon, dass sie einen Anruf bekommen habe, man sie vor den Leuten, mit denen Monika sich eingelassen hatte, warnte. Sie erzählte alles, was sie wusste. Je länger sie erzählte, desto besser fühlte sie sich. Warum hatte sie das nicht schon längst getan?

Nachdem Birgit geendet hatte, erhob sich Stein. »Würden Sie bitte mitkommen?« Er führte Birgit zu einer jungen Polizistin in Uniform. »Meine Kollegin wird ein Protokoll aufnehmen, das unterschreiben Sie bitte. Ich werde jetzt gleich noch einmal mit Norbert Weninger sprechen.«

Draußen vor dem Kommissariatsgebäude wählte Birgit Sarahs Nummer. Die Journalistin hob sofort ab. Ihrer Stimme konnte Birgit entnehmen, dass sie erleichtert darüber war, Birgit endlich am Telefon zu haben. Birgit berichtete ihr von dem Gespräch mit Stein.

»Was wirst du jetzt tun?«

»Ich werde erst mal bei Tim vorbeischauen. Danke für deine Hilfe.«

»Jederzeit wieder. Und … Stein ist ein guter Polizist.«

Dass sich Birgit auf die Suche nach dem Fremden machen wollte, erzählte sie Sarah nicht. Das war das Ergebnis ihrer Überlegungen. Sie würde dort beginnen, wo sie ihm zum ersten Mal begegnet war. Es konnte kein Zufall gewesen sein, dass er ausgerechnet an jenem Abend an der Bar im *Sala* saß. Birgit war sicher, dass sich der Kerl in Monikas Stammlokal umhören wollte. Mit etwas Glück tauchte er wieder auf. Wenn Birgit mit ihm reden konnte, dann gelang es ihr vielleicht, mehr über die Hintergründe zu erfahren. Den Gedanken, sich selbst in Gefahr zu bringen, schob sie beiseite. Stattdessen nahm sie sich vor, auf jeden Fall bis zur Sperrstunde auszuharren, und wenn es sein musste, ab heute jeden Tag zu kommen.

Um zwei Uhr öffnete Birgit die Tür zum Sala.

Das Gefühl, ihr zweites Wohnzimmer zu betreten, wollte sich bei Birgit seit Monikas Tod nicht mehr einstellen. Das *Sala* spendete ihr keinen Trost. Jeder Stuhl, jedes

Glas Bier, jede Geste Tims und jedes Gespräch erinnerten sie daran, dass das hier auch Monikas zweites Zuhause gewesen war.

Sie steuerte auf die Bar zu und setzte sich an einen Platz, wo sie noch nie gesessen hatte.

Tim nickte ihr zu.

»Ein Seiterl?« Eine rein rhetorische Frage. Tim stellte ein kleines Bier auf die Theke. Normalerweise trank sie tagsüber keinen Alkohol. Aber was war in letzter Zeit schon normal?

»Du siehst aus, als bräuchtest du jemanden zum Reden.« Er zeigte auf den Raum. Samstags mittags war nie viel los. Deshalb war Tim allein, von Koch und Küchenhilfe abgesehen. »Siehst echt schlecht aus. Willst du was essen? Es gibt Frittatensuppe, geröstete Knödel mit Ei, Salat und Topfencreme. Ich komme dann gleich zu dir.«

Noch bevor Birgit antworten konnte, wandte er sich um und bestellte ein Mittagsmenü in der Küche. Dann widmete er sich wieder seinen anderen Gästen. Birgit blieb an der Theke sitzen. Sie saß einfach da und betrachtete das blank polierte Holz. Sie überlegte, wie sie sich verhalten sollte, wenn der Typ auftauchen würde. Sie musste es drauf ankommen lassen. Erfahrung in solchen Dingen hatte sie nicht. Die Tatsache, dass sie ab jetzt stunden- oder sogar tagelang warten musste, bereitete ihr Kopfschmerzen. Als die Suppe kam, begann sie automatisch zu essen.

*

Die Situation war eindeutig. Sie ließ keinen Spielraum für Ausflüchte. Dennoch sprach Koban Behrens nicht auf Dagmar an. Welchen Vorwurf konnte er seinem Kompagnon schon machen? Behrens wusste nichts von ihrem

Verhältnis. Bis heute. Außerdem war es Behrens gewesen, der ihm Dagmar vorgestellt hatte. Ihre Freundschaft währte länger als Kobans Verhältnis mit Dagmar. Die Freundschaft zwischen Behrens und ihr hatte nie Auswirkungen auf Horsts Arbeit oder die Kanzlei. Etwas, das Koban seinem Partner hoch anrechnete.

»Hattest du Besuch?« Koban deutete auf Behrens' Handtuch um die Hüften und lauerte auf eine verräterische Geste, ein Zeichen von Unsicherheit. Behrens hielt seinem Blick stand.

»Ja.«

»Kenne ich sie?«

Behrens schüttelte den Kopf.

»Ist was passiert? Ist sonst nicht deine Art, irgendwo unangemeldet aufzutauchen.«

»Ich habe versucht, dich telefonisch zu erreichen. Du bist nicht rangegangen, hattest wohl Besseres zu tun?« Koban versuchte ein Lächeln. Behrens erwiderte es.

»Baumann«, sagte Koban schließlich und legte den *Wiener Boten* auf die Arbeitsplatte, ohne Behrens aus den Augen zu lassen. »Jetzt lässt er mir auch noch ein Verhältnis mit der Jurit andichten.«

Behrens' Mimik blieb regungslos. Er nahm die Zeitung zur Hand und sah sich die Fotos an. »Küsst sie dich da?«

Koban sah über den Zeitungsrand, als müsste er sich das Bild erst genauer ansehen. »Ist sicher eine Fotomontage.«

»Aha. Fotomontage.« Behrens legte die Zeitung wieder auf die Arbeitsplatte. »Sie ist eine tolle Frau. Wir leben nicht im 18. Jahrhundert, Karlheinz. Du kannst ins Bett gehen, mit wem immer du willst. Auch mit deiner vermeintlich schärfsten Gegnerin. Mein Gott!« Er hielt inne. »Sag mal, wo habt ihr euch eigentlich kennengelernt?«

»Auf deiner Party. Erinnerst du dich nicht mehr? Dein Geburtstag.«

Behrens dachte nach. Sein Gesicht erhellte sich. »Oha!« Er zeigte noch immer keinerlei Regung. Vielleicht hatte Koban sich geirrt, und Dagmar Jurits Besuch bei ihm war völlig harmlos. Warum sollte sie ihren guten Bekannten nicht mehr besuchen, nur weil sie mit Koban ins Bett stieg? Seine Eifersucht kam ihm nun lächerlich vor.

»Was sagt Silvia?«

»Sie lässt sich scheiden.«

»Und du?«

»Mir ist es egal.«

»Gut.«

»Ich werde mit Baumann reden. Das hätte ich schon viel früher tun sollen.«

»Denkst du, das bringt etwas?«

»Das kann ich dir nicht sagen. Einen Versuch ist es wert.«

»Möchtest du einen Espresso?« Behrens trat hinter die Bar, die in die Arbeitsplatte integriert war.

»Ja.« Koban setzte sich auf einen Hocker. Behrens drückte auf den Einschaltknopf und stellte gleich darauf den Espresso vor Koban hin.

»Was wirst du unternehmen?«

»Zuerst mit Baumann reden, dann mit Dagmar, oder umgekehrt, ich weiß es noch nicht.« Koban trank die kleine Tasse leer. »Hast du gewusst, dass Dagmar bei uns einsteigen will?«

»Ja.«

»Und warum hast du das mir gegenüber nie erwähnt?«

»Weil es mich nichts angeht. Ich habe ihr gesagt, dass sie das mit dir besprechen muss. Immerhin hast du die Kanzlei aufgebaut und zu dem gemacht, was sie heute ist.«

Sie schwiegen eine Weile.

»Und? Wird sie bei uns einsteigen?«

Koban zuckte die Achseln, gab keine Antwort auf die Frage. Sie war eine sehr gute Anwältin. Es gab nur einen Grund, der dagegen sprach. Seine eiserne Regel, niemals mit einer Frau zu schlafen, mit der er auf engem Raum zusammenarbeiten musste. Denn entweder blieb mit der Zeit die Erotik oder die Arbeit auf der Strecke.

»Heute ist Samstag. Wo gedenkst du, Baumann zu finden? Es wird heute kaum eines seiner Büros besetzt sein. Wer soll dich reinlassen, wenn du einfach vor dem Gebäude auftauchst?«

»Du hast vollkommen recht. Ich werde doch vorher mit Dagmar reden, sie bitten, ihn anzurufen und ein Treffen zu arrangieren.«

»Sie war gerade bei mir.«

»Warum erzählst du mir nicht, dass du mit Dagmar schläfst?« Es war ihm herausgerutscht. Er schüttelte den Kopf. »Geht mich nichts an.«

»Ich wusste nicht, dass auch du ...«, setzte Behrens zu einer Erklärung an, doch dann sagte er: »Sie ermitteln gegen dich.«

»Wer?«

»Die Staatsanwaltschaft.«

»Woher weißt du das?«

»Dagmar hat's mir gesagt. Deshalb war sie hier, um mich vorzuwarnen.«

»Und warum ruft sie mich nicht an?«

»Keine Ahnung.«

Koban stand auf und ging.

Seit er die Wohnung an der Linken Wienzeile besaß, suchte Koban Dagmar nicht mehr in ihrem Apartment auf. Sie wollte es so. Es war Teil ihrer Vereinbarung. Das hatte sich nun erübrigt. Sicher wusste inzwischen ganz Wien Bescheid. Und er wusste nun, dass er nicht der Einzige war, der mit ihr schlief.

Dagmars Klingel unterschied sich von den anderen, weil nur die Türnummer draufstand. Nicht ihr Name.

»Hallo?«

»Ich bin's.«

Schweigen.

»Willst du mich nicht reinlassen?«

Der Summer ertönte als Antwort. Der Lift brachte ihn bis zum obersten Stockwerk. Die Wohnungstür stand offen. Er trat ein. Sie mochte ihn nicht in ihrer Wohnung, das sah er ihr an. Ihr Gesicht glich einer Maske. Vielleicht lag es an dem grauen Jogginganzug. Er sah sie zum ersten Mal in Freizeitkleidung und ohne Make-up. Ihre Haare trug sie unter einem Handtuch versteckt. Sie wirkte verletzlich.

»Störe ich?«

Sie schüttelte den Kopf. »Willst du was trinken?«

»Ein Bier wäre gut.« Er trank selten tagsüber. Dagmar verschwand in der Küche und kam mit einer Flasche und einem Glas gleich wieder zurück. Sie drückte ihm beides in die Hand. Sie standen noch immer im Vorraum. Eine getigerte Katze kam aus einem der Zimmer.

»Du hast eine Katze?«

»Ja.«

Sie ging ins Wohnzimmer. Er folgte ihr. Die rote Couch mitten im Raum war neu. Die wenigen Male, die er hier gewesen war, hatte ein graues Sofa hier gestanden. Tageslicht fiel durch zwei Fenster. Koban nahm Platz und schenkte sich Bier ein.

»Neu?«

»Ja.«

»Hör mal, Dagmar. Ich kann mir gut vorstellen, dass du sauer bist, aber ich habe mit den Fotos aus dem *Wiener Boten* nichts zu tun.« Er trank einen großen Schluck.

Dagmar ging zum Fenster, lehnte sich mit dem Rücken dagegen und sah ihn an. »Ich bin nicht sauer.«

Er hörte nicht zu. »Wir werden erklären, dass das eine Fotomontage ist, dass wir einander schätzen, beruflich natürlich …«

»Schwachsinn«, wischte sie seine Worte zur Seite. »Du weißt genauso gut wie ich, dass das so nicht funktioniert.«

Er fixierte sie. »Sag mal, hast du etwas damit zu tun? Hast du etwa die Presse angerufen?«

Sie drehte den Kopf ein wenig zur Seite und sah ihn mit gerunzelter Stirn an. »Wie kommst du darauf?«

»Ich meine ja nur. Es käme dir entgegen, wenn unser Verhältnis öffentlich würde. Das hast du heute Morgen erwähnt, als ich dich anrief. Damit gäbe es theoretisch keinen Grund mehr, die Kanzleien nicht zusammenzuführen.«

Jetzt schien sie amüsiert zu sein, sie lächelte. »Hältst du mich für so naiv zu glauben, dass du mir wegen ein paar Fotos in der Zeitung die Partnerschaft anbietest?« Sie stieß sich vom Fenster ab. »Glaub mir, mein Lieber, das ist nicht mein Stil.« Sie wickelte ihre Haare aus dem Handtuch und schüttelte sie.

Das erregte ihn.

»Bist du nur gekommen, um mit mir über diese alberne Geschichte zu reden?«

»Gegen mich wird ermittelt? Weshalb?«

»Genaueres kann ich dir nicht sagen. Habe es selbst aus zweiter Hand erfahren.«

»Klar. Baumann. Ich will mit ihm sprechen.«

Sie sah ihn überrascht an. »Worüber?«

»Über Monika Billich. Darüber, dass er mir das Foto ihrer Leiche per Post geschickt hat. Darüber, dass er sie getötet hat. Darüber, dass er mein Leben zerstört.«

Dagmar begann laut zu lachen. Er sah ihr zu, wie sie sich über ihn lustig machte. »Das ist jetzt nicht dein Ernst? Sag, willst du dich lächerlich machen?«

Er lehnte sich zurück, faltete die Hände vor dem Bauch und schwieg.

Sie hörte auf zu lachen. »Du willst tatsächlich mit ihm reden.«

»Jetzt sofort«, sagte er knapp.

»Aber …«

»Du weißt sicher, wo er sich gerade aufhält. Wenn nicht, dann hast du sicher eine Handynummer. Das heißt, du kannst ihn anrufen. Jetzt!«

Verständnislos schüttelte Dagmar den Kopf. »Du hast sie doch nicht mehr alle! Du kannst nicht einfach hergehen und Baumann den Mord an deiner Zeugin vorwerfen.«

»Wer hat es dann getan?«

»Ein eifersüchtiger Freund, eine Kontrahentin, ein Junkie, was weiß ich. Ich bin nicht die Polizei.«

»Warum hat der Täter ihr drei Finger abgetrennt?«

»Drei Finger?«, fragte sie.

»Hast du heute noch nicht Radio gehört? Sie bringen es inzwischen stündlich.«

»Ehrlich gesagt, nein. Welche Erklärung haben sie dafür?«

»So wie es aussieht, keine.«

»Ein Ritualmord?«

»Kennst du ein Ritual, bei dem man dem Opfer die Finger abtrennt?«

Dagmar Jurit dachte eine Weile nach und schüttelte den Kopf. »Den meisten Opfern werden die Finger abgetrennt, um eine Identifizierung zu erschweren.«

»Wenn es dem Täter darum gegangen wäre, die Identifizierung zu erschweren, wären der Kopf und beide Hände verschwunden. Es fehlen nur Zeigefinger, Mittelfinger und der Daumen der rechten Hand.«

»Die Schwurfinger.« Diesmal musste Dagmar Jurit nicht nachdenken. »Willst du mir erklären, dass sie wegen ihrer Zeugenaussage ermordet wurde?«

»Jetzt weißt du, warum ich dringend mit Baumann reden muss.«

»Ich kenne Baumann. Der hat andere Methoden, wenn er jemanden vernichten will.«

Wie Recht du hast, dachte Koban. »Woher kennst du Baumann eigentlich? Ich meine, er hätte mich für seine Tochter engagieren können. Immerhin sind mein Schwiegervater und er befreundet.«

Dagmar lachte. »Das sieht dir wieder ähnlich.«

»Läuft da etwas zwischen euch?«

Augenblicklich wurde Dagmar Jurit ernst. »Nein. Zwischen uns läuft nichts.«

Sie griff zum Handy.

Nach einer endlos erscheinenden Diskussion willigte Baumann ein, Koban zu treffen.

Dagmar Jurit beendete das Gespräch. »Bist du nun zufrieden? Dir ist schon klar, dass er dich nicht herzlich empfangen wird.«

Sie schrieb ihm die Adresse eines Bürogebäudes im dritten Bezirk auf.

»In einer Stunde. Sei pünktlich! Du hast 30 Minuten. Und benimm dich!«

»Wie meinst du das?«

»Baumann ist nicht irgendwer. Sieh es als Ehre, dass er sich überhaupt mit dir trifft.«

»Ich weiß, wer und was Baumann ist.«

»Du hast seine Tochter schlecht behandelt.«

»Verdammt noch mal!«, rief Koban wütend und schlug gleichzeitig mit der Hand auf den Tisch. »Ich habe seine Tochter nicht schlecht behandelt. Ich habe lediglich meinen Mandanten verteidigt. Das machst du doch auch.«

Warum rechtfertigte er sich eigentlich?

»Du weißt, dass Weninger schuldig ist.«

Koban sprang vom Sofa hoch und begann auf und ab zu gehen. »Woher soll ich das wissen, Dagmar? Wir gehen vorerst von der Unschuld unseres Mandanten aus, sonst könnten wir ihn nicht verteidigen. Außerdem hat die Zeugin eindeutig ausgesagt, dass sie an besagtem Abend mit Weninger im Bett war. Wie oft müssen wir das noch durchkauen, bis du begreifst, dass Jutta Baumann sich die Vergewaltigung eingebildet hat?«

Dagmar gab keine Antwort, sondern schenkte sich einen Drink aus der Bar ein, setzte sich aufs Sofa und legte die Füße auf den Couchtisch. »Ich habe heute mit dieser Journalistin vom *Wiener Boten* telefoniert. Kurz bevor du hier aufgetaucht bist. Sie hat mir eine interessante Geschichte erzählt.«

Pause.

Sie studierte Kobans Mimik aufmerksam. Koban wartete auf die Fortsetzung. Er starrte sie an.

»Was hat sie dir erzählt?«

»Ich werde die Geschichte vor Gericht erzählen.«

»Ich weiß, dass du mit Behrens schläfst.« Warum erwähnte er das jetzt? Es passte nicht.

»Ich weiß, dass du es weißt. Horst hat mich angerufen, nachdem du gegangen bist. Willst du mir deshalb eine Szene machen?«

»Du hättest es mir sagen müssen.«

»Warum?«

»Weil er mein Kompagnon ist.«

»Hab ich dich gefragt, wann und wie oft du mit deiner Frau schläfst? Lass die kindischen Spielchen, Karlheinz. Wir hatten beide unseren Spaß. Mach jetzt nicht mehr daraus, als es war.«

»Hatten? War? Du meinst, es ist vorbei?«

Sie dachte einige Sekunden nach und hob dann langsam die Schultern, bevor sie antwortete: »Was denkst du?« Ihre Gelassenheit trieb ihn zum Wahnsinn.

»Was hast du vor?«

Sie lächelte. »Ich werde gewinnen, Karlheinz. Soll ich den Termin mit Baumann absagen?«

Er ging, ein wenig überrascht darüber, dass sich alles so rasch verändern konnte. Ermittelte die Staatsanwaltschaft tatsächlich gegen ihn? Oder war das ein weiterer Trick, ihn fertigzumachen?

Das Bürogebäude lag an der Erdberger Lände. Pünktlich betrat Koban das nahezu menschenleere Gebäude. Im gesamten Dachgeschoss war eine von Baumanns Immobilienfirmen untergebracht. Ein kräftiger junger Mann mit Glatze empfing Koban an der Aufzugstür und führte ihn in ein großes Konferenzzimmer mit Blick auf den Donaukanal und den Fasangarten.

Der junge Mann verabschiedete sich mit unverständlich gemurmelten Worten. Wenige Augenblicke später tauchte Baumann auf, zwischen den Lippen eine dicke Zigarre.

Koban kannte sich mit Zigarren nicht aus.

»Ich denke, Dagmar hat Ihnen gesagt, dass ich nicht viel Zeit habe.«

»Eine halbe Stunde.«

»Höchstens. Und nur, weil sie mich darum gebeten hat. Also, was wollen Sie?« Baumann setzte sich nicht, er bot auch Koban keinen Stuhl an.

»Ich will wissen, was Sie von mir wollen!« Koban ließ Baumann nicht aus den Augen. »Sie schicken mir das Foto einer Leiche, die zufällig eine Zeugin meines Mandanten war.«

Baumann schüttelte den Kopf. »Drehen Sie jetzt durch? Wieso sollte ich so etwas tun?«

»Weil Sie mir damit Ihre Macht demonstrieren wollten? Weil Sie sie umgebracht haben? Weil Sie mich fertigmachen wollen, seit Ihre Tochter gegen mich verloren hat?« Koban spürte, wie er die Kontrolle verlor.

Baumann ließ sich nicht provozieren. »Ich an Ihrer Stelle wäre sehr vorsichtig mit solchen Behauptungen. Gerade Sie als Anwalt sollten wissen, welche Konsequenzen rufschädigende Aussagen haben können.«

»Was ist mit den Ermittlungen gegen mich? Eine Lüge?«

Baumann wandte sich zum Gehen.

»Die halbe Stunde ist noch nicht um«, protestierte Koban laut.

»Ich habe es mir anders überlegt.« Baumann blieb in der Tür stehen. »Sagen Sie, ist an dem Gerücht etwas dran, dass Sie Zeugen bezahlen?«

Koban schluckte und starrte Baumann an, als wartete er darauf, dass dieser sich einen bösen Scherz erlaubt hatte. »Wer behauptet das?«

Die Staatsanwaltschaft ermittelt gegen dich.

»Haben Sie mich angezeigt? Das ist eine infame Unterstellung!«, protestierte Koban viel zu laut.

Baumann schüttelte mitleidig den Kopf. »Mein Gott, Dagmar hatte bei Männern wirklich schon einen besseren Geschmack.«

Kurz darauf kam der junge Mann und brachte Koban zum Aufzug.

Das Einzige, was Koban mit auf den Weg nehmen konnte, war die Erkenntnis, dass er nichts erreicht hatte.

24

Gegen sechs erschienen Eva und Ines zum Dienst. Nachdem sie ihre Schürzen umgebunden hatten, nahm Tim neben Birgit Platz und stellte zwei kleine Bier auf die Bar. »Entschuldige. Hat etwas länger gedauert. Dafür hab ich jetzt jede Menge Zeit für dich.« Er legte ihr freundschaftlich den Arm um die Schulter und hielt sie einige Sekunden lang fest, bevor er sie wieder freigab. »Du bist ziemlich blass.«

»Ich bin müde.« Birgit sah ihn traurig an. »Sie war meine beste Freundin. Ich vermisse sie.«

Tim legte seine Hand auf ihre. »Das tun wir alle.«

Er schwieg einen Moment. »Die Polizei war bei mir.«

»Was wollten sie?«

»Wissen, ob ich mit Monika geschlafen habe.«

Birgit sah Tim erstaunt an. Dann fiel ihr ein, dass Inspektor Stein bei ihr in der Wohnung erwähnt hatte, dass Monika vor ihrem Tod Geschlechtsverkehr hatte. »Warum fragen sie das ausgerechnet dich?«

»Ich glaube, sie haben alle Männer gefragt, mit denen Monika Kontakt hatte. Jedenfalls hatten sie eine Liste mit Namen.«

»Eine Liste? Woher kennen die die Namen von Monikas Männern?«

Er zuckte mit den Schultern. »Keine Ahnung! Wenn die Polizei die richtigen Fragen stellt, bekommt sie auch Antworten.«

»Wie meinst du das?«

»Du kennst das ja. Ein Wort ergibt das andere ...«

»Ich habe diesem Polizisten, der mich befragt hat, gesagt, dass Monika im Moment keinen Freund hatte«, ereiferte sich Birgit. »Deshalb hab ich ihm nicht gleich zusätzlich die Namen ihrer Verflossenen aufgelistet. Das ist es doch, was du meinst, oder?«

Tim nickte.

»Und? Hast du ihnen auch einen Namen für ihre Liste genannt?«, fragte Birgit.

Tim hob die Augenbrauen.

»Das glaub ich jetzt nicht, Tim. Welchen?«

»Seinen Namen kenne ich nicht.«

»Wie? Wen meinst du eigentlich?« Birgit begriff nicht. »Also, jetzt noch einmal ganz langsam. Die Polizei ist zu dir gekommen, mit einer Liste, auf der die Namen von Monikas Verflossenen standen?«

»Da standen nicht nur die Namen ihrer Exfreunde drauf, sondern auch Studienkollegen, Zimmernachbarn, Freunde, Liebhaber. Immerhin sind einige von ihnen auch Stammgäste im *Sala*«, behauptete Tim.

»Du kanntest doch gar keinen ihrer Liebhaber, oder? Ich meine so richtig kennen«, ging Birgit mit keinem Wort auf seine Antwort ein.

»Oh doch!«, erwiderte Tim. »Ab und zu hat sie jemanden hierher mitgebracht. Wenn sie's wieder einmal voll erwischt hatte, war die Knutscherei an der Bar teilweise unerträglich.« Er lachte leise. »Erinnerst du dich nicht? Monika liebte es, sich zu verlieben. Ihre Beziehungen haben selten länger als ein halbes Jahr gedauert, dann kam der nächste.«

»Ja, schon. Aber das ist alles lange her. Außerdem wirst du dir kaum Monikas verflossene Lover merken. In letzter Zeit war sie, wie du sicher weißt, Single.« Sie betonte das letzte Wort.

Tim führte sein Glas an die Lippen, nippte. »Sie hatte da jemanden kennengelernt.«

»Hat sie nicht.«

»Wenn ich's dir sag.«

»Du lügst.«

»Ich lüge nicht.«

»Und woher willst du das wissen?«

»Weil sie sich hier bei mir im *Sala* kennengelernt haben.«

Birgit wurde schlagartig um eine Spur blasser. Sie starrte Tim mit offenem Mund an und stützte sich mit beiden Händen an der Bar ab. Für einen Moment kam es ihr so vor, als hielte jemand die Zeit an. Nichts rührte sich, kein Geräusch drang an ihre Ohren.

Dann tauchte sie wieder auf. »Wenn das ein Witz sein soll, Tim, dann find ich den gar nicht witzig.«

»Es ist kein Witz.«

»Wann war das? Sie hätte es mir doch erzählt. Warum weiß ich nichts davon?«

»Sie hat ihn erst kürzlich kennengelernt. Hier an der Bar. Sie kam rein, und er saß da und aß zu Mittag. Die beiden plauderten eine Weile, und da muss es wohl passiert sein.«

»Was passiert?«, fragte Birgit, obwohl sie genau wusste, wovon Tim sprach.

»Na, dass sie sich ineinander verliebt haben.«

Eine Welle der Enttäuschung erfasste sie und drohte, sie in ein schwarzes Loch zu reißen. Ihre beste Freundin hatte ihr nichts von einem Liebhaber erzählt. »Das glaube ich nicht. Monika und ich hatten keine Geheimnisse voreinander.«

Birgit rutschte vom Stuhl. »Ich muss gehen.«

»Sie hätte es dir sicher gesagt. Irgendwann. Mein Gott, Birgit. Sie kannte ihn doch noch gar nicht richtig.«

»Das glaube ich nicht«, wiederholte sie.

Sie machte einen Schritt weg von der Bar, weg von Tim, weg von der Lüge.

»Er ist verheiratet.«

Birgit blieb wie angewurzelt stehen. »Du kennst seinen Namen nicht, weißt aber, dass er verheiratet ist? Entschuldige … das passt nicht zusammen.« Sie griff nach einer Serviette, die auf dem Tisch lag, und schnäuzte sich.

»Er trug einen Ehering.« Tim senkte den Blick und sah plötzlich verzweifelt aus. »Mein Gott, Birgit. Ich habe doch nicht ahnen können …« Er vollendete den Satz nicht.

»Was ahnen können?«

»Sie war nach der Gerichtsverhandlung hier. Hier bei mir.« Er deutete auf einen Tisch. »Dort hinten hat sie gesessen.«

Birgit glaubte nicht, was sie soeben hörte. »Das ist jetzt nicht dein Ernst, Tim. Ich war hier am Freitagabend, erinnerst du dich? Ich hab sie gesucht.« Ihre Stimme überschlug sich.

»Warum hast du mir nichts gesagt?«

»Ich dachte, dass sie an diesem Abend bei ihm hängengeblieben ist. Verstehst du?«, bettelte er um Verständnis. »Ich dachte, sie will nicht gefunden werden, will sich einen schönen Abend machen.«

»Einen schönen Abend machen«, sagte Birgit zynisch. »Jetzt ist sie tot, du Arschloch.« Sie knallte das Foto auf die Bar. Tim wurde blass.

»Oh mein Gott. Woher hast du das?«

»Hat mir jemand durch die Tür geschoben. Wer ist er, Tim? Wieso kennst du ihn nicht? Seit wann kommt er ins *Sala?*«

Tim antwortete nicht.

Birgit begriff. »Der Typ an der Bar. Das ist der Mann. Ihn hat sie kennengelernt.«

Tims Blick war Antwort genug.

»Du sitzt hier an der Bar und plauderst mit ihm ganz zwanglos bei einem Glas Bier, oder schlimmer, du lässt mich mit ihm reden, siehst zu, wie er mich abfüllt und gemeinsam mit mir das Lokal verlässt. Sag mal, tickst du noch ganz richtig?«, schrie Birgit nun bebend vor Zorn. Ihre Wut hatte endlich den Weg ins Freie gefunden und entlud sich explosionsartig. »Was, wenn ich die Nächste gewesen wäre?«

Die beiden Kellnerinnen wandten den Kopf in ihre Richtung und suchten den Blickkontakt mit ihrem Chef. Tim schüttelte den Kopf, und Eva und Ines gingen weiter ihrer Arbeit nach.

»Beruhige dich, Birgit. Zu diesem Zeitpunkt wusste ich nicht …«

»Was? Dass er sie umgebracht hat? Ab wann wusstest du's denn?«

»Ich weiß es gar nicht. Die Polizei war doch erst viel später bei mir«, rechtfertigte sich Tim nun in der gleichen Lautstärke. Ein paar Gäste wandten ihnen die Köpfe zu. Tim sprach mit leiserer Stimme weiter.

»Ich weiß nur, dass er aller Wahrscheinlichkeit nach derjenige war, der mit Monika geschlafen hat. Was danach passierte und ob er sie umgebracht hat, weiß ich nicht. Bevor du am Dienstag reingeschneit bist, hat er mir erzählt, dass Monika am Freitag nach dem Treffen noch beim Japaner etwas zu essen holen und eine Freundin besuchen wollte. Das habe ich der Polizei gesagt. Das deckt sich doch mit deiner Aussage, Birgit. Er ist also nicht Monikas Mörder.«

»Schön, dass du einem Wildfremden so vertraust.« Birgit schüttelte ungläubig den Kopf. »Und du weißt wirklich nicht, wie er heißt?«

»Leider. Er war nur diese zwei Male hier, ich frage nicht jeden Gast gleich nach dem Namen.« Er seufzte. »Der Polizei hab ich inzwischen seine Beschreibung gegeben und versprochen, sofort anzurufen, wenn er wieder hier auftaucht.«

»Ich glaub's nicht.«

»Was erwartest du von mir, Birgit? Dass ich hellsehe oder hinter jedem meiner Gäste einen potenziellen Mörder vermute? Dass ich meine Gäste ausspioniere und darüber wache, wer mit wem schläft?«

»Ich erwarte, dass du mir erzählst, mit wem ich mich an der Bar unterhalte. Vor allem dann, wenn der Mann wenige Tage zuvor mit meiner besten Freundin ins Bett gestiegen ist.«

Sie steckte das Foto wieder ein, drehte sich ohne ein weiteres Wort um und verließ das Lokal.

Draußen blieb sie stehen.

Der Abend war mild.

Was sollte sie jetzt tun? Stein anrufen? In ihre Wohnung fahren? Zu Sarah fahren? Nein, sie wollte nicht schon wieder unangemeldet bei Sarah aufkreuzen.

Nach wie vor wütend und zugleich fassungslos ging sie die Landesgerichtsstraße hinunter.

Eine furchtbare Frage schnürte ihr immer mehr die Kehle zu: Trug sie Schuld am Tod ihrer Freundin? Monika kannte Birgits Einstellung, was ein Verhältnis mit einem verheirateten Mann anbelangte. Birgit hätte versucht, sie davon abzubringen. Nur selten verließen Ehemänner ihre Frauen, um mit der Geliebten glücklich zu werden. Vielleicht wäre es Birgit gelungen, ihre Freundin zu retten, wenn sie Bescheid gewusst hätte.

Im nächsten Moment beschloss sie, nach Oberösterreich aufzubrechen und mit Monikas Eltern über das Verbrechen zu reden. Die Billichs nahmen sie unter Garantie mit offenen Armen auf. Das hatten sie immer getan. Sie waren herzliche Leute. Sie versuchte, sich den Fahrplan der ÖBB in Erinnerung zu rufen. Die Züge fuhren im Stundentakt, der letzte fuhr wenige Minuten vor Mitternacht ab. Sie sah auf die Uhr. Halb neun. Sie hatte genug Zeit, zu Hause ein paar Sachen einzupacken.

Beim Café Eiles überquerte sie die vierspurige Straße und stieg hinunter zur U2. Sie musste bis zur Gumpendorfer Straße zwei Mal umsteigen, von dort ging sie direkt in die Liniengasse.

Einen Block vor ihrem Wohnhaus blieb sie im Schutz eines Hauseingangs stehen und beobachtete die Straße. Parkende Autos, ein Toyota fuhr langsam die Straße entlang, offensichtlich auf der Suche nach einem Parkplatz. Konzentriert suchte sie die Umgebung ab. Die Straße schien menschenleer.

Im Schutz der parkenden Autos schlich sie Richtung Wohnhaus, kontrollierte im Vorbeigehen alle Hauseingänge. Niemand zu sehen. Dennoch sah sie sich immer wieder um. Sicher fühlte sie sich erst, als sie die schwere Eingangstür hinter sich schloss. Fremde kamen nur ins Haus, wenn ein Bewohner mittels Türöffner den Eingang entriegelte.

Erschöpft schleppte sich Birgit durchs dunkle Treppenhaus die Stufen zu ihrer Wohnung hoch. Sie traute sich nicht, Licht zu machen und den Lift zu nehmen. Als sie den Schlüssel ins Schloss steckte, normalisierte sich ihr Puls allmählich. Sie öffnete die Tür.

»Hallo Birgit.«

Sie erschrak, schnellte herum.

Direkt vor ihr stand der Fremde. Auge in Auge. Den ganzen Nachmittag und die halbe Nacht hatte sie im *Sala* auf ihn gewartet. Hier versetzte sie das Zusammentreffen in Panik. Wie war er hier hereingekommen? Sie spürte seinen Atem und starrte ihm ins Gesicht. Er packte Birgits Arm, zerrte sie in die Wohnung, drückte die Tür zu, sperrte sie von innen ab und ließ den Schlüssel in seiner Hosentasche verschwinden. Birgit stand stocksteif vor ihm, zu benommen, um etwas zu sagen oder Widerstand zu leisten. Sie hatte keine Ahnung, was sie tun sollte. Merk dir sein Aussehen, befahl sie sich stumm. Für die Polizei. Seine Augen waren blaugrün, die Haare hellbraun, sein Gesicht sah ungefährlich aus. Irgendwie wirkte er nicht wie ein kaltblütiger Mörder. Eher wie ein Geschäftsmann. Seine Finger waren lang und schlank. Am rechten Ringfinger steckte der Ehering.

»Haben Sie mich beobachtet?«

Er schubste sie ins Wohnzimmer und ließ sich auf die Couch fallen. »Beobachtet wäre der falsche Ausdruck.« Seine Blicke wanderten im Raum hin und her, scannten die Einrichtung. »Du wolltest mich doch treffen. Voilà, hier bin ich. Hast du was zu trinken da? Wein? Bier?«

Verstört holte sie die offene Flasche Rotwein und ein Glas aus der Küche und reichte es ihm. Er schenkte sich großzügig ein und trank in einem Zug aus.

Dann sah er sie fest an. »Ich mache dir Angst, nicht wahr?« Seine Stimme klang fast freundlich.

Birgit gab keine Antwort.

»Habe ich recht?«

Birgit nickte langsam. Sie nahm ihren ganzen Mut zusammen. »Sie haben sie umgebracht.«

Keine Antwort. Er deutete ihr, Platz zu nehmen. Sie mied die Couch, wollte nicht in seiner Nähe sitzen, ließ sich auf einen Sessel fallen.

»Du kannst mir vertrauen, Birgit.«

»Warum sollte ich?«

»Weil Monika mir vertraut hat.«

»Sie ist tot.«

»Sie ließ sich mit den falschen Leuten ein. Das habe ich dir doch schon gesagt.«

»Also hat sie Ihnen doch nicht vertraut, sonst hätte sie sich nicht mit diesen Leuten, wie Sie sie nennen, eingelassen.«

»Wir drehen uns im Kreis, Birgit. Diese Diskussion bringt nichts.«

»Dann erzählen Sie mir, was Sie wissen.«

Er schwieg.

»Ich denke, Sie wollen, dass ich meine Hände in den Schoß lege und darauf warte, dass die Polizei den Täter überführt.«

»Genauso ist es. Denn wenn du das nicht tust, ist es nur eine Frage der Zeit, bis du tot bist. Glaub mir. Die fackeln nicht lange damit, Menschen umbringen zu lassen, die ihnen im Weg sind.«

»Ich bin doch gar nicht im Weg.«

Er lächelte milde. »Bist du wirklich so naiv? Natürlich nehmen sie dich nicht ernst, was die Aufklärungsarbeit anbelangt. Du nervst einfach.«

Birgit merkte, dass ihre anfängliche Panik verflog und einer Art Trotz wich. »Woher wollen Sie das so genau wissen? Wer hat Monika getötet?«

»Genau kann ich das nicht sagen.«

»Spielen Sie ein Spiel? Wie soll ich Ihnen vertrauen, wenn Sie mir immer nur Brocken vor die Füße werfen? Werden Sie endlich konkreter!«

»Okay. Ich kann dir so viel sagen, dass Monika Geld dafür bekommen hat, für Weninger vor Gericht auszusagen.«

»Das ist nichts Neues für mich.«

»Kobans Kanzlei hat das nicht zum ersten Mal getan. Koban zahlt regelmäßig Leute für falsche Aussagen. Es gibt nur leider keine Beweise dafür. Der Beitrag wird nach geleisteter Arbeit bar ausbezahlt. Es gibt keinen Beleg, keine Unterschrift. Und diejenigen, die den Meineid begehen, wären dumm, Koban anzuzeigen. Zusätzlich reichen Kobans Beziehungen bis in höchste Politikerkreise.«

»Warum musste Monika sterben? Die anderen haben doch auch kassiert und überlebt, oder nicht?«

»Das weiß ich nicht. Monika hatte mir an dem letzten Tag erzählt, dass sie sich abends mit dir treffen wollte, deshalb bin ich ins *Sala* gekommen, ich wollte wissen, was du weißt.«

»Was ist mit der Polizei?«

»Die Staatsanwaltschaft hat Koban seit einiger Zeit im Auge. Die Beweislage ist noch zu dünn. Das wird sich hoffentlich bald ändern.« Er nahm ein Stück Papier aus der Innentasche seiner Jacke und reichte es ihr. Birgit las und erschrak. Monika hatte ein schriftliches Geständnis abgelegt.

»Woher haben Sie das?«

»Ihre Eltern haben es mir geschickt. Sie haben das Kuvert bei ihren Sachen gefunden. Es war zugeklebt, und meine Adresse stand darauf. Sie muss gewusst haben, dass sie in Gefahr war.«

»Sie haben sie doch nach der Verhandlung getroffen. Hat sie da nichts erzählt? Das ergibt doch alles keinen Sinn.« Birgit wurde schwindelig.

»Ich wusste nicht, dass sie von der Verhandlung kam. Ich dachte, sie sei in der Uni gewesen.«

»Woher wissen Sie das alles? Ich meine, die Sache mit der Staatsanwaltschaft und so. Sind Sie von der Polizei?«

»So ähnlich.«

Verdeckte Ermittler dürfen ihre Identität nicht preisgeben.

Seine Miene versteinerte sich. »Blöderweise habe ich Monika gegenüber erwähnt, dass es solche Jobs gibt.«

Blöderweise?

»Ich konnte ja nicht ahnen, dass sie sich dafür bewirbt.«

»Bewerben? Man kann sich dafür bewerben? Wo?«

»Das weiß ich leider auch noch nicht. Es funktioniert über Mundpropaganda und nicht über Zeitungsinserate.« Er sah sie an. »Hat Monika tatsächlich nichts erzählt? Keine Namen erwähnt oder sonst etwas, das wichtig sein könnte?«

Die Vorstellung, dass Monika sich bei ihrem Mörder um eine Stelle als falsche Zeugin bewarb, trieb Birgit den Blutdruck in die Höhe. Ihre Freundin musste den Verstand verloren haben. »Sie hat mir erzählt, dass sie bald sehr viel Geld verdienen würde. Wenige Tage später war sie tot. Das ist alles, was ich weiß.«

Er legte einen Zettel mit einer Telefonnummer auf den Tisch. »Ruf mich an, wenn du wen zum Reden brauchst oder dir jemand etwas Neues im Zusammenhang mit dem Mord an Monika erzählt. Keine Freundin, nicht diese Journalistin, keinen Polizisten. Du rufst nur mich an.«

»Warum nicht die Polizei?«

»Weil es dort immer jemanden gibt, der redet, und weil es dann passieren kann, dass es den falschen Leuten zu Ohren kommt.«

»Das klingt, als wäre die Polizei in die Sache verwickelt.«

Sonntag, 30. Mai

25

Für einen Mann, der es gewohnt war, in Medien als Gewinner dargestellt zu werden, war es doppelt so schwer, mit negativen Schlagzeilen umzugehen. Neben seinem kalten Morgenkaffee lag die aktuelle Ausgabe des *Wiener Boten* auf der Bar. Die Überschrift zog sich über die ganze Seite: »Entlohnung für Meineid im Fall Norbert Weninger!«

Sarah Pauli erwähnte in dem Artikel nicht, wer ihrer Meinung nach die Zeugin bezahlt hatte. Sollte Weninger quatschen und behaupten, dass ihm Koban die Sache mit Monika Billich vorschlug, stand die Aussage eines Studenten, der auf fast jeder Party angetrunken herumhing, gegen die Aussage eines erfolgreichen Anwalts. Kein Richter würde gegen Koban urteilen. Eine reelle Chance für ihn, mit einem blauen Auge davonzukommen. Natürlich würde man Weninger noch einmal ordentlich in die Mangel nehmen, und so wie er diesen Schnösel einschätzte, würde der zusammenbrechen und die Vergewaltigung schließlich gestehen. Vielleicht würden sie ihm sogar den Mord nachweisen. Ihm konnte es egal sein. Er vertrat keine Verlierer. Jedoch belastete diese Zeitungsmeldung sein bevorstehendes Scheidungsverfahren. Sein Schwiegervater sorgte sicher dafür, dass er weitere zahlungskräftige Mandanten verlor. Er würde ihm gerade so viel Arbeit zukommen lassen, um die unter Garantie horrende Summe zu verdienen, die er Silvia nach der Scheidung monatlich würde zahlen müssen. Ihm selbst bliebe nichts zum Leben. Baumann hingegen würde seine Beziehungen spielen lassen, um ihn gänzlich zu vernichten. Ich werde nicht kampflos aufgeben, dachte er trotzig. Ich werde euch alle fertigmachen, so wie ihr versucht mich fertigzumachen. Er hatte nicht studiert, um anderen das Leben zu retten. Er hatte studiert, um sich selbst nach oben zu bringen, und dort wollte er verdammt noch mal bleiben. Dazu war ein klarer Kopf notwendig. Analysieren. Erfassen. Handeln.

Sein Kopf dröhnte. Die halbe Nacht hatte er wach gelegen. Die nächtlichen Geräusche der Wienzeile waren ihm fremd. Jedes Mal, wenn er sanft weggeschlummert war, drängte sich ein neuer Laut in sein Unterbewusstsein, und er schlug die Augen wieder auf. Jetzt fühlte er sich wie ausgespuckt.

Er musste etwas tun, das half beim Denken. Joggen. Die Taschen und Koffer standen genauso im Vorraum, wie er sie gestern dort abgestellt hatte. Er begann aufzuräumen. Seine Schuhe ordnete er im Vorraum in Reih und Glied. Schuhkasten kaufen, notierte er stumm. Er zog das Gepäck ins Schlafzimmer, öffnete den Reißverschluss, hängte jedes Kleidungsstück ordentlich in den Schrank. Unordnung konnte er nicht leiden. Dabei fiel ihm ein, dass er diesen Schrank noch nie benutzt hatte, deshalb war ihm auch die Schachtel im oberen Regal noch nie aufgefallen. Sie war ganz an die Rückwand geschoben und kaum zu sehen. Er musste einen Stuhl holen, um an sie heranzukommen.

Genau konnte er nicht sagen, was zu sehen er erwartet hatte. Jedenfalls keine Pistole.

Er kannte sich mit Waffen nicht aus. Er nahm die Schachtel mit ins Wohnzimmer, klappte sein Laptop auf und gab das Wort Tokarew, das auf der Pistole stand, in die Suchmaschine ein.

Augenblicke später wusste er, dass es sich hier um eine Tokarew TT-33 handelte. Mit Sicherheit handelte es sich um die Waffe, mit der Monika Billich erschossen worden war. Was zum Teufel tat die in seinem Schlafzimmer? Er dachte angestrengt nach, rief Erinnerungen wach und schlug sich irgendwann mit der flachen Hand auf die Stirn. Sein Hirn analysierte die Ereignisse der letzten Tage. Er klemmte den Telefonhörer zwischen Hals und Schulter, rief den Botendienst an, der den Umschlag mit dem Foto im Büro abgeliefert hatte, und wickelte gleichzeitig die Pistole in ein Tuch. Nachdem er seine Vermutung bestätigt wusste, zog er sich an und fuhr ins Büro.

*

Diesmal hatte Dagmar Jurit als Treffpunkt die *Onyx Bar* im Dachgeschoss des Haas-Hauses vorgeschlagen. Die Anwältin trank Kaffee und las den *Wiener Boten*, als Sarah das Lokal betrat. Sie reichten einander die Hand, und die Anwältin legte die Zeitung auf einen freien Stuhl neben sich.

»Sehr guter Artikel«, lobte die Anwältin.

»Sie scheinen ein Faible für diesen Ausblick zu haben«, antwortete Sarah.

»Um genau zu sein … es ist der Blick auf den Stephansdom, der mich jedes Mal begeistert«, schwärmte Dagmar Jurit. »Haben Sie gewusst, dass Doktor Koban genau so einen Ausblick von seinem Büro aus genießt?«

Dagmar Jurit straffte sich. »Sie haben sich gestern bei unserem Telefonat mir gegenüber ziemlich bedeckt gehalten. Ich dachte tatsächlich, dass Sie noch keinen Schritt weitergekommen sind. Aber das hier«, sie klopfte auf die

Zeitung, »das hier ist verdammt gute Arbeit. Das wird uns im Berufungsverfahren sicher helfen.«

»Sie haben von Anfang an gewusst, dass Doktor Koban Zeugen bezahlt, nicht wahr?«

Die Anwältin lächelte. »Sagen Sie, diese Freundin von Monika Billich, gibt es die wirklich?«

»Natürlich gibt es die. Meine Geschichten sind recherchiert, nicht erfunden«, gab Sarah ärgerlich zurück.

»Weil Sie ihren Namen im Artikel nicht erwähnen.«

»Sie wollte nicht, dass ihr Name genannt wird.«

»Aha.« Dagmar Jurit schlug die Beine übereinander. »Würde sie vor Gericht aussagen? Was denken Sie?«

»Das wird sie.« Sarah bestellte bei einem Kellner Tee und Ham & Eggs. Sie brauchte dringend Kohlenhydrate. Sie und Gabi waren am Vorabend länger als geplant im *Panorama* geblieben, und ihr Bruder hatte ihnen ordentlich Wein eingeschenkt.

»Sie sehen aus, als hätten Sie eine anstrengende Nacht hinter sich.«

»Ich habe lange gearbeitet«, log Sarah. »Jutta Baumann hat sich mit mir getroffen«, leitete sie den eigentlichen Grund ein, weshalb sie gerne mit Dagmar Jurit sprechen wollte. Die Anwältin wartete schweigend auf eine Fortsetzung. »Sie erwähnte, dass Sie deshalb ihre Anwältin wurden, weil Sie ein ähnliches Erlebnis wie Jutta Baumann hatten.«

»Ich wurde vergewaltigt. Sprechen Sie's ruhig aus.«

Der Kellner kam mit Sarahs Tee.

»Und jetzt wollen Sie meine Geschichte hören?«

Sarah nickte.

»Warum? Wollen Sie über mich schreiben?«

»Vielleicht.« Darüber hatte sie noch gar nicht nachgedacht.

Dagmar Jurit betrachtete sie einen Moment stillschweigend.

»Das ist 20 Jahre her und hat mit Jutta Baumann absolut nichts zu tun.«

Wieder hob Sarah die Schultern. »Ich weiß nicht genau, warum ich's hören will. Neugier? Interesse? Vielleicht will ich auch nur verstehen. Sie müssen nicht mit mir darüber reden.«

Dagmar Jurit zögerte. »Also gut«, begann sie schließlich. »Irgendwie bin ich Ihnen etwas schuldig für das hier.« Sie deutete auf den *Wiener Boten* auf dem Stuhl. Der Kellner brachte Ham & Eggs.

»Es passierte an einem Sommertag. Ich war 20 Jahre alt, allein zu Hause, lag im Bikini im Liegestuhl im Garten und las ein Buch. Irgendwann standen plötzlich zwei Burschen vor mir. Dann ging alles sehr schnell. Sie haben mich gepackt, ins Haus gezerrt und vergewaltigt.« Ihre Stimme blieb fest, sie schüttelte lediglich den Kopf. »Es waren Burschen aus der Nachbarschaft. Sie wussten, dass ich allein war. Sie sind durch die Gartentür gekommen und haben mich vergewaltigt, weil sie so etwas einfach mal tun wollten.«

»Sie haben sie natürlich angezeigt«, fragte Sarah kauend. Ihr fiel ein, dass sie beim Gespräch mit Jutta Baumann ebenfalls gegessen hatte. Ob das etwas bedeutete?

»Ja, natürlich. Nur wurde der Tatbestand einer Vergewaltigung vor 20 Jahren noch anders behandelt als heute. Sowohl menschlich als auch juristisch.«

»Was so viel bedeutet wie …?«

»Dass die beiden damals freigesprochen wurden, was heute in einem solchen Fall undenkbar wäre.«

Sarah starrte die Frau ungläubig an. »Freigesprochen? Das gibt's doch nicht!«

»Der Richter war der Meinung, dass ich die beiden zu der Tat provoziert hätte, weil ich einen Bikini trug und mich im Liegestuhl zur Schau stellte. Wie gesagt, das ist 20 Jahre her. Die Gesetzeslage hat sich zum Glück geändert, obwohl es noch immer genug Lücken gibt, die es zu schließen gilt.«

»Ist es Ihre Lebensaufgabe, das zu tun? Mir fiel nämlich auf, dass Sie sehr viele Vergewaltigungsfälle vertreten.«

»Sagen wir so, ich versuche es.«

Gerne hätte Sarah sie gefragt, wie oft sie dieser Alptraum noch verfolgte, 20 Jahre danach, und ob sie Probleme hatte, wenn sie mit einem Mann zusammen war. All diese Fragen stellte sie nicht, das wäre zu weit gegangen.

»Meine Frage von vorhin haben Sie nicht beantwortet. Sie wussten genau, dass Koban keine Lücke entdeckt hat, sondern ein falsches Ass aus dem Ärmel gezaubert hat, oder? Woher?«

»Intuition?«

»Sie sind seine Gegnerin und Geliebte zugleich. Wie funktioniert so etwas?«

Dagmar Jurits Handy läutete. Sie hob ab, und Sarah hörte eine männliche Stimme. Die Anwältin hörte eine Zeit lang schweigend zu, murmelte: »Ich komme«, und drückte den Anrufer weg. »Ich muss!« Ein entschuldigendes Lächeln.

»Doktor Koban?«, fragte Sarah ins Blaue hinein.

Das Lächeln der Anwältin veränderte sich, wurde dünn.

»Kennen Sie den Vorteil einer Affäre?« Dagmar Jurit erwartete keine Antwort. »Man kann sie beenden, wann immer man möchte.« Sie winkte dem Kellner. »Jedoch sollte man dies spätestens dann tun, wenn sie keinen Nutzen mehr bringt«, fügte sie hinzu. Der Ober kam, sie zahlte auch Sarahs Konsumation. Sarah hätte die Anwältin gern noch gefragt, wann sie die Affäre mit Koban beendet hatte. Aber sie hätte keine Antwort darauf bekommen.

Schweigend fuhren sie im Lift hinunter zum Stephansplatz, wo Dagmar Jurit sich rasch von Sarah verabschiedete und Richtung Singerstraße davoneilte. Sarah folgte ihr. Minuten später sah sie sie in dem Haus verschwinden, in der sich Kobans Kanzlei befand. Die Eingangstür fiel Sarah vor der Nase zu. Die Tür öffnete sich wieder, heraus kam ein älterer Herr, der Sarah galant die Tür aufhielt. Sie bedankte sich und betrat das Foyer. Einem Schild entnahm sie, dass sich Kobans Kanzlei im Dachgeschoss befand. Sie ging zu Fuß die Treppen hoch. Sie wusste nicht genau, was sie dort oben tun sollte, hoffte aber, dass sich irgendetwas ergeben würde.

Der Stiegenaufgang mündete im obersten Stockwerk in einen breiten Gang, an dessen Ende sich nur Kobans Kanzlei befand. In der Mitte des Flurs befand sich der Lift. Sarah ging leise zur Tür, presste ihr Ohr dagegen, hoffte, dass niemand öffnen oder in diesem Moment aus dem Lift in den Gang treten würde.

Stille.

*

Koban verzichtete darauf, seine ehemalige Geliebte zu begrüßen, kam sofort zur Sache. »Ich möchte dir einen Vorschlag machen.« Er deutete ihr, auf der Besuchercouch Platz zu nehmen. »Du hast mich öfter auf eine Fusion unserer beiden Kanzleien angesprochen«, begann er wie ein Geschäftsmann, der vorhatte, mit einem Geschäftspartner eine Vereinbarung einzugehen. »Ich bin dazu bereit und biete dir an, unsere Büros zusammenzulegen.«

»Oha«, entfuhr es der Anwältin. »Warum hast du deine Meinung geändert?«

»Sagen wir, ich habe lange darüber nachgedacht. Du hast recht. Unterbewusst habe ich provoziert, unsere Beziehung öffentlich zu machen.« Er vermied bewusst das Wort Affäre. »Deshalb habe ich meine Prinzipien über Bord geworfen und biete dir an, in die Kanzlei zu kommen.«

»Welche Prinzipien?«

»Arbeit und Privatleben auseinanderzuhalten.«

Dagmar Jurit nahm Platz und schlug die Beine übereinander. »Ich wusste nicht, dass ich dein Privatleben bin«, sagte sie spitz.

»Natürlich warst ... entschuldige, bist du mein Privatleben«, mimte Koban den Versöhnlichen. »Die Sache mit Horst ...«

»Müsste ich natürlich beenden«, unterbrach sie ihn.

»Ja.«

»Und wie stellst du dir die Sache mit Weninger vor? Wir können dann wohl schlecht vor Gericht gegeneinander antreten.«

»Weninger ist nicht mehr mein Mandant.«

»Ist er nicht?«

»Wenn wir es geschickt angehen, bekommen wir ihn locker wegen Vergewaltigung dran. Man muss den Kerl nur lange genug provozieren.«

»Wir?«

»Selbstverständlich würde ich dich unterstützen, wenn du für meine Kanzlei arbeitest.«

»Für deine Kanzlei arbeiten«, wiederholte sie zynisch mit Betonung auf dem zweiten Wort. »Das hast du dir schön ausgedacht.«

»Das ist es doch, was du wolltest.« Koban machte eine

ausladende Handbewegung, die alle Räume mit einbezog. »Jetzt kannst du's haben.«

»Jetzt will ich nicht mehr«, antwortete sie betont langsam. »Jedenfalls nicht mehr so wie zuvor.«

»Wie meinst du das?«

»Auch ich habe heute Morgen Zeitung gelesen. Es wirft kein schönes Licht auf die Kanzlei, wenn ganz Wien nachlesen kann, dass das Gerichtsverfahren gegen Norbert Weninger manipuliert wurde. Ich denke, dass ich mit meiner Vermutung richtig liege, wenn ich behaupte, dass dich dieser Artikel zum Umdenken bewogen hat.«

Ihre überhebliche Art, mit ihm zu sprechen, machte ihn wütend.

»Mag sein, dass sich die Situation in nächster Zeit negativ auf die Kanzlei auswirkt. Wenn du einsteigst, wir als Team auftreten und ich mich eine Zeit lang im Hintergrund halte, wird bald Gras über die Sache gewachsen sein. Du weißt, wie rasch Menschen Unangenehmes vergessen.«

»Mit anderen Worten, ich soll bei dir einsteigen, meine Mandanten mitnehmen und dir gewissermaßen den Karren aus dem Dreck ziehen, weil dir deine Mandanten möglicherweise bald abhandenkommen? Nicht als gleichwertige Partnerin, sondern eher als eine Art Angestellte. Sehe ich das richtig?«

Kurze Pause.

»Nur damit wir uns richtig verstehen, mein Lieber. Ich werde einen Dreck tun, um dir aus dieser Situation herauszuhelfen. Ich werde nicht in deine Kanzlei einsteigen, ich werde sie übernehmen. Weninger wird auch ohne deine Hilfe verurteilt, da bin ich mir sicher. Und du wanderst mit ihm in den Bau. Soll ich dir den Paragrafen für falsche Beweisaussage vor Gericht aufsagen? Abschnitt 21 …«

»Der Zeitungsartikel ist kein Beweis.«

»Eine Aussage vor Gericht wird beweisen, dass deine Zeugin gelogen hat.«

»Das beweist nicht, dass Weninger Jutta Baumann vergewaltigt hat.« Er hob triumphierend die Arme. »Es beweist nur, dass diese Zeugin gelogen hat und Weninger Bescheid wusste. Damit kommst du nicht durch.«

Die Anwältin zog ein Blatt Papier aus ihrer Tasche. »Wenn du dann im Gefängnis sitzt, werde ich dein Büro beziehen, deine Mandanten übernehmen, die ja dann keinen Grund mehr haben abzuwandern. Deine Sekretärin ist tüchtig, hat mir Horst erzählt. Ich denke, sie kann bleiben. Kommt natürlich auf ihre Loyalität mir gegenüber an. Mal sehen … Weninger und du, ihr könntet doch auch etwas mit dem Tod eurer Zeugin zu tun haben. Hat die Kleine nach der Aussage vielleicht mehr verlangt als 5000 Euro?« Sie schob Koban das Stück Papier zu. Er las ein von Monika Billich unterschriebenes Geständnis. »Oder hatte Weninger plötzlich Lust, der Armen sein wahres Gesicht zu zeigen? Ich denke, die Polizei verhört ihn schon. Der Artikel im *Wiener Boten* war ja eindeutig.« Sie runzelte die Stirn. »Was denkst du passiert, wenn die Staatsanwaltschaft das hier bekommt? Die suchen dann in deiner Kanzlei nach weiteren Papieren.«

»Wo hast du das her?«

»Sagen wir, es lag gestern in meinem Briefkasten. Ist übrigens nur eine Kopie. Du kannst es gern behalten. Das Original ist sicher verwahrt.«

Koban verlor die Kontrolle. Über Dagmar, über seine Arbeit, über sein Leben. Mit hassverzerrtem Gesicht riss er die Anwältin an den Schultern hoch und schüttelte sie heftig. »Bist du von allen guten Geistern verlassen?« Am liebsten hätte er sie ins Gesicht geschlagen. Immer und immer wieder, bis sie nur noch wimmernd in der Ecke läge und ihm versicherte, dass alles nur ein böser Scherz gewesen war. Diese Schlampe hatte nicht das Recht, ihm zu drohen.

»Ich bring dich um«, hörte er sich selbst brüllen.

Jemand packte ihn von hinten an den Schultern und zerrte ihn herum. »Hör auf!« Behrens hielt ihn fest. »Hast du den Verstand verloren?«

»Sie hat ein unterschriebenes Geständnis und will damit vor Gericht. Damit sind wir erledigt!«, schrie Koban ihm ins Gesicht.

»Wieso wir? Von mir ist darin nicht die Rede«, sagte Behrens gleichgültig, ohne einen Blick auf das Schriftstück geworfen zu haben. »Lies!« Noch einmal nahm Koban das Stück Papier zur Hand. Behrens wurde mit keinem Wort erwähnt. »Du hast sie aufgerissen, ihr den Job angeboten, sogar mit ihr geschlafen, obwohl ausgemacht war, kein privater Kontakt mit Zeugen!« Kobans Blick wechselte zwischen Dagmar und Horst hin und her.

»Ich weiß Bescheid«, erklärte Dagmar Jurit knapp.

»Die Kleine hatte sich verliebt. Die Nummer war einfach, oder? Ist etwas schiefgegangen, Horst? Wollte sie sich nicht mit dem Geld allein begnügen? Wollte sie mehr? Wollte sie dich?«, versuchte Koban etwas aus seinem Kompagnon herauszubekommen.

»Gib dir keine Mühe, Karlheinz. Ob und mit wem Horst ins Bett steigt, ist mir einerlei.« Dagmar Jurit verschränkte ihre Arme. »Du machst es dir einfach, was? Lieferst mit einem unverschämten Trick ein unschuldiges Mädchen gnadenlos aus. Es ist dir egal, was mit Jutta Baumann passiert. Mal angenommen, meine Mandantin hätte sich das Leben genommen.«

»Hat sie aber nicht.«

»Nur mal angenommen. Wie hättest du dann reagiert?« Wütend warf sie ihre Hände in die Luft. »Oh, das tut mir jetzt leid.« Sie ließ die Hände sinken, schüttelte den Kopf. »Mein Gott, wenn sie's nicht erträgt zu verlieren.«

»Du weißt, dass es nicht so ist«, verteidigte Koban sich matt.

»Wir haben das unterschriebene Geständnis, und du weißt, das zählt vor Gericht. Genau wie die Aussage einer Zeugin vor Gericht zählt.«

Plötzlich kam ihm ein Gedanke.

Das Geständnis war genauso eine Fälschung wie Monika Billichs Zeugenaussage. Die beiden würden nicht zögern, es gegen ihn einzusetzen.

»Warum musste sie sterben?«

»Weißt du«, fuhr Dagmar Jurit fort, ohne auf seine Frage einzugehen, »es ist schwer, eine polizeiliche Untersuchung gegen einen Anwalt zu erwirken. Nach Vorlage dieses Geständnisses und der Aussage der Freundin werde ich die Staatsanwaltschaft sicher dazu bewegen können, einen Blick in deine Akten zu werfen. Vielleicht werden auch deine Villa und deine Wohnung durchsucht.«

»Das kann die Staatsanwaltschaft gerne tun«, antwortete Koban widerspenstig. »Sie werden nichts finden.«

»Da sei dir mal nicht so sicher, mein Lieber.«

»Meinst du die Pistole in meinem Schlafzimmer? Hast wohl gedacht, ich finde sie nicht. Ist das die Tatwaffe? Wann hast du sie in meinen Kasten geschmuggelt? Nachdem wir's miteinander getrieben haben und ich unter der Dusche war?«

Er wandte sich an Behrens. »Ich habe heute noch einmal beim Botendienst angerufen. Die haben gar keinen Umschlag geliefert. Wie habt ihr das gemacht? Bei Baumann ein bisschen im Altpapiercontainer gewühlt, bis ihr einen Umschlag gefunden habt, der aus Rumänien kam?« Er machte eine kurze Pause. »Warum?«

Dagmar Jurit blickte ihn eiskalt an. »Weil du zu weit gegangen bist. Einen Fall zu gewinnen ist eine Sache. Aber zu betrügen ist eine andere. Ich wusste, dass du das Mädchen so lange unter Druck setzen würdest, bis sie das Geständnis widerruft.«

Koban ließ sich auf die Couch fallen. Sein Blick streifte Behrens. »Es war deine Idee. Erinnerst du dich?«

Sein Kompagnon zuckte lediglich mit den Schultern. »Und jetzt war es meine Idee, es zu beenden. Auf meine Art.«

»Ich fand die Sache mit den drei Fingern etwas theatralisch.« Koban lachte auf. »Die Schwurfinger! So ein Schwachsinn.«

Dagmar Jurit stand auf. »Ich denke, bis zum Prozess gegen dich wird noch einige Zeit vergehen. Dennoch würde ich es begrüßen, wenn deine Sachen schnell aus dem Büro verschwinden. Die Pistole kannst du behalten.«

»Hast du sie von Baumann?«

Sie gab ihm keine Antwort.

»Wenn du freiwillig das Feld räumst, können wir die Sache gegen dich natürlich stoppen. Die Falschaussage wird Weninger allein zu verantworten haben, Karlheinz. Und du … sagen wir … Burnout. Du brauchtest Ruhe und Abstand. Überleg es dir und gib mir morgen Bescheid«, schlug Behrens vor.

Montag, 31. Mai

26

Weningers Vater hatte Koban Sonntagabend am Handy angerufen. Koban hatte nicht abgehoben, weshalb ihm der Architekt auf die Sprachbox sprach. Die Polizei habe seinen Sohn verhört. So lange, bis dieser schließlich die Vergewaltigung gestand. Er musste die Wahrheit sagen, auch jene über Monika Billich. Dass Koban sie für Weninger ausgewählt hatte. Dann hatte er aufgelegt, ohne sich zu verabschieden.

Sein ganzes Schaffen beruhte auf einer einzigen Lüge. Darauf, klüger, ehrgeiziger, gerissener, besser als die anderen zu sein.

Dagmar Jurit und Horst Behrens waren seine Gegner gewesen. Schon die ganze Zeit. Sie würden ihn nicht kriegen. Denn die einzige Wahrhaftigkeit hieß Karlheinz Koban. Und der würde ihnen den letzten Akt ordentlich versauen.

Mit einiger Genugtuung dachte Koban an seine Frau. Zwei Fliegen mit einer Klappe schlagen. Sein neuer Plan beinhaltete, dem unausweichlichen Rosenkrieg mit Silvia zu entkommen. Er setzte sich an den PC und suchte im Archiv die Namen jener Zeugen heraus, nach denen die Staatsanwaltschaft bald suchen würde. Danach rief er die Bankkonten der Kanzlei auf und begann, das gesamte Vermögen in Kleinbeträge aufzuteilen und an diverse Konten von Geschäftspartnern zu überweisen. Betreff: Schweigegeld. Die Schmid würde Tage damit beschäftigt sein, die Beträge wieder zurückzufordern. Er hatte keine Ahnung, warum er das tat. Es machte ihm einfach diebische Freude, an Behrens' Gesicht zu denken, wenn dieser die Konten einsah. Danach rief er beim Kommissariat an und verlangte nach Stein. Die freundliche Stimme am Telefon erklärte, dass Stein erst gegen acht Uhr ins Büro komme. Koban fragte nach der Mailadresse des Kriminalisten. Die freundliche Stimme gab sie durch, und er schrieb Stein eine E-Mail. Bevor er auf »Senden« drückte, sah er auf die Uhr. Es war vier Uhr morgens. Es blieb ihm genug Zeit, seinen Plan umzusetzen.

Als er damit fertig war, kroch bereits die Morgendämmerung über die Dächer.

Zum ersten Mal beobachtete er den Sonnenaufgang von der Terrasse seiner Kanzlei aus. Sah, wie das Morgenrot die Dunkelheit der Nacht verdrängte. Diesem Naturphänomen hatte er bis heute keine Beachtung geschenkt. Wie schön der Stephansdom von hier oben aussah. Auch ihm hatte er kaum Aufmerksamkeit geschenkt.

Eine Katze schlich über den Platz. Koban lachte.

Hoch erhobenen Hauptes ging er hinaus und stellte sich auf die Brüstung.

Sie würden ihn nicht kriegen.

Er schaute nach vorn und ließ sich fallen.

*

Sarahs Artikel sorgte für heftigen Medienrummel. Dass die Finger der Ermordeten auf ihrem Tisch landeten, war die Sensation. Diesem Umstand wurde mehr Aufmerksamkeit geschenkt als der Tatsache, dass Monika Billich vor Gericht nachweislich gelogen hatte. Ihr Artikel wurde sogar in den Morgennachrichten zitiert, unmittelbar vor dem Hinweis auf den Weltnichtrauchertag. Seit den frühen Morgenstunden riefen die Kollegen der Konkurrenzmedien in der Zentrale des *Wiener Boten* an. Sie ließ sich mit niemandem verbinden. David hatte versprochen, ihr alle vom Leib zu halten. Dann sollte er das auch gefälligst tun.

Mit Connys Hilfe hatte sie herausgefunden, dass der Mann, der gestern eine halbe Stunde nach Dagmar Jurit die Kanzlei betreten hatte, Horst Behrens war. Fast hätte er Sarah vor der Kanzleitür entdeckt. Sie hatte nur kurz gezögert, als sie hörte, dass sich der Lift in Bewegung setzte, und war in letzter Sekunde um die Ecke im Stiegenhaus verschwunden, bevor Behrens aus dem Lift getreten war. Er hatte dann gemeinsam mit Dagmar Jurit die Kanzlei verlassen. Nach ihnen schlich auch Sarah aus dem Gebäude.

Ihr Festnetz läutete. Die Durchwahl des Portiers leuchtete auf. Standen Kollegen unten, in der Hoffnung, so zu einem Interview mit ihr zu kommen? Sie hatte heute Morgen die Anweisung gegeben, niemanden in ihr Büro zu lassen. Sarah hob ab. »Eine Dame namens Pohn steht hier bei mir. Sie will zu Ihnen und meinte, dass Sie sicher mit ihr reden würden.«

»Alles klar! Danke. Schicken Sie sie rauf.«

»Den ganzen Sonntag habe ich überlegt, dich anzurufen«, erklärte ihr Birgit Augenblicke später aufgeregt.

»Was ist passiert?«

»Eigentlich sollte ich meinen Mund halten und ausschließlich ihn anrufen. Ich weiß nicht, ob das alles richtig ist. Ich habe Angst.« Birgits Hände zitterten.

»Wen meinst du?«, fragte Sarah.

»Der Kerl vom *Sala* ist gestern plötzlich in meiner Wohnung aufgetaucht. Es gibt ein von Monika unterschriebenes Geständnis. Er hat es mir gezeigt«, zeigte sie sich euphorisch. »Vielleicht erwischt man damit auch Monikas Mörder.«

Sarah sah keinen Zusammenhang, wollte Birgit jedoch nicht die Stimmung verderben.

»Du hast den Typen in deine Wohnung gelassen?« Sie tippte sich an die Stirn. »Spinnst du? Dir hätte weiß Gott was passieren können.«

»Es ist nichts passiert.«

Sarah seufzte laut. »Wo ist das Geständnis jetzt?«

»Er hat es wieder mitgenommen.«

Sarah schaute auf die Uhr. Gleich zehn Uhr. »Bleib hier sitzen. Wenn du Tee willst, hol ihn dir aus der Redaktionsküche. Ich muss zur Sitzung. Ich versuche, so schnell wie möglich zurückzukommen.« Dann rannte sie die Stufen zu Davids Büro hoch und wedelte mit der Hand, um der völlig verblüfften Gabi mitzuteilen, dass sie im Moment nichts sagen konnte, und riss die Tür zum Büro auf.

»Hör zu! Ich kann heute nicht zur Sitzung kommen.« Sie hielt sich am Türrahmen fest und keuchte. »In meinem Büro sitzt Birgit. Monika Billich hat ein unterschriebenes Geständnis hinterlassen, das jetzt plötzlich aufgetaucht ist«, sagte Sarah zwischen zweimaligem Luftholen.

David verließ gemeinsam mit ihr sein Büro. »Herbert soll die Sitzung leiten. Ich gebe ihm Bescheid. Wir sehen uns in zehn Minuten.«

Sarah lief zurück in ihr Büro und ließ sich auf ihren Stuhl fallen. »Musste mich von der großen Sitzung abmelden. Die setzen hier nämlich gleich Bluthunde ein, wenn ein Redakteur nicht auftaucht«, versuchte sie einen Witz zu machen.

Birgit Pohn blieb ernst und drehte die Tasse Tee in ihren Händen hin und her. »Was tun wir jetzt?«

»Ruf diesen Typ an! Triff dich mit ihm. Ich will sehen, wer das ist.«

»Was soll ich ihm erzählen?«

Sarah überlegte. »Dir ist ein Gerücht zu Ohren gekommen, dass Weninger deine Freundin umgebracht hat. Irgend so etwas halt. Er wird es nicht überprüfen.«

»Wo soll ich mich mit ihm treffen?«

»Im *Sala*. Dort bist du ihm doch zum ersten Mal begegnet. Und es hat den Vorteil, dass ich dich unauffällig im Auge behalten kann. Stopp!« Sarah wedelte unruhig mit den Händen. »Kennst du Koban? Ich meine, hast du ihn schon einmal gesehen?«

»Nein.«

»Vielleicht ist ja er der mysteriöse Fremde.«

Der Herausgeber betrat in diesem Moment Sarahs Büro. »David, das ist Birgit Pohn. Birgit, das ist David Gruber, Herausgeber des *Wiener Boten*.«

Sie gaben sich die Hand.

Sarah rief über die Suchmaschine die Kanzlei Koban & Behrens auf. Sie tippte die Seite über das Team an, woraufhin die Bilder der Kanzleimitarbeiter erschienen. Sie zeigte auf Kobans Bild. »Der hier.«

David nahm neben Birgit Platz. Er lächelte die beiden Frauen an. »Gebt mir bitte eine kurze Zusammenfassung.«

Birgit begann bei dem ersten Zusammentreffen mit dem Fremden im *Sala,* erzählte von dem Telefonat am nächsten Tag, vom Foto, das durch ihren Briefschlitz geworfen wurde, und vom Gespräch am Samstagabend in ihrer Wohnung. David hörte aufmerksam zu, unterbrach sie hie und da, stellte Fragen, hörte wieder zu. Sarah beobachtete ihn, wie er an manchen Stellen die Stirn runzelte, seine dunklen Augen zusammenkniff, lächelte, ernst wurde, sich durch seine Haare strich. Sich zu verlieben …

»Der da ist es nicht, aber der.« Birgit zeigte auf das Bild unterhalb von Koban.

»Doktor Horst Behrens«, las Sarah. »Sein Kompagnon? Welchen Zweck verfolgt er? Was will der von dir, Birgit?«

»Er war Monikas Liebhaber.«

»Behauptet er.«

»Ich glaube, es stimmt.« Birgit gab wieder, was Tim ihr erzählt hatte. »Der Inspektor erwähnte mir gegenüber, dass Monika vor ihrem Tod noch Geschlechtsverkehr hatte, und von Tim weiß ich, dass sie mit diesem Kerl zusammen war, bevor sie umgebracht wurde.«

»Warum ruft er dich an, warum taucht er bei dir auf? Ist er ihr Mörder?«, fragte David.

»Er sieht nicht wie einer aus«, sagte Birgit.

»Mörder sehen selten so aus, wie man sie sich vorstellt«, behauptete Sarah.

»Wir sollten die Sache der Polizei überlassen«, schlug David vor. »Ihr beide bleibt hier. Ich rufe Stein an.«

In diesem Moment wurde die Tür aufgerissen, und Conny erschien. »Koban hat sich vom Dach seiner Kanzlei gestürzt. Er ist tot. Scheiße.« Sie sank auf einen leeren Stuhl.

Simon und Sarah waren sofort aufgebrochen. Die Polizei hielt die obere Singerstraße gesperrt. Uniformierte standen mit dem Rücken zum Gebäude. Sie bewachten grimmig die zahlreichen Schaulustigen, die aufgeregt ihre Hälse reckten in der Hoffnung, einen Blick auf die Leiche erhaschen zu können. Der Leichenwagen stand vor dem Haus. Eine Redakteurin vom Fernsehen sprach ihren Text für die Nachrichten direkt in die Kamera. Simon schoss Fotos. Sarah hielt Ausschau nach Stein und wartete wie all die anderen Journalisten auf Informationen, die man ihnen hoffentlich bald geben würde.

*

Koban war tot.

Zuerst der Mord an Monika, jetzt der Selbstmord des Anwalts. Irgendetwas stimmte an der Geschichte nicht. Birgit musste sofort mit Tim reden.

»Er ist krank«, erklärte Eva ihr. »Liegt oben im Bett.« Sie deutete mit dem Zeigefinger an die Decke und verzog missmutig das Gesicht. »Ines und ich müssen die ganze Woche übernehmen.« Birgit wusste, dass Tims Wohnung über dem Lokal lag und eine Verbindungstür hinter der Bar direkt ins Stiegenhaus führte. »Ich schau mal nach ihm.«

»Er will niemanden sehen.«

Sie zuckte mit den Achseln. »Wie du meinst.«

Tim öffnete in Jeans, T-Shirt und Jacke. Er sah gesund aus.

»Was machst du hier?«

»Ich wollte sehen, wie's dir geht. Habe gehört, dass du krank bist.«

»Geht mir schon wieder besser. Danke. Nett, dass du vorbeigeschaut hast.«

»Willst du mich nicht reinlassen?« Sie schob sich an ihm vorbei. Im Vorraum standen zwei Koffer und ein Rucksack.

»Du verreist?«

»Ja.«

»Warum?«

»Erholung.«

»Du bist doch noch nie verreist.«

»Jetzt schon.« Er steckte den Reisepass in die Vorderseite des Rucksacks.

»Fliegst du?«

»Mal sehen.«

»Wohin?«

»Mal sehen.«

»Du hast keine Pläne?«

Er schüttelte den Kopf. »Du willst doch irgendetwas. Ich seh's dir an. Ist es wegen Monika?«

Sie nahm ihn bei den Schultern und schüttelte ihn. »Red endlich, Tim. Was verschweigst du? Warum hast du mir nicht gesagt, dass der Kerl an der Bar Behrens ist? Erklär's mir!«

Er sah sie überrascht an. »Du weißt Bescheid?«

»Seit ein paar Minuten.«

Er zögerte einen Moment. »Wenn ich dir erzähle, was ich weiß, lässt du mich dann in Ruhe?«

Sie fühlte, dass es ein Fehler wäre, diese Frage zu bejahen. Doch welche Alternative gab es? Sie nickte. Tim ließ sich auf dem Koffer nieder und erzählte Birgit die irrwitzigste Geschichte, die sie jemals gehört hatte.

»Es begann vor fünf Jahren. Koban und Behrens saßen an der Bar und philosophierten darüber, wie man jedes Gerichtsverfahren gewinnen könnte. Kannst dir vorstellen, dass während ihres Gespräches viel Alkohol floss. Dennoch, zwei kluge Köpfe, kann ich dir sagen. Nach einigen Bieren sind sie dann auf die Idee mit den bezahlten Zeugen gekommen. Sie haben das Prozedere mehrmals in Gedanken durchgespielt. Ich stand hinter der Bar. Zuerst dachte ich, die machen nur Spaß. Einige Tage später kam Behrens wieder. Er wusste ja, dass ich die ganze

Sache mitgehört hatte. Inzwischen hatte er Erkundigungen über das *Sala* eingeholt. Behrens wusste genau über meine finanzielle Lage Bescheid. Und die war nicht rosig. Er schlug mir vor, Leute für die Sache aufzutreiben. Ich durfte natürlich keine Namen erwähnen oder sagen, was zu tun war. Dafür sollte ich eine Provision erhalten. Lief alles ganz gut. Nur ein Mal war's knapp. Vor drei Jahren kam ein Gerücht auf. Die Staatsanwaltschaft hat ermittelt, doch Koban gelang es, die Sache abzuwiegeln, die Untersuchungen wurden eingestellt. Die beiden machten eine Weile Pause. Danach lief alles perfekt. Bis jetzt.«

Birgit musste sich gegen die Wand lehnen. Sie schnappte nach Luft. Das war alles ein böser Traum.

»Das *Sala* lief nicht gut, ich brauchte dringend Geld.«

»Soll das eine Entschuldigung sein?«

Er schüttelte den Kopf.

»Und jetzt haust du einfach so ab?«

»Mensch, Birgit! Monika ist tot, heute Morgen ist der Koban aus dem Fenster gesprungen. Sie haben es eben in den Nachrichten gebracht. Ich bin doch nicht blöd und warte, bis sie mich auch umbringen!«

»Wieso sollten sie das tun? Und wer sind die?«

»Ich weiß es nicht. Aber ich bin mir sicher, dass Behrens und ich auf deren Liste stehen.«

»Und du hast Monika so einen Auftrag verschafft?«

Tim nickte.

»Warum gehst du nicht zur Polizei, erzählst denen die Geschichte und zeigst Behrens an?«

»Der Typ ist Anwalt. So jemanden zeigt man nicht eben bei der Polizei an. Es gibt keine Beweise, die ich auf den Tisch legen kann, Birgit. Keine Belege, keine Telefonaufzeichnungen. Nichts. Verstehst du? Meine Aussage würde gegen seine stehen.«

»Es gibt ein von Monika unterschriebenes Geständnis.«

»Es gibt was?«

»Ein Geständnis.«

»Was steht da drin? Wer hat dir davon erzählt?«

»Behrens. Er tauchte gestern in meiner Wohnung auf, hat es mir gezeigt und gemeint, damit würde er Koban drankriegen.«

»Behrens war bei dir? Warum will er Koban drankriegen? Das versteh ich nicht.«

»Und ich versteh's noch viel weniger«, blaffte Birgit. Sie holte tief Luft.

»Ich wusste ja nicht, dass er in die Sache verwickelt ist. Ich dachte, er sei ein …« Sie überlegte. Es war ihr peinlich zuzugeben, dass sie gedacht hatte, dass er ein verdeckter Ermittler sei. »Ich weiß nicht, was ich dachte.«

Tim wich ihrem Blick aus und starrte auf den Boden. »Wenn sein eigener Name in dem Papier auftaucht, wird er es nicht an die Polizei weitergeben.«

»Warum zeigt er es dann mir?«

»Er wollte herausfinden, wie viel du weißt und ob du ihm gefährlich werden kannst. Vielleicht wollte er dich auch rumkriegen, so wie Monika. Ich weiß es nicht. Er hat's mir nicht erzählt.«

»Aber …«

»Schau, Koban und Behrens haben die Sache mit den Zeugen begonnen. Irgendjemand muss ihnen auf die Schliche gekommen sein. Jemand, dem es nicht darum geht, die Sache aufzudecken, sondern …« Er machte eine hilflose Geste. »Sie wussten nicht, was ihr Gegner vorhatte. Monika sollte eine Botschaft an die beiden sein. Das erklärte mir Behrens hier an der Bar, bevor du in unser Gespräch geplatzt bist. Vielleicht dachte er, dass du von der Gegenseite auf ihn angesetzt wurdest. Der Kerl litt nach dem Mord an Monika ziemlich unter Verfolgungswahn. Wie du sicher mitbekommen hast, wurden Monika drei Finger abgetrennt.«

»Die Schwurfinger, ich weiß. Hat mir die Journalistin erklärt. Das klingt alles nach einem beschissenen Mafiafilm.«

Tim stand auf. Er schnallte sich den Rucksack um. »Das Taxi wartet.« Er nahm die Koffer zur Hand. »Mach's gut!« Ohne sich noch einmal umzudrehen, eilte er die Stufen hinab. Birgit starrte ihm fassungslos nach. Dann griff sie zum Telefon und rief Sarah an.

*

War es Zufall, Schicksal oder einfach nur Glück, dass Sarah ausgerechnet in dem Augenblick Stein zu Kobans Selbstmord interviewte, als Birgit anrief? Als ihr Handy läutete, legte Stein ihr gerade die Fakten dar, warum die Polizei in diesem Fall eindeutig von Selbstmord ausging: »Die Tür war von innen verriegelt. Die Sekretärin musste einen Schlüsseldienst bemühen.«

Sarah ärgerte sich. Wieder einmal hatte sie vergessen, das Handy während eines Interviews lautlos zu schalten. »Gehen Sie nicht weg!«, befahl sie Stein.

Am Display erschien Birgits Name. Sie hob ab und reichte das Telefon nach einer Minute an Stein weiter. »Ich denke, das sollten Sie sich anhören.«

Dann ging alles sehr schnell. Stein lief mit Sarahs Handy in der Hand auf einen seiner Männer zu und wies ihn an, das Taxi, das Tim beförderte, auszuforschen. Sarah folgte ihm. Als Stein ihr das Handy zurückgab, ließ sie Birgit die Geschichte nochmals erzählen, während sie sich an Steins Fersen heftete. Stein ließ sie zähneknirschend gewähren, wedelte jeden Polizisten beiseite, der sie aufhielt und wieder hinter die Absperrung drängen wollte.

Eine halbe Stunde später bekam Stein die Nachricht, dass Tim am Flughafen aufgegriffen wurde.

»Zur Befragung nehm ich Sie nicht mit«, knurrte Stein auf dem Weg zum Polizeiwagen, das ihn ins Kommissariat bringen würde.

»Sie halten mich auf dem Laufenden«, rief ihm Sarah nach. »Wenn's geht, vor vier, dann bekomm ich die Meldung in die morgige Ausgabe!«

Stein winkte und stieg ein.

Sarah fuhr zurück in die Redaktion, wo ihr Herbert Kunz über den Weg lief. Sie bat den Chef vom Dienst, ihren Artikel für die nächste Ausgabe so spät wie möglich abliefern zu dürfen.

Er gab ein gestresstes Schnauben von sich. »Welche Story bekomme ich dafür?«

»Kobans Selbstmord ...«

Er winkte ab. »Das haben die anderen auch. Der ORF sendet halbstündlich, und morgen werden alle Zeitungen dieses Landes 1000 Gründe für Kobans Selbstmord bringen. Ich tippe, Zeugenbestechung wird Platz eins erreichen.«

»Lass mich ausreden. Stein hat soeben einen Lokalbesitzer am Flughafen festnehmen lassen. Ich war dabei. Die Kollegen waren jedoch schon wieder auf dem Weg in ihre Redaktionen. Wenn wir Glück haben, erfährt vor morgen kein anderes Medium von dieser Aktion. Natürlich hängt es davon ab, was bei der Befragung herauskommt. Vielleicht können wir aus Kobans Geschichte mehr als einen Selbstmord machen.« Sie liefen die Stufen vom Foyer zu Sarahs Büro hinauf. Sarah schilderte, was sie bisher wusste.

»Okay. Spätestens um sechs will ich die Geschichte auf dem Tisch. Und wenn es nicht das ist, was ich mir jetzt erhoffe, bist du geliefert.«

Sarah saß auf Nadeln. Stein rief um fünf Uhr an. »Ging leider nicht eher«, entschuldigte er sich. Dafür lieferte er Sarah jede Menge Informationen für ihren Artikel. »Koban lässt seit fünf Jahren Zeugen vor Gericht falsch aussagen, um Prozesse zu gewinnen. Behrens scheint nur Mittelsmann gewesen zu sein, was ihn nicht vor einer Bestrafung schützt. Mal davon abgesehen, dass er seine Lizenz als Anwalt los ist. Die Staatsanwaltschaft ermittelte in dieser Sache schon einmal, musste die Untersuchungen jedoch wieder einstellen. Es gab keine Beweise. Mit dem, was uns der junge Mann heute erzählt hat, und mit Birgit Pohns Aussage wird sich unser Anwalt nicht mehr so leicht aus der Schlinge ziehen können. Die Staatsanwaltschaft hat die Sache wieder aufgenommen. Es wird aber einige Zeit dauern, bis die alten Fälle durchgearbeitet sind.«

»Was passiert jetzt mit Behrens?«

»Über Doktor Behrens und Tim Ernst wurde die U-Haft verhängt. Verdunkelungs- und Fluchtgefahr.«

»Was ist mit Norbert Weninger?«

»Er bleibt ebenfalls bei uns. Er hat die Vergewaltigung gestanden.«

»Was ist mit dem Mord an Monika Billich? Hat er etwas damit zu tun?«

»Die Befragungen dazu laufen gerade. Und ich werde Ihnen jetzt keine Namen nennen. Sie kennen das Spiel.«

»Kann ich den Rest morgen bringen?«

»Von mir aus. Dann ist es sowieso schon offiziell.«

»Ich rufe Jutta Baumann an.«

»Wenn Sie wollen.«

Sarah verabschiedete sich. Sie saß einige Minuten regslos vor ihrem Computer. Wer tötete Monika Billich? Sie ließ die letzten Tage Revue passieren. Eine beiläufige Bemerkung Dagmar Jurits fiel ihr ein. »Hat der Bernstein doch nicht geholfen?« Sie schlug in ihren Büchern nach. Bernstein schützte gegen Dämonen. Ob sie damit Koban meinte? Sie griff zum Telefon und erreichte Jutta Baumann in Paris.

»Weninger hat gestanden.«

Jutta Baumann holte tief Luft. »Endlich.«

»Ich habe noch eine Frage. Wer hat Ihnen das blaue Auge geschenkt?«

»Meine Anwältin. Als Schutz.«

Sarah bedankte sich, wünschte der Studentin eine wunderbare Zeit in Paris und beendete das Gespräch.

Sie sollte doch öfter ihrem Instinkt und den Zeichen vertrauen. Sie zog den Notizblock aus ihrer Handtasche, ging alle Unterlagen noch einmal durch, setzte sich vor den Computer, rief die Seite des Landeskommandos der Polizei Wien auf und klickte sich durch die Pressemeldungen. Zufrieden darüber, dass bis dahin mit keinem Wort die Festnahmen Behrens' und Tims erwähnt wurden, begann sie ihren Artikel zu verfassen. Kunz würde glücklich sein. Der *Wiener Bote,* die einzige Zeitung, die darüber berichtete. Sie erwähnte, welches Vergehen Behrens und Tim vorgeworfen wurde, führte Norbert Weningers Geständnis an und stellte die Verbindung zu Kobans Selbstmord her. Sie würde nicht, wie die meisten ihrer Kollegen, bei der Witwe anrufen, um einige verzweifelte Sätze aus ihr herauszulocken. Sie wollte einen klaren Bericht über die Ereignisse bringen, die zu diesem ganzen Drama geführt hatten. Ob sich die Menschen, die den Bericht lasen, Gedanken darüber machten?

Wenige Minuten vor sechs Uhr gab sie den Beitrag ab. Sie hatte es geschafft.

Gabi rief an. »Hast du Lust, was trinken zu gehen?«

»Ein anderes Mal gern. Hab aber noch jede Menge Arbeit auf dem Tisch.«

»Wenn du's dir anders überlegst, ich bin mit ein paar Leuten von der Chronik im *Panorama,* deinen Bruder bewundern.«

Sarah lachte. »Macht das, und richte ihm schöne Grüße von mir aus, er soll sich benehmen.«

Eine halbe Stunde später steckte Conny ihren Kopf durch die offene Tür und wollte Sarah überreden mitzukommen. Sarah lehnte abermals ab. Sie war mit ihren Unterlagen und Gedanken beschäftigt. Sie suchte nach Zusammenhängen und einem plausiblen Grund dafür, warum die Zeugin ermordet worden war. Und wenn es die ganze Nacht dauern würde.

»Sag mal, Conny, wer hat dich damals angerufen, seine Frau oder sogar die Jurit selbst? Bitte sag mir die Wahrheit!«

Die Löwin zögerte. »Horst Behrens.«

Sie ging noch einmal alles durch. Immer und immer wieder. Irgendwann begann sie zu schreiben, zu löschen und zu ändern. Sie verlor sich gänzlich in der Geschichte, merkte nicht, dass es allmählich dunkel wurde. Als sie ihre Aufzeichnungen fertig glaubte, lehnte sie sich erschöpft in ihrem Stuhl zurück. Es war bereits zehn. Sie schickte Stein eine SMS mit der Bitte, sie anzurufen, sobald er sie gelesen hatte.

Sarah hoffte, dass er noch im Dienst war. Überraschenderweise rief der Kriminalbeamte kurze Zeit später zurück.

»Ich habe einen Abschlussartikel zum Mord an Monika Billich verfasst. Dazu hätte ich gern Ihre Meinung.«

»Wann?«

»Am besten gleich.«

Er stöhnte auf. »Mailen Sie ihn mir. Wo sind Sie erreichbar?«

»In der Redaktion.«

»Ich melde mich.«

Während sie auf Steins Anruf wartete, tigerte Sarah unruhig vor ihrem Büro den inzwischen menschenleeren Redaktionsflur entlang, holte in der Küche eine Tasse Tee, ging wieder zurück, stellte sich vor das Fenster, starrte auf die hell beleuchtete Mariahilfer Straße hinunter und wartete.

Es läutete.

»Wie kommen Sie darauf, dass Dagmar Jurit die Mörderin von Monika Billich ist?«, fragte Stein ohne vorherige Begrüßung.

Sarah ließ sich in ihren Stuhl fallen. »Ich habe Listen erstellt, mit allen Fürs und Widers, allen Anzeichen und Bemerkungen. Es erscheint mir logisch, dass sie es war. Sie wusste, dass Koban falsch spielte. Sie hat meine Kolumne über den Eid gelesen und mir gegenüber erwähnt, dass die Wahrheit über allem stünde, auch über Beziehungen.« Sarah erwähnte die Sache mit dem Bernstein und Jutta Baumanns Kette mit dem blauen Auge. »Es schützt, wie meine Corni, gegen den bösen Blick. Die Frau kennt sich mit diesem Humbug, wie Sie es bezeichnen, aus. Ich bin mir sicher, dass sie weiß, dass der Dienstag ein Richttag war. Deshalb wurde die Leiche an einem Dienstag auf dem Naschmarkt deponiert.«

»Ermordet wurde sie an einem Freitag. Spricht das nicht gegen Ihre Theorie?«

»Nicht, wenn Sie bedenken, dass Behrens und Monika Billich ein Liebesverhältnis hatten. Jedenfalls dachte das die Billich. Der Freitag ist der Liebesgöttin Freyja gewidmet.«

»Ziemlich an den Haaren herbeigezogen, finden Sie nicht?«

»Wenn man Inszenierungen liebt …«

»Wann soll Ihr Artikel erscheinen?«

»Sobald Sie mir sagen, dass ich Recht habe und mir grünes Licht geben.«

Sie hörte ihn laut seufzen.

»Gut. Sie haben recht. Dagmar Jurit hat Monika Billich getötet. Mit der Veröffentlichung warten Sie noch ein paar Tage. Und ich gebe Ihnen im Gegenzug 24 Stunden, bevor die offizielle Meldung draußen ist.«

»Erzählen Sie mir, was ich nicht weiß, damit ich das in der Zwischenzeit hinzufügen kann«, forderte Sarah ihn auf.

»Wenn die Sache öffentlich wird, bevor ich mein Okay gegeben habe, lasse ich Sie festnehmen, einsperren und werfe persönlich den Schlüssel weg. Haben Sie mich verstanden, Sarah?«

»Alles klar. Erzählen Sie bitte.«

»Wenige Stunden bevor Koban in den Tod gesprungen ist, hat er mir eine E-Mail geschrieben mit dem Hinweis, dass Behrens oder Jurit die Studentin ermordet haben und wir die Kofferräume ihrer Wagen überprüfen sollen. Koban nahm an, dass die Leiche darin transportiert wurde. Das wird gerade untersucht. Außerdem verriet er, dass die mögliche Tatwaffe, eine Tokarew, und ein Foto der Leiche in seinem Safe zu finden wären. Die Kombination hatte er geändert und mir geschickt. Nun müssen wir herausfinden, wie die Tokarew nach Österreich kam und wer sie gekauft hat. Wir stecken mitten in den Ermittlungen. Wenn Sie jetzt mit dem Artikel vorpreschen, tun Sie sich selbst und uns nichts Gutes.«

»Und was ist mit Monika Billichs Geständnis?«

»Das ist echt. Das Mädel hat tatsächlich vor ihrem Tod noch ein Geständnis unterschrieben. Sie hoffte zu überleben.«

»Mit dem Geständnis wäre Kobans Reputation erledigt gewesen. Er wäre ins Gefängnis gewandert, und die Kammer hätte ihm die Anwaltslizenz entzogen. Warum haben sie Monika Billich umgebracht? Sie hatten doch alles, was sie wollten, oder?«

Montag, 7. Juni

27

Sarah musste fast eine Woche lang auf die Antwort warten.

»Monika Billich musste sterben, weil das der Plan war. Und weil sie andernfalls das Geständnis mit der Behauptung, es unter Druck unterschrieben zu haben, hätte widerrufen können.«

Stein gab ihr wie versprochen die letzten Informationen 24 Stunden vor der offiziellen Pressemeldung. Behrens sei in dieser Angelegenheit Dagmar Jurits Handlanger gewesen, er habe die Leiche am Naschmarkt abgelegt. Erschossen wurde Monika von Dagmar Jurit in einem Waldstück außerhalb Wiens. Behrens war mit ihr zu einem vermeintlichen Picknick gefahren. Für den Transport war ein Wagen angemietet worden. Die Finger landeten auf Sarahs Schreibtisch, weil Dagmar Jurit seit Monaten ihre Kolumnen verfolgte und wusste, dass sie die Zeichen richtig verstehen und einen Medienrummel verursachen wollen würde. Der Druck der Medien sollte die Polizei und die Staatsanwaltschaft bewegen und die Aufmerksamkeit auf Norbert Weninger und Karlheinz Koban lenken.

Um den Artikel fertigzustellen, durfte Sarah sogar die große Montagssitzung schwänzen.

Gegen Mittag tauchte sie unangemeldet in Davids Büro auf. Sie hatte den Artikel ausgedruckt und hielt ihn in der Hand.

»Du siehst müde aus«, bemerkte Gabi.

»Bin ich auch. Ist David da?« Sie hielt die Blätter in die Luft.

Während sie David Bescheid gab, winkte Gabi Sarah durch.

Sarah trat ein und zog die Tür hinter sich zu. »Ich bin fertig.«

Sie legte David das Papier auf den Schreibtisch. David nahm die Unterlagen zur Hand und las, ohne eine Miene zu verziehen. Dann legte er sie zurück auf den Tisch. »Das sind mehrere Artikel.«

»Ich dachte, wir können die Sache über mehrere Tage bringen. Material haben wir genug.«

»Denkst du, es interessiert unsere Leser?«

»Na hör mal! Drei bekannte Anwälte sind in die Geschichte verstrickt. Morgen geht die offizielle Pressemeldung der Polizei raus. Ich bin mir sicher, dass der ORF eine Sondersendung nach der anderen bringen wird, mal davon abgesehen, dass dies der Aufhänger der ZIB sein wird. Jede Zeitung wird sich darauf stürzen – und du willst nur einen Artikel bringen?«

Er hob abwehrend die Hand. »Das hab ich nicht gesagt. Ich wollte deine Argumente hören, Frau Journalistin.« Er ließ seine Hand auf das Manuskript fallen. »Übrigens verdammt gute Arbeit. Der erste Teil geht morgen raus.«

Sie strich sich über die Stirn.

»Siehst müde aus. Du solltest nach Hause fahren. Schlaf dich aus. Hast genug gearbeitet in den letzten Tagen. Ich hol dich um sechs Uhr ab.«

Sarah sah ihn überrascht an. »Wozu?«

»Ich wollte dich schon vor einigen Tagen fragen. Der Zeitpunkt schien mir nie richtig zu sein. Was hältst du von einem gemeinsamen Abendessen?« Sein Blick traf ihren. Da lag eindeutig mehr drin als ein Abendessen. Sollte das ihr lang ersehntes Date werden? »Gut. Dann fahr ich jetzt.« Sie lächelte verlegen.

Das richtige Outfit für den Abend zu finden, wurde zur Qual. Zu viel Haut zeigen signalisierte: Ich will sofort. Zu wenig Haut sagte womöglich: Rühr mich nicht an. Außerdem wusste sie nicht, wohin David sie ausführte. Zog sie sich zu elegant an, würde sie in einer Pizzeria peinlich aussehen. Würde sie legere Kleidung wählen, käme sie sich im Nobelrestaurant deplatziert vor. Das Leben war kompliziert. Nur die Dessous waren sofort gefunden. Es musste unbedingt rote Unterwäsche sein. Rot brachte Glück und leidenschaftliche Liebe, wenn man sie zu Silvester trug. Inzwischen trug Sarah bei wichtigen Anlässen immer rote Unterwäsche. Ihre Wahl fiel schließlich auf ein eng anliegendes schwarzes Kleid, das ihre schlanke Figur zur Geltung brachte. Dazu einen blauen Schal und hohe schwarze Schuhe. Insgeheim hoffte sie, nicht ewig darin laufen zu müssen. Sie hasste Absätze.

Ihr Bruder beobachtete ihr Treiben amüsiert. »Marie! Unsere Sarah legt heute ihren Chef flach.«

Sarah gab ihm einen Schlag auf den Oberarm. Chris zuckte scherzhaft zusammen. Sollte sie Gabi Bescheid sagen? Lieber nicht, ihre Freundin war imstande, den ganzen Abend lang anzurufen und nachzufragen. Sie würde es ihr persönlich erzählen. Immerhin hatte sie es versprochen.

Als David sie von zu Hause abholte, genoss sie seine bewundernden Blicke. Er sah sie zum ersten Mal in einem Kleid.

Das Restaurant war exklusiv, das Essen fabelhaft. Sie aßen weißen und grünen Spargel mit Avocadocreme. Sarah aß mit wenig Appetit, sie war viel zu aufgeregt. Das Ambiente des Lokals war perfekt, das Licht dezent, die Tische breit genug, um Teller darauf abzustellen, jedoch schmal genug, um sich unter dem Tisch mit den Beinen zu berühren. Es schien ein beiläufiger Körperkontakt, aber die Intensität, mit der er seine Knie an ihre drückte, signalisierte ihr deutlich sein Interesse an ihr. Der Kontakt versetzte ihren Körper in Euphorie, durchflutete sie bis zu den Haarwurzeln mit Endorphinen. Dennoch taten beide, als passiere gerade nichts Besonderes, aßen, tranken Wein, scherzten, lachten, plauderten, stießen mit Sekt auf Sarahs Arbeit an. David erwies sich als charmanter Erzähler. Sie vermieden Themen, die ihre Arbeit betrafen. Wenngleich das nicht einfach war. Es passierte, und sie ermahnten einander, das Gespräch wieder in eine andere Richtung zu lenken.

Als die erste Flasche Wein geleert war und Sarah auf eine Nachspeise dankend verzichtete, legte David seine Hand auf ihre. Die Berührung elektrisierte sie.

»Fahren wir?«

Sarah nickte. Sie wollte nicht nach dem Ziel fragen. Was, wenn er gar nicht vorhatte, was ihr im Sinn stand? Was, wenn er sie einfach zu Hause absetzte? Der Körperkontakt sprach eine andere Sprache. David zahlte, und sie gingen Hand in Hand schweigend zu seinem Auto. Nachdem sie eingestiegen waren, startete David den Volvo nicht, sondern sah sie mit einem zärtlichen Ausdruck im Gesicht an. »Ich will dich nicht drängen. Dennoch wünsche ich mir, dass du mit zu mir kommst.«

Endlich! Sarahs Gefühlswelt stürzte augenblicklich ihre für logisches Denken und Reden verantwortlichen Gehirnwindungen in ein noch größeres Chaos. Unfähig zu antworten, zog sie ihn zu sich herüber und küsste ihn leidenschaftlich, ausgehungert nach Zärtlichkeit. Seine Hände umfassten ihr Gesicht. Irgendwann rückte er wieder auf seinen Platz, startete schweigend den Wagen und fuhr mit ihr durchs nächtliche Wien bis ins Cottageviertel neben dem Türkenschanzpark im 18. Bezirk. Davids Wohnung befand sich in der Hasenauerstraße im ersten Stock eines ehemaligen bürgerlichen Familienhauses aus dem 19. Jahrhundert.

Die Wohnung war geräumig, sicher 160 Quadratmeter groß, die Räume hoch, hell und modern eingerichtet. Sarah zeigte sich begeistert. In der Küche öffnete David eine Flasche Sekt. »Morgen früh kannst du den Garten hinterm Haus bewundern. Der Hausmeister ist ein Rosenfan.« Er reichte ihr ein Glas. »Ich will nicht, dass du das Gefühl hast, dass ich sofort über dich herfalle, obwohl mir danach zumute wäre.« Er lächelte, umfasste ihre Taille, zog sie an sich, küsste sie. Sarah entzog sich ihm und nahm einen Schluck von dem prickelnden Getränk. Warum nur war man beim ersten Mal immer so verlegen, spielte die alten Spielchen? In ihrem Alter sollte man allmählich wissen, wie es funktioniert.

»Willst du die Wohnung sehen?«

Galant führte er sie durch sein Reich, bis sie schließlich im Schlafzimmer landeten. Ein großes Bett dominierte den Raum. David zwinkerte ihr verschwörerisch zu, nahm ihre Hand, zog sie mit sich. Sanft presste er sie mit dem Rücken auf die weißen Laken, küsste ihren Mund, ihren Hals.

Eine Stunde später wusste Sarah, was sie die letzten Monate vermisst hatte. Diese Nacht würde ihr Leben jedoch nicht einfacher gestalten.

Autorin

Beate Maxian lebt mit ihrer Familie in Oberösterreich und Wien und arbeitet neben dem Schreiben als Journalistin und Dozentin. Ihre Wien-Krimis um die Journalistin Sarah Pauli sind Bestseller in Österreich. Beate Maxian ist Initiatorin und Organisatorin des ersten österreichischen Krimifestivals: www.moerderischer-attersee.at
Mehr zu Beate Maxian unter: www.maxian.at

Beate Maxian im Goldmann Verlag:

Tödliches Rendezvous. Ein Wien-Krimi
Die Tote vom Naschmarkt. Ein Wien-Krimi
Tod hinter dem Stephansdom. Ein Wien-Krimi
Der Tote vom Zentralfriedhof. Ein Wien-Krimi
Tod in der Hofburg. Ein Wien-Krimi
Mord in Schönbrunn. Ein Wien-Krimi
Die Prater-Morde. Ein Wien-Krimi
Tod in der Kaisergruft. Ein Wien-Krimi
Mord im Hotel Sacher. Ein Wien-Krimi
Der Tote im Fiaker. Ein Wien-Krimi

(Alle auch als E-Book erhältlich)

GOLDMANN
Lesen erleben